세계가 읽는
무라카미
하루키

지은이

시바타 쇼지(柴田勝二)_ 동경외국어대학 대학원 총합국제학 연구과 교수
가토 유지(加藤雄二)_ 동경외국어대학 대학원 총합국제학 연구과 부교수
매튜 스트랙커(Matthew Strecher)_ 미네소타주 위노나주립대학 교수
콜린느 아틀란(Corinne Atlan)_ 일본문학 번역가, 소설가
샤오 싱쥔(蕭幸君)_ 대만 동해대학 일본어 언어문화학 부교수
야나기하라 타카아츠(柳原孝敦)_ 동경대학대학원 인문사회계연구과 부교수
도코 코지(都甲幸治)_ 와세다대학 문학학술원 교수
하시모토 유이치(橋本雄一)_ 동경외국어대학 대학원 총합국제학 연구과 부교수
펑 잉화(馮英華)_ 치바대학대학원 박사후기과정. 인문사회과학연구과
다카하시 루미(高橋留実)_ 뉴욕주립대학 박사과정. 미국문학전공
사사야마 히로시(笹山啓)_ 동경외국어대학 박사과정. 일본학술진흥회 특별연구원. 러시아문학 전공
구노 료이치(久野量一)_ 동경외국어대학 대학원 총합국제학연구원 부교수. 라틴아메리카문학 전공
다케다 치카(武田千香)_ 동경외국어대학 대학원 총합국제학연구원 부교수. 브라질문학 · 문화 전공
쿠냐 파르스티 유리(Yuri Cunha Faulstich)_ 브라질리아대학 문학부 졸업. 동경외국어대학원 박사과정
언어문화전공

옮긴이

남휘정(南徽貞, Nam Hee Jung)_ 성신여자대학교 일본어문·문화학과 강사. 전공은 일본근현대문학 및 비교문학. 오에 겐자부로 연구로 2015년에 동경외국어대학에서 박사학위를 취득하였으며, 대표 논 저로는 「근 미래의 '위험한 감각'-오에 겐자부로『치료탑』론」(2014), 「오에 겐자부로의『죽음과 재 생』-'현실'과 '허구'의 외줄타기」(2014), 「현대의『비극의 표현자』-오에 겐자부로『인생의 친 척』론」(2015), 「새시대(뉴에이지)의 시와 죽음-오에 겐자부로『새로운 사람아, 눈을 뜨라』론」 (2016), 「시대적 메타포와 '개인'-오에 겐자부로『개인적인 체험』론」(2017) 등이 있다.

세계가 읽는 무라카미 하루키

초판인쇄 2018년 10월 29일 **초판발행** 2018년 11월 15일
엮은이 시바타 쇼지 · 가토 유지 **옮긴이** 남휘정 **펴낸이** 박성모 **펴낸곳** 소명출판 **출판등록** 제13-522호
주소 06643 서울시 서초구 서초중앙로6길 15, 1층
전화 02-585-7840 **팩스** 02-585-7848 **전자우편** somyungbooks@daum.net **홈페이지** www.somyong.co.kr

값 16,000원   ⓒ소명출판, 2018
ISBN 979-11-5905-161-6 03830

세계가 읽는 무라카미 하루키

시바타 쇼지·가토 유지 엮음
남휘정 옮김

Haruki Murakami
in Global Context

소명출판

역자 후기

매년 노벨문학상의 유력한 후보로 거론되고 있는 무라카미 하루키(1949~)는 한국에서도 친숙한 일본인 작가입니다. 이 책의 내용에서 알 수 있듯이, 그의 소설은 세계적으로 폭넓은 독자에게 읽히고 있고 그 이유에 대한 비평도 다각적으로 이루어져 왔습니다. 이 책은 그 일환으로 미국, 일본, 프랑스, 대만, 중국, 러시아, 브라질 등 각국의 연구자와 번역가의 다양한 글을 수록한 것입니다. 무라카미 하루키가 '세계문학'으로서 어떻게 수용되어 왔는지, 각 나라에서 보이는 다양한 현상을 알기 쉽게 소개한 여러 필자들의 글들은, 분명 무라카미 하루키를 애호하는 한국 독자에게도 흥미 깊은 내용이 될 것입니다.

이 책은 '좌담회'의 기록을 포함하여 총 3부로 구성되어 있으며, '세계'라는 키워드를 통해 무라카미 하루키와 관련한 다양한 정보들을 소개하고 있습니다. 비교문학적 관점에서 프란츠 카프카, 조지 오웰과 비교하여 분석한 시바타 쇼지 교수님의 글과, 영미 작가들과의 관련성을 고찰한 가토 유지 교수님의 글은, 문학연구자로서의 예리한 통찰과 깊이 있는 내용으로 구성되어 있습니다.

또한 하루키 소설을 읽는 새로운 관점에 대하여 소개하는 글도 눈에 띕니다. 그의 작품에서 특히 자주 등장하는 일러스트를 '캐릭터'와 관련지어 분석한 야나기하라 타카아츠 교수님의 글은 매우 획기적이라고 생각됩니다. 미국의 연구자 매튜 스트랙커 교수님, 그리고 프랑스에서 활동 중인 번역가 콜린느 아틀란 교수님의 글은 하루키에 관련된 개인적 체험 등과 같은 에피소드와 함께 서양에서 수용되고 있는 일본문학의 특징적 요소를 알 수 있다는 점에서 유익한 자료가 될 것이라 생각됩니다.

각기 다른 지역 연구 분야의 전문가 다섯 명이 참여한 좌담회 「세계문학, 무라카미 하루키 읽기」는, '현재 진행 중'인 무라카미 하루키 소설의 핵심적 논점이 명료하게 제시되어 있습니다. 이 외에도 러시아, 멕시코, 브라질에서 하루키 문학이 수용되는 서로 다른 양상을 소개하는 글에서는, 글로벌 사회에서 나타나고 있는 문학의 '현재'를 보여주고 있다는 점에서 소설의 가능성에 대한 중요한 문제들을 제시하고 있습니다.

저는 이 책의 대표자인 시바타 쇼지 교수님의 지도를 받아 6년간 동경외국어대학에서 일본의 언어문화(근현대문학)를 전공하였으며, 1994년 노벨문학상을 수상한 소설가이자 현대 사회의 실천적 지식인이라 불리는 오에 겐자부로(1935~)를 연구 주제로 하여 박사논문을 썼습니다. 오에 겐자부로와 무라카미 하루키는 서로 다른 스타일의 소설을 쓰고 있지만, 국민적 작가라는 점 이외에도 작품 속에서 일본의 '현재'와 '과거' 혹은 '역사 문제'를 다루고 있다는 점에서도 닮은 점이 많습니다. 무라카미 하루키의 역사 인식과 관련하여 이 책의 '좌담회'에서도 언급이 있는데, 여전히 해결되지 않은 역사 문제를 다양한 방법으로 표현하는 무라카미 하루키의 소설을 어떻게 읽을 것인가 하는 문제는 저의 관심사이기도 합니다.

이 책은 구성 단계부터 일본학 관련 연구자만이 아닌, 일반 독자에게 폭넓게 읽힐 것을 목표로 한 책입니다. 다양한 국적을 갖고 있는 필자들의 목소리를 가능한 이해하기 쉬운 문체로 번역하려고 노력했습니다만, 부족한 점이 많았으리라 생각됩니다. 부디 넓은 마음으로 이해하여 주시길 바라며…… 이 책이 나오기까지 많은 도움을 주신 성신여대 박일호 교수님과 동경외대의 시바타 쇼지 교수님, 가토 유지 교수님, 그리고 소명출판의 박성모 대표님께 진심으로 감사드립니다.

2018년 9월

남휘정

제3부 외국어 안에서의 무라카미 하루키

제1부

무라카미 하루키와 세계

시스템 속의 개인

무라카미 하루키·카프카·오웰

시바타 쇼지柴田勝二

1. 무라카미 작품의 수용과 다양성

무라카미 하루키 작품이 40개가 넘는 언어로 번역되어, 세계 각지에서 왕성하게 읽히고 있다는 것은 잘 알려진 사실이다. 무라카미 하루키가 이렇게 폭 넓은 해외 독자들을 매료시키고, 소설 연구와 평론이 다양하게 시도되고 있는 가장 큰 이유는, 일본의 색채가 상대화되면서 그 주제가 세계에서 공유할 수 있는 성격으로 수용되고 있기 때문이다.

해외의 무라카미 하루키 연구자와 번역자의 발언을 수록한 책으로서 동경대학에서 개최된 국제 심포지엄의 기록을 주된 내용으로 하는 『세계는 무라카미 하루키를 어떻게 읽는가』(文藝春秋, 2006)와, 아시아권 연구자와 번역자의 논고를 수록한『동아시아가 읽는 무라카미 하루키』(若草書房, 2006)가 출판되었는데, 모두 외부로부터의 관점이 잘 엿보이는 책이다. 특히 전자는 무라카미의 작품에 나타나는 '비일본성'에 대한 지적이 많다. 저명한 미국 작가 리처드 파워스Richard Powers는 기조 강연에서 무라카미의 소설에 대해 '글로벌제이션의 산물이며 포스트모더니즘의 전형적 예'로서 수용되고 있다는 것을 전제로 하고 있다. 또한 워크숍에 참석한 발언자 중 한 명인 폴란드 번역자가 '소설에 나오는 일본은, 보통 상상하는 일본적 이미지와는 거리가 있다. 값싼 이국풍 취향도 없다. 주인공 이름을 바꾸면 폴란드에서도 통용한다. 군이 일본적 특성을 꼽자면, 젊은 주인공이 자살하는 경향이 있다는 것이다'라고 발언하였는데, 이러한 내용은 많은 참석자에게 공통적으로 지적되었다고 한다.

그렇지만 처음부터 무라카미를 '비일본적'인 세계를 그리는 작가로 이해하는 관점은 모두 같지 않고, 유럽과 아시아 사이에서 그 수용의 차이를 확인할 수 있다. 기본적으로는 무라카미 소설을 포스트모더니즘 문학으로 보는 것이 비교적 공통적인 시점이지만, 그 포스트모던적 성격의 내실은 다양하다고 할 수 있다.

유럽권 독자들이 말하는 공통된 의견은, 무라카미의 소설이 일상과 비일상의 교차를 주제화시켰다는 점이었다. 예를 들면, 앞에서 언급한 리처드 파워스는 '모두에게 친숙한 사회, 대량 소비사회가 있고, 생생하게 그려진 사실적 인물들이 살고 있는 세계'가 그려지는 한편, '거대하고 환상적인 지하에 존재하는 '다차원 우주'가 일상 속에 몰래 숨어들어오는' 형태로 무라카미 세계에서 일상적 세계와 비일상적 세계가 공존하는 원리를 지적하고 있다. 이 기조강연의 토론에서 본서의 기고자인 프랑스 번역자 콜린느 아틀란은 '카프카에 필적하는 부조리하고 설명할 수 없는 초현실주의적 요소, 그리고 프랑스 작가 보리스 뷔앙Boris Vian과

비슷한 현실과 꿈이 교차하고 있는 점'이 무라카미 작품의 매력이라고
말하고 있다.

한편, 아시아의 번역자와 연구자는 기본적으로 무라카미를 포스트
모던 문학으로 이해하고, 글로벌 자본주의가 무라카미 하루키를 침투
시키는 토대를 형성하고 있는 것을 전제로 하면서도, 역사 · 정치적인
견해를 피력하고 있다. 『세계는 무라카미 하루키를 어떻게 읽는가』에
서는 한국의 연구자 김춘미가 『상실의 시대』(1987)에서 현저히 나타나
는 '상실감'이 한국의 독자들에게 공감대를 형성했다는 견해를 제시하
였다. 한국의 '1960년대에 태어나 80년대 학생운동에 참가했던 세대'
를 가리키는 '386세대'의 사람들에게는 '좌절감'과 '허무감'이 강하고,
이러한 감각을 통하여 무라카미 소설을 받아들였다는 것이다. 『동아시
아가 읽는 무라카미 하루키』에서도 같은 지적이 있는데, 한국의 김양
수는 '386세대'의 성격을 언급하면서 국가와 정치보다 개인생활에 관
심을 두는 '댄디한 젊은이'가 무라카미 소설을 애호하는 경향을 지적하
고 있다. 또한 중국의 허금룡許金龍은 계획경제에서 시장경제로 이동하
는 과정 속에서 격심한 경쟁과 알력으로 피폐해진 사람들이 무라카미
작품에 흐르는 고독감과 허무감이 공감을 느끼게 했다는 것이다.

다시 『세계는 무라카미 하루키를 어떻게 읽는가』로 돌아와서, 이러
한 공감대와 함께 중국(홍콩)의 량병균梁秉鈞은 무라카미 하루키가 글로
벌제이션을 체현하는 한편, '중일관계의 역사를 돌아보는 시점이 있는
소설이 많다'는 것을 언급하고, '무라카미 작품은 단순히 글로벌화의
흐름을 나타내는 샘플'이 아닌, '아시아의 새로운 문화에서 태어난 특
수한 도시문화에 대응하는' 세계를 구축하고 있다고 지적하고 있다.

무라카미 하루키 소설은 리처드 파워스가 말한 '글로벌제이션Globali-zation'과 '포스트모더니즘postmodernism'의 산물로서의 성격을 갖고 있기는 하지만, 실제로 『상실의 시대』의 배경으로 그려지는 60년대 말 반체제운동의 공감대가 근저에 흐르고 있고, 『중국행 슬로 보트』(1980)와 같은 아시아의 역사관계가 다루어진 초기 작품부터 그러한 경향이 엿보인다. 때문에 김춘미가 소개한 한국의 독자가 갖는 공감대도 자연스러운 결과라고 볼 수 있다. 이러한 점에서 무라카미 작품의 다면성이 광범위하게 독자를 모으고 있는 것을 전제로 할 때, 국제관계 속의 일본을 나타내는 측면이 있다는 것은, 나쓰메 소세키夏目漱石와 같이 하루키를 현대의 '국민작가'적 존재로 볼 수 있는 근거라고 할 수 있겠다.

필자는 이러한 무라카미의 아시아 관계 속의 '일본'과 그 표현의 형태를, 소세키의 경우와 비교하여 고찰하였는데,[1] 이 글에서는 생략하고 무라카미의 소설 세계에서 '글로벌' 취향을 부여하고 있는 또 다른 측면에 대해서 생각하려고 한다. 즉, 리처드 파워스와 콜린느 아틀란이 말하는 일상세계와 비일상세계, 현실과 꿈의 교차가 나타나는 환상성은, 세계문학에서 보편적으로 나타나고 있다는 점이다. 이러한 특성을 가진 작가로서 콜린느 아틀란이 예로 들고 있는, 카프카와 보리스 비앙, 그리고 조지 오웰과 보르헤스·귄터 그라스·르 클레지오·토마스 핀천·해럴드 핀터 등과 같이 20세기 문학에서는 헤아릴 수 없이 많지만, 여기서는 그 대표적 존재인 카프카와 조지 오웰을 중심으로 현실과 비현실의 공존과 교차 양상을 무라카미의 소설과 비교하면서 생각해보

---

1   시바타 쇼지, 『무라카미 하루키와 나쓰메 소세키』, 祥伝社, 2011.

겠다. 무라카미의 소설 속에는 단순히 독자를 매혹시키는 이질적인 세계만이 존재하는 것이 아니라, 그러한 소설의 양상에는 작가의 현실 비판적 시점이 존재하는 것이다.

2. 카프카 · 오웰과의 유연類緣관계

무라카미와 카프카, 오웰 사이에 존재하는 표면적인 유연관계란, 무라카미의 주요작품에서 그들과의 관계를 명시하는 문맥이 존재한다는 것을 말한다. 2002년에 발표된 『해변의 카프카』와 2009〜2010년의 『1Q84』는 각각 두 작가의 이름 또는 대표작의 제목을 패러디한 것이고, 그 내용적 관계에 대해서도 많이 언급되고 있다. 단편 번역 소설집 『그리워서』(中央公論新社, 2013)의 마지막에 자작 단편 「사랑하는 잠자」를 수록하였는데, 거대한 곤충으로 변한 「변신」의 주인공 '그레고르 잠자'를 배후에 두면서, 이와 반대로 어떤 생물에서 잠자(인간)가 된 남자가 자물쇠를 수리하러 온 여자에게 성충동을 느끼는 에피소드가 그려진다. 그가 '잠자'가 되기 전에 어떤 존재였는가 밝히고 있지 않지만, 계속 미지의 세계로 이동하는 인간이, 그 경험을 통해 자기 쇄신을 이루어 간다는 우화로서 리얼리티를 내포하고 있다. 무라카미가 카프카에 대한 애착을 표현한 작품 주제를, 특별히 '카프카적' 성격이라고는 할 수 없을 것이다.

카프카의 이름이 제목에서 제시된 『해변의 카프카』에서 '카프카'는, 주인공 소년을 부르는 호칭이다. 소년이 작가 카프카를 연상시키는 것이 아니라, 이 단어는 체코어로 '카프카=까마귀'를 의미하고 있다. 실제로 이것은 작품 속에서 중요한 의미를 갖는다. 『해변의 카프카』에서 중요한 문맥을 형성하는 것은, 전쟁이 끝날 무렵에 어떤 사건으로 지적 능력을 상실한 노인 '나카타'와 1960년 후반에 싱어송라이터로 활약하던 당시, 연인이 반체제운동에서 계급 간 대립에 연루되어 죽은 이후, 70년대 이후의 시대를 공허하게 살아 온 중년 여성 '사에키'를 중심으로 표현된 '공허한' 이미지이다. 여기서 소년 '카프카'는 두 사람 사이의 매개자로서 존재한다.[2]

그러나 『해변의 카프카』에서 작가 카프카에 대한 언급이 아예 없는 것은 아니다. '카프카' 소년이 가출하여 도착한 곳이었던 시코쿠의 다카마츠四国·高松(지명)의 '고무라甲村기념도서관'에서 '오시마大島'가 그의 이름을 듣고 작가 카프카를 화제로 이야기하는 장면이 나온다. '카프카'는 『유배지에서 In der Strafkolonie』라는 소설을 좋아하는데, 책에 나오는 '기묘한 사형기계'가 "우리가 처해 있는 상황을 가장 생생히 말해 준다"라는 감상을 말하자, '오시마'는 "응, 프란츠 카프카도 아마 자네 의견에 찬성하지 않을까"라고 동의한다. 『유배지에서』의 '사형 기계'는 쇠써레를 매단 침대 형태이다. 그것에 묶인 죄인은 침상 윗부분에 매달린 '도안함'의 지시에 따라 신체에 문자를 새기는 날카로운 창에

---

2 『해변의 카프카』를 시작으로 무라카미 작품의 자세한 평론은 시바타 쇼지, 『나카가미 켄지와 무라카미 하루키-탈 60년대적 세계의 행방』(東京外国語大学出版会, 2009)을 참조 바람.

시달리다가 결국 12시간 후에는 신체를 관통하여 절명한다. 그 사형 기계는 '~해라'의 명령형과 함께 죄명을 몸에 새기는데, 짓눌리는 고통을 받으며 죄명을 인식하게 된다는 것이다. '카프카' 소년은 이것이 '현실에서 내 주변에 실제로 존재했다. 그것은 비유나 우화가 아니다'라고 생각하지만, 그가 처한 상황과 어떻게 부합하는지 명시되어 있지 않다.

카프카 문학의 본질적 성격이 잘 나타나 있는 『유배지에서』는 『해변의 카프카』의 주제와 긴밀한 연관은 보이지 않는다. 한편, 『1Q84』는 그 제목이 조지 오웰의 『1984년』을 쉽게 연상시키기 때문에 독자는 오웰의 작품과 어떻게 다른지 기대를 갖고 읽기 시작하겠지만, 관련성은 상당히 희박해서 오히려 『1984년』의 작품세계를 주객전도한 경향이 특징적이다. 『1Q84』에도 오웰에 대한 언급이 있는데, 『1984년』을 '스탈린주의Stalinism를 풍자화한 것'이라는 구절이 있다. 그러나, 철저한 관리주의 사회 속에서 개인이 주체성을 빼앗겨 가는 양상을 그린 오웰의 작품과는 다르게, 『1Q84』에서는 주인공 '덴고'가 열 살 때에 단 한 번 손을 잡았던 독특한 이름의 여자 '아오마메'를 계속 그리워하다, 마지막에 그녀와 맺어지는 낭만적 세계가 하나의 축을 이루고 있다. 또한 『1984년』에서 권력장치의 상징으로서 '빅 브라더'가 그려진 것과는 반대로, 『1Q84』는 그것을 뒤집기라도 하듯이 '리틀 피플'이 등장하는데 그 의미는 단편적이지 않다. 그 예로 그들은 죽은 자의 입에서 분신적인 '공기 번데기'를 만들어 내는데, 이것은 적어도 민중을 지배하고 억압하는 장치는 아니다.

그러나 무라카미 하루키의 작품 전체를 살펴보면, 이 두 작가의 유연관계는 명확하게 존재한다는 것을 알 수 있다. 그 비교를 통해 주로 유럽 연구자들이 지적하고 있는, 일상과 비일상, 현실과 꿈의 교차라고 하는 무라카미 작품이 갖고 있는 특징을 알 수 있다. 예로 든 『유배지에서』와 『1984년』의 공통적인 요소는 인간을 괴롭히는 폭력이 개인을 대상으로 하는 사회 시스템으로 기능한다는 것이다. 『유배지에서』의 사형 기계는 권력자에 의해 만들어진 처벌 장치이고, 『1984년』의 사람들은 '텔레스크린'이라는 감시하에서 모든 개인적 표현의 자유가 금지된 삶을 강요당한다. 폭력 요소 그 자체는 『해변의 카프카』와 『1Q84』에서 명료하게 함축되어 있어서, 이 두 작품을 두 작가와 관련지어서 생각할 수 있다. 그러나 『해변의 카프카』의 폭력은 첫째로, 주인공 '카프카' 소년이 무의식적으로 관여하는 형태로 그려지는 '아버지 죽이기'이고, '나카타'가 지적능력을 빼앗긴 계기가 된 '전쟁'이라는 형태로 나타나는데, 『유배지에서』에서 전경화되는 개인과 사회적인 권력자의 관계성과는 이질적 지평에서 파악된다. 또한 『1Q84』의 폭력은 '후카에리'가 생활하던 종교단체의 리더가 소녀들에게 가하는 폭행이 나타내듯이, '남-여'라고 하는 젠더 구도로 표현되어 있다. '아오마메'가 스포츠 지도사를 직업으로 하지만, 비밀 임무는 여성을 상대로 성폭행을 저지른 남자들을 말살시키는 일이었다.

　무라카미 하루키의 세계에서는 카프카와 오웰 작품의 특징인 인간 주체성의 침식되고 찬탈당하는 폭력적인 사회를 살아가는 것을 주제로 한 작품이 다수 존재한다. 그 구도에서 주인공은 일상적인 평안을 빼앗기고 비일상적 세계로 이동해 가는 것이었다. 그 가장 단적인 예가, 정보전쟁이 진행되는 근미래 사회에서 '계산사'라는 직업의 인물을 통해 나타난다. 그는, 적대세력이 보낸 자객에게 육체적 폭행을 당하는데, 그의 뇌에 특수한 프로그램을 설치한 박사가 그 적대관계와 연루되면서 프로그램 해제가 불가능해진다. 그 세계 속에서 영원히 살아갈 수밖에 없게 된 운명을 그린 작품이 『세계의 끝과 하드보일드 원더랜드』(1985)이다. 오웰의 『1984년』과 같이 근미래를 무대로 한 이 작품에서는 세계를 지배하는 고도 정보사회의 시스템 속에서 자기 자신을 확보하려고 하지만, 결국 자신을 상실하고 마는 모순이 선명하게 그려지고 있다.

『세계의 끝과 하드보일드 원더랜드』에서 주인공의 자기상실은 다중적인 형태로 중첩되어 있다. 즉, '세계의 끝'과 '하드보일드 원더랜드'의 두 가지 이야기가 겹쳐 있는 구조의 장편소설에서, 후자의 주인공이 '계산사'라고 하는 특수한 일을 소화할 수 있었던 이유는, 본래 그가 감정적인 자아가 없었기 때문이었다. 뇌 회로를 통해 정보를 암호화하는 일을 주로 하는 업무는, 평소 그 일을 수행하기 위해 뇌 회로를 안정시킬 필요가 있었는데, 그 조건을 이미 충족한 '나'는 인간 본래의 감정기복과는 무관했던 것이다. 일각수(유니콘)가 뛰노는 평화로운 '세계의 끝'의 광경이야말로, '하드보일드 원더랜드'의 주인공 '나'의 내부에 잠재되었던 자아의 모습이며, 그 평온함은 이미 '죽음' 가운데 있음을 말하고 있다. 자기를 잃어버린 인간이 고도 정보사회에서 자기를 확보할 수 있는 아이러니가 이 작품에 공통적으로 나타나고 있는데, 또한 그는 박사에 의한 프로그램 안에 갇혀 버리게 되어 다시 자기를 상실하고 만다.

이러한 이중적인 자기상실의 배후에는 60년대부터 80년대에 걸친 시대의 전환기를 살아온 무라카미의 시대 인식이 흐르고 있다. 처녀작 『바람의 노래를 들어라』(1979)에서 암시하고 있듯이 무라카미 자신이 청년기를 통과한 60년 말의 정서적으로 고양된 시대에 애착을 느끼고 있으나, 그것에 얽매여서는 70년대 이후의 산문적 시대를 살아갈 수 없다는 현실 인식에서, 과거와 거리를 두려고 하는 태도가 창작 초기부터 존재했다. 초기 작품에서 자주 지적된 '디태치먼트detachment'의 자세라고 할 수 있겠다. 따라서 그 애착이 드러나 있는 '쥐'라는 분신적 인물을 매장시킨 것이 『1973년의 핀볼』(1980), 『양을 둘러싼 모험』(1982)로 이어지는 3부작이 쓰여진 창작 동기를 이루게 된다. 『양을 둘러싼 모험』에서 '쥐'의 자살에 의해 60년대의 '죽음'은 확정되지만, 그와 동시에 자신의 낭만적 자아를 잃어버리는 일이기도 했다. 그래서 정보사회의 윤곽이 선명해져 가는 70년대부터 80년대에 걸친 시대에는 정보에 '자아'가 침식되어 가고 정념적 고양을 잃어버린 포스트모던 시대는, 결국 개인적 자아 표출에 역행하는 시대인 것을, 무라카미는 누구보다도 먼저 인식하고 있었던 것이다. 다중화된 자아의 '죽음'이 교묘하게 소설화된 것이 『세계의 끝과 하드보일드 원더랜드』였다.

3. 관리사회와 개인

무라카미 하루키 세계의 특징으로서 현실과 비현실의 공존과 교차의 근저에 있는 것은, 이러한 다중화된 '죽음'의 감각이다. 『상실의 시대』의 제2장 고딕체로 쓰인 "죽음은 생의 대극으로서가 아닌, 일부로서 존재하고 있다"란 에피그램 형식의 문장은, 작중에 나타난 주인공의 친구 '키즈키'와 연인 '나오코'의 자살을 시사하고 있을 뿐만 아니라, '죽음'은 작자 자신이 70년대 이후의 시대를 살아 온 감개의 표출이기도 하다. 그것이 이 작품에서는 가장 가까운 사람을 갑자기 잃어버린 사태로 나타나고 있다고 할 수 있다.

물론 이러한 감각은 결코 현대적인 것이 아니며, 전쟁의 혼란 속에서 중세적 '무상無常'관과 그리 다른 성격의 것이 아니다. 그러한 의미에서 무라카미 안에는 일본의 전통적인 사생관이 숨 쉬고 있다는 것을 알 수 있다. 그 전통을 잇는 대표적인 작가가 바로 가와바타 야스나리川端康成인데, 유년기부터 잇따른 가족의 죽음과 접하며 죽음과 피안을 가까이 있는 것으로 수용하는 감각 속에서 자란 가와바타였다. 그의 세계는 피안으로서의 의미를 갖는 일상세계의 외부가 '이즈伊豆(지명)'와 '설국'과 같은 자연 세계로서 표상되었고, 현실 공간인 도시 세계와의 왕래를 통하여 이질적 세계가 접해 있음을 표현하는 경우가 많다. 한편, 무라카미의 경우는 시대적 도식으로서 '죽음'이 그려지고 있기 때문에 도시 세계를 소설의 무대로 하면서, 그와 비슷한 또 하나의 현실 세계가 중첩됨에 따라 일상과 비일상, 현실과 꿈의 교차로서 표상되는 경향이 있는데, 출발점인『바람의 노래를 들어라』에서도 확인할 수 있다. 주의해서 읽으면 1970년을 시대적 무대로 하는 작품에서, '나'와 '쥐'가 교제해 온 60년대 후반의 광경과 대화가 혼합되어 있고, 현재와 과거는 삶과 죽음으로서 교묘하게 교차되어 있음을 알 수 있다.

이는 무라카미 자신이 가와이 하야오河合隼雄와의 공개 대담[3]에서 말한 것처럼, 당초 1967년부터 70년에 걸쳐 '나'와 '쥐'를 둘러싼 사건이 순서대로 나열된 삽화를 뒤섞어 재배치하여, 전체를 1970년 8월의 틀 안에 둔 것이다. 처음부터 무라카미는 이러한 이질적 시공간을 혼재시키는 스타일을 써 왔고, 그 때문에 주인공이 살아가는 일상 세계로 침입하는 비일상적 세계가 등장하는 소설을 구축해 왔다. 이러한 비일상적 세계의 침입이라고 하는 도식 안에서, 사회 시스템이 개인에게 미치는 폭력을 주제로 한 작품은 3부작의 완결편인『양을 둘러싼 모험』이다. 친구와 광고회사를 경영하는 주인공에게 찾아 온 검은 옷을 입은 남자가 특별한 능력의 '쥐'를 찾아 달라는 의뢰를 받으면서, 주인공 '나'의 일상은 흔들리기 시작한다. 귀 모델을 하고 있는 여자 친구와 함께 홋카이도北海道(지명)에서 '양'을 찾는다고 하는, 그의 비일상적인 행동을 통해 결국 도달한 지점은 '쥐'의 별장이었는데, 그때 '쥐'는 목을 매고 자살하기에 이른다.

'나'는 자신의 주체성에 따라 '쥐'를 찾는 일을 추진하는 듯이 보여도, 실제로 그 선택과 판단은 프로그램 안에서 조작된 것이었다. 그가 '쥐'의 별장을 찾아낸 것도 계산되었던 것이라는 소설의 전개는, 개인이 정보를 활용하며 주체적으로 행동하려 하지만, 실제로는 정보로 인해 수동적이 되어가는 현대 사회의 모순을 예언하는 듯한 문제성을 내포하고 있다. 이 작품이 발표된 1982년은 워드 전용기가 유통되기 시작한 때로, 아직 개인용 컴퓨터가 보급되기까지는 이른 시기였기에, 시대의 흐름에 민감한 무라카미의 통찰력이 놀라울 정도이다. 3년 후『세계의 끝과 하드보일드 원더랜드』가 정보의 확보와 장악을 둘러싼 전쟁

---

3   가와이 하야오·무라카미 하루키, 「현대의 이야기란 무엇인가」, 『신쵸』, 1994.7.

이 확대되는 근미래를 무대로 하게 된 것은 그 연장선으로 자연스러운 설정이었다.

『양을 둘러싼 모험』은 특히 정보를 조작하는 주체에게 개인이 지배 당하는 양상은, 사람들이 문자 그대로 가혹한 관리사회에서 살아가는 오웰의 『1984년』의 상황과 공통점이 있다. 이 작품 속 세계는 전쟁이 계속 되면서 오세아니아, 유라시아, 이스타시아라고 하는 초강대국 셋 으로 분할되어, 오세아니아국의 '진리성 관리국'에서 근무하는 주인공 윈스턴은 다양한 문서의 개찬改竄 · 폐기하는 일에 종사하고 있다. 대립 세력과 싸우는 상황에서 정보관리를 생업으로 하는 것은 『세계의 끝과 하드보일드 원더랜드』의 '나'의 경우와도 비슷하다. 이 세계에서 사람 들의 행동은 전부 텔레스크린에 의해 감시당하며 '빅 브라더'의 지시에 따르는 것이 절대적인데, 그 지배 · 피지배의 구도가 『1Q84』의 '에비 스노戎野'가 말하듯이 "스탈린주의를 우화적으로 그린" 성격이 강하다.

그러나, 『1984년』은 단순히 스탈린주의를 우화적으로 파악할 수 없 는 측면도 갖고 있다. 스탈린주의는 일반적으로 세계혁명을 거치지 않 은 일국의 사회주의 건설을 목표로 한 스탈린이, 1934년 공산당 정치 국원 키로프의 암살을 시작으로 당 내외의 비판세력의 숙청에 나서 100만 명이 넘는 막대한 희생자[4]를 냈던 것을 가리킨다. 그것은 당의 이념에 비판적인 자는 숙청이라는 처치가 내려지며, 결과적으로 독선 적인 일당 독재의 정치체제가 강화되어 간다. 스탈린을 '대심문관大審問

---

4   스탈리즘 대숙청에 의한 희생자의 숫자를 파악하는 것은 물론 곤란하다. 여기에서 100만 명이라고 하는 숫자는 숙청시에 처형된 자의 숫자이고, 로버트 콘퀘스트의 『스탈린의 공포정치』(三一書房, 1976)에 의하면 수용소에서 강제노동 등으로 사망한 사람을 포함 하면 200만 명에 이른다고 한다.

官'이라고 표현한 가메야마 이쿠오亀山郁夫는 숙청의 실행자가 된 비밀 경찰장들은 '스탈린의 욕망의 실현자라기보다는, 스탈린의 욕망과 일체화되어 있었다'는 점에서 '스탈린의 분신'이고 그들이 그 대행자로 당의 이념에 조금이라도 저촉되는 자들을 말살해 갔다고 한다.[5] 한편, 『1984년』의 독재자와 그 의지의 구현자에 의한 반대세력의 숙청이라고 하는 도식보다도, 정신의 주체성을 존중하려고 하는 개인을 억압하고 무력화시키려는 체제의 대치 구도 안에서, 주인공 윈스턴은 최종적으로 가혹한 고문에 의해 폐인이 되지만, 간단히 숙청되지는 않는다. 역으로 이야기하면, 현실의 스탈린주의에서는 윈스턴과 같은 말단 관리의 주체성을 어떻게 제거할 것인가는 문제가 되지 않는다. 그가 체제에 비협력적인 인간이라면 그 생명을 말살하면 그것으로 끝나기 때문이다.

『1984년』이라는 문학작품의 특질은 현실에서는 소련에서 숙청된 무수히 많은 희생자 중 한 명에 불과한 인물에게, 체제의 가혹함과 대립되는 무게감을 부여하는 점에 있다. 윈스턴은 그 존재의 말단성이 아닌, 오히려 그가 품은 개인적 의지와 정념이 강조되어, 그것이 무력화되어가는 과정에서, 관리사회의 가혹함을 투영하고 있다. 여기서 '빅 브라더'는 고유명이 부여되지 않은 점이 시사하듯이 체제를 통괄하는 끝도 없는 개인의 주체보다도, 전체주의에 의한 민중지배라고 하는 폭력 자체를 상징하고 있고, 그 체제에 의해 개인의 정신성이 유린당하는 양상에 무게를 두고 있다. 이 작품에서, 주인공 '윈스턴'이 사실을 기록

---

5   가메야마 이쿠오, 『대심문관 스탈린』, 小学館, 2006.

하기 위해 일기를 쓰는 지적 행위와, 여성동료인 '쥬리아'와의 성애적 관계로 체제의 폭력에 대항하려고 하는 표현에서 볼 수 있듯이[6] 결국은 좌절할 수밖에 없으나 체제에 반역하는 개인을 중심으로 그리고 있는 것이다. 이것은 "발각되면, 반드시 사형이나 최저 25년의 강제노동에 처하는"[7] 행위이며, 아이를 만들기 위한 목적 이외에는 이성과의 성행위도 부정되어, '청년 섹스 반대 연맹'이 추진되고 있는 것이다.

　이러한 개인의 정신적 자유를 침식하는 체제의 폭력을 구현화하고 있는 장치가, 곳곳에 놓여져 있는 텔레스크린이며, 그 장치에 의해 개인의 행위는 하나하나 체제에 감시당하는 동시에 지시를 받게 된다. 이것은 고도로 정보화된 사회 시스템이며 그 시스템의 제물이 되는 개인인 주인공의 귀추를 축으로 그려지는 점에서 『1984년』은 스탈린주의를 우의로 표현했다기보다, 현대의 정보사회의 폭력성을 예언한 작품으로 해석할 수 있다. 이러한 면에서 무라카미 하루키가 『양을 둘러싼 모험』과 『세계의 끝과 하드보일드 원더랜드』에서 표현한 개인의 주체성을 침식하고 찬탈하는 정보사회의 폭력을 주제로 하고 있다고 볼 수 있다.

6　Jean-Daniel Jurgensen, *Orwell ou La Route de 1984*, Robert Laffont, 1983.
7　조지 오웰, 『1984년』, 1949.

4. 지배하에 살아가는 인간

  '위정자'와 '정부'가 적대적 상대였던 시대와는 다르게, 상품과 정보를 유통하는 자본주의사회 시스템 자체가 개인을 지배하는 힘을 갖게 된 것이 현대의 시대상이라고 할 수 있겠다. 카프카의 작품군은 이러한 사회 시스템 속에서 개인이 당하는 억압을 나타내고 있다는 점에서 시대적 맥락과 함의가 있다고 볼 수 있다. 카프카의 『유배지에서』는 처형 장치 개발에 참여한 장교가 그 장치에 몸을 누이자, 오작동을 일으켜 날카로운 창이 장교의 머리를 날카롭게 찌르고 마는데, 여기서 지배자인 개인이 시스템을 통제하지 못하고, 오히려 시스템 자체가 폭력적 존재가 되는 아이러니를 그리고 있다. 그러나 전반적으로 오웰의 『1984년』과 비교하면, 카프카의 소설 세계의 주인공은 부조리한 고발과 소외를 드러내고 있음에도 불구하고, 물리적 폭력성은 오히려 미온적인 경우가 많다. 게다가 주인공에 대한 재판은 곧 진행되지 않고, 최종적으로 그 존재가 무화無化되기까지 상당한 시간이 필요하여, 일정기간 동안 그는 일상을 유지할 수 있었던 것이다.

  「변신」의 '그레고르 잠자'는 거대한 곤충으로 모습이 변했지만 그 흉측함으로 인하여 말살당하는 것이 아니라, 아버지에게 소외당하면서도 여동생의 헌신적인 보살핌을 받아 생명을 연장해 나간다. 더욱이 처음 변신했을 때 '그레고르'는 흉측한 모습이지만 그것보다 "7시 45분까지 반드시 침대에서 완전히 일어나야 해. 그건 그렇고. 그때까지 회사에서 누군가 보러 오겠지. 회사는 7시 전에는 일을 시작하니까"[8]라고 생각하며 회사원으로서 일에 신경을 쓰고 있다. 보통 변신을 경험하는 주인공은 원래 모습을 완전히 잃어버렸지만, 의식적으로는 동일성을 유지하고 있고, 보통의 세일즈맨인 '그레고르'의 의식으로 생각한다. 그것은 마치 거대한 벌레로 변하여, 소름끼치는 모습 속에서 살아가는 일이야 말로 '인간'으로 그에게 주어진 숙명인 듯이 말이다.

결국, '그레고르'는 아버지가 화를 내며 던진 사과가 몸에 박혀 염증을 일으키게 된 것이 원인으로 죽어가는데, 그 시점까지 한 달 이상의 시간이 경과되고, 그동안 그는 자신이 처한 악몽과 같은 비일상적 세계의 주인으로 살아간다. 이러한 일상성과 단절된 세계로 쫓겨나 그곳에서 소외와 고립을 맛보며 주인공이 나름대로 삶을 유지해가는 양상이 카프카 작품을 형성하는 경우가 많다. 그것은 오웰의 『1984년』에서도 어느 정도 비슷한지만, 『심판』, 『성』과 같은 카프카의 대표적 장편소설은 「변신」과 비교하면 일상적인 세계 안에서의 주인공이 사회적 동일성을 추구하면서도 그것을 충족하지 못하는 상황으로 내몰리게 되는 것이다. 반대로 「변신」의 '그레고르 잠자'처럼 카프카의 주인공은 자신의 생업에 대한 집착이 강하고, 그것을 유지하거나 회복하려고 노력하며 살아간다. 그 강한 지향성은 본래 생활조건을 잃어버린 상황의 가혹함을 부각시키게 되는 요소가 되는 것이다.

『심판』의 '요세프 K.'는 어느 날 갑자기 이유도 모른 채 잡혀가지만, 투옥되는 것이 아니라, 은행원으로서 매일의 일상을 지속해 나간다. 『성』의 측량사 'K'는 성이 있는 마을을 찾아가는데, 그에게 일을 부탁

---

8   프란츠 카프카, 「변신」, 1912.

한 백작으로부터 어떤 구체적인 지시도 받지 못한 채, 그의 조수를 자칭하는 두 남자와 의미 없는 시간을 보내게 된다. 그 후, 성애적 관계를 갖게 된 '프리다'라고 하는 여성과 잡역부로 초등학교에서 살게 되지만 얼마 지나지 않아서 쫓겨나 마지막까지 측량사로서의 일에는 착수하지 못한다. 두 작품의 공통점은, 주인공이 어떠한 조직·제도에서 소외와 억압을 받으면서도, 그와 조직·제도 사이에 큰 장애물이 존재하기 때문에, 그 핵심에는 영원히 도달하지 못하는 동시에, 그로부터의 억압이 물리적 폭력성을 띄지 않는다는 양면성이다. 그 양면성의 틈에서 살기 위해 주인공은 자신의 사회적 동일성을 위협당하면서도 일단은 사회의 한쪽 구석에서 살아가는 것이다.

특히 앞에서 언급한 『심판』에서는, '요세프 K.'가 "나쁜 짓도 하지 않았는데, 아침에 갑자기 체포 당하"[9]지만, 재판은 그의 일상생활을 방해하지 않도록 배려하면서 진행된다. 그를 체포하러 온 감독은 자신이 일하는 은행에 더 이상 나갈 수 없다고 생각하는 'K'에게 "당신은, 내가 한 이야기 오해했군요, 당신은 체포당했고, 그것은 사실입니다. 그렇지만 일을 방해하지 않을 것이고, 늘 하던 생활도 방해받지 않을 겁니다"라고 말한다. 법정 심리도 'K의 일에 방해가 없게' 휴일인 일요일로 설정되어 있다.

즉, 'K'는 자신이 이해할 수 없는 체포를 당했고, 법정에 서게 되지만, 그 상태에서 근무를 계속해 나가는데, 체포로부터 1년 후 찾아온 예복을 갖춰 입은 두 남성에 의해 채석장을 끌려가 죄명을 듣지도 못하

---

9   프란츠 카프카, 『심판』, 1914~15.

고 처형되기까지 일반 은행원으로서 생활한다는 것이다. 후반에는 이 탈리아인 고객을 대접하기도 한다. 그것은 관리사회 속에서 개인성을 무화無化시키면서도 기업에서 노동하며 생계를 꾸리며, 가정을 꾸려가는 현대인의 모습을 비유적으로 표현했다고 볼 수 있다. 정체를 알 수 없는 제도와 조직의 힘에 자신의 삶이 위협당하고 있다는 감각은, 생활자 전반에 부합할 수 없을지도 모른다. 이러한 점에서 무라카미 하루키의 경우, 고도 정보사회를 전제로 한 조직이 주인공의 삶을 좌지우지하는『양을 둘러싼 모험』과『세계의 끝과 하드보일드 원더랜드』와의 연관성을 살펴볼 수 있다. 이것들의 속편이라고 할 수 있는『댄스 댄스 댄스』(1988)에서는 주인공이 아닌, 그의 옛 친구인 '고탄다'가 고도의 정보사회와 소비사회 속에서 꼭두각시처럼 살다가 결국, 자신을 잃어버리고 고급 외제차와 함께 강에 몸을 던진다고 하는 결말에 이른다.

그런데, 카프카의 주인공들이 이러한 부조리한 고발과 소외를 겪으며 일상으로부터 쫓겨난 운명에 봉착한 배경을 적어도 세 가지 문맥에서 볼 수 있다. 하나는 카프카 자신이 고압적인 아버지 밑에서 자란 경험이고, 또 유대교 신자로서 그에게 내재된 종교적 문맥, 그리고 마지막으로 당시에 그가 처한 사회적 상황이 있었다. 유년시절의 경험은「변신」에서 나타난 바와 같이 잘 알려져 있는데, 단편「결단」에서는 자신의 혼약을 고하는 아들에게 병상에 있는 노년의 아버지가 격노하여 익사한다고 하는 '판결'이 내려지고, 집을 나온 아들은 강에 몸을 던져 스스로 실행에 옮기게 된다. 고난을 딛고 성공한 카프카의 아버지 헤르만은 유대사회의 가부장적 기질이 강한 존재였고, 카프카는 그런 아버지에게 육체적으로 정신적으로 강한 위압감을 느끼고 있었다. 그렇지만 아버지에게 자신의 가치를 인정받고 싶다는 바람도 있었기에, 니콜라스 마레는 「변신」에서 '그레고르'는 거대한 곤충으로 변하는 설정에서 아버지의 기대에 부응하지 못한 자기처벌의 감정이 형상화된 것이라 볼 수 있다고 논하고 있다.[10]

이러한 가정에서 위압적인 존재로서의 아버지가, 소설 속의 아버지상에 영향을 주었을 뿐 아니라, 주인공을 본래 생활에서 소외시켜가는 힘의 원천이기도 했던 것을 추측할 수 있다. 그러나 이러한 초월적 존재의 기점에 놓여진 것은 역시 첫 번째로 '야훼'라고 하는 초월신을 두고 있는 유대교적 신앙이고, 유대사회에서 살아온 카프카의 종교적 감각이 개인을 심판하는 초월자의 이미지를 만들었다. 그것이 주인공에게 내려진 심판의 구체성을 희미하게 하면서도 동시에 절대화시키고 있다고 생각할 수 있다. 또 이러한 이미지가 융합되어, 소설 속의 아버지 이미지를 위압적으로 그리고 있는 것이다. 칼 에리히 그레첸가는 카프카에 있어서의 카바라(유대 신비주의) 표상을 고찰한 책에서, 유대교적 성격을 전제로 하여 오히려 심판의 상주·편재성에 무게를 두어 "인간의 생이 책임져야만 하는 심판의 법정과 결정기관은 존재하는 자들 속에 있는 위계조직, 그리고 세계에 종횡하여 침투하고 있는 위계조직의 일부이며 결코 신의 왕좌가 유일한 심판이 아니라는 생각"[11]이 카프카와 카바라의 공통적인 특징이라고 논하고 있다.

개인의 초월적 재판은 결국, 현실의 사회조직과 제도가 인간에게 가져온 억압(또는 소외문제)과 흡사한 양상을 띠고 있고, 그 접점에서 카프

---

10 Nicholas Murray, *Kafka*, Abacus, 2004.
11 K. E. 그레첸가, 『카프카와 카바라』, 法政大学出版局, 1995.

카의 소설은 쓰여졌다. 카프카는 프라하의 노동자 재해보험국에서 근무했는데, 조직 안의 어려움을 실감하는 동시에 그곳에서 위험한 직업 환경에서 근무하는 사람들의 실태도 잘 알고 있었다. 한때, 사촌이 시작한 석면공장에서 일한 적이 있고, 그곳에서 여성 종업원들의 가혹한 환경을 체험한 그는, 대학에서 법학을 공부한 인간으로 사회의 법제도 시스템에 대해 민감한 작가였다. 리치 로버트슨은 구체적인 이유 없이 주인공이 체포된 '심판'의 전개의 배후에는 '행위'가 아닌 '악의'에 의해 인간을 처벌하는 오스트리아 법제도를 나타내고 있다고 보고 있다.[12] 이러한 사회 시스템에 대한 의식이 종교적 감각과 중첩되어 일상과 비일상, 현실과 비현실이 교차되는 독자의 세계관이 탄생했다고 생각 할 수 있겠다.

구체성과 절대성을 띤 조직과 제도로부터 억압을 받으며 살아가야만 하는 카프카의 주인공들은, 현대의 정보화사회를 살아가는 인간주체의 불확실성을 주제로 하는 무라카미 하루키 작품의 양상과 관련된 문맥을 갖고 있다. 카프카와는 다르게 무라카미의 개인적 내력에서 가족관계와 종교적 배경이 개인을 억압하는 절대적 존재로 보이지 않는다. 그러나 여기서 살펴본 소설과 같이 상품과 정보의 홍수 속에서 살아감을 강요당하는 현대인의 보편적 숙명의 감각을 무라카미는 일찍부터 인식하고 있었다. 특히 정보수용은 개인의 정신형성을 좌우하기 때문에, 정보를 방대한 규모로 공급하는 구글과 같은 거대기업은 이른바 현대의 '신'과 같은 지배력의 주인이라고 할 수 있다. 그러나 현대인은

---

12   리치 로버트슨, 『카프카』, 岩波書店, 2008.

그 지배력으로부터 지식을 얻고 있고, 그것 없이는 생활할 수 없다고 해도 과언이 아니다. 사회 시스템에서 지배당하며 살아가는 관계의 양면성은 당연히 현대인이 강하겠지만, 카프카의 작품세계는 정보사회의 양면성을 예견한 듯한 뛰어난 선견을 나타냈던 것이다.

한편, 무라카미가 현대사회의 억압을 이중적으로 파악하고 있다는 것은 2009년 2월 예루살렘상 수상 강연에서 명료하게 나타난다. 여기서 무라카미는 인간과 사회 시스템의 관계를 '벽과 달걀'에 비유하여, 자신은 언제나 벽에 부딪혀 깨질 달걀 편에 서겠다고 하면서, 동시에 그 벽이 비유하는 시스템은 결코 국제권력이 만든 외부적인 것이 아닌, "시스템이 우리를 만든 것이 아닙니다. 우리가 시스템을 만든 것입니다"라고 단호히 말하고 있다. 이 경우 '시스템'이란 정치, 경제를 시작으로 생활의 근본적인 구조 전체를 이르지만, 인간을 억압하는 힘이 국제권력과 같은 수렴적 형태가 아닌, 스스로가 만든 생활의 물리적인 기반 그 자체에 있다는 생각은, 무라카미의 작품에 편재하는 기본적 원리이기도 하다.

이렇게 무라카미의 언설과 표현에는, 인간이 본래 수동적인 존재라는 인식이 강하게 존재한다. 인간은 항상 물리적, 정신적 환경에서 수동적으로 살고, 그것에서 얻는 수익과 침범을 동시에 경험하는 존재라는 것이다. 물론 그것이 서로 대항하는 형태로 성립된 것이 현대 자본주의사회이며 정보사회가 배경인 무라카미 소설의 특징이기도 하다. 여기서 비교의 대상이 된 오웰과 카프카의 경우, 후자가 침범의 정도가 훨씬 높다. 그러나 언뜻 타자와의 교류를 갖지 않고 개인생활에서 자족하듯이 보이는 무라카미의 주인공들이, 실은 사회 시스템에 수동적이며 연약한 '달걀'로서 이해할 수 있다. 더욱 그 시스템은 점차 역사라는 관점 속에서 나타나는데『태엽감는 새』(1994~1995) 이후, 전쟁이라는 국가 시스템의 폭력이 개인의 의식을 좌우하는 양상을 표현하여 온 것이다. 본론에서 언급한 소설 속에는 아시아 역사 문제를 생각하는 무라카미 하루키의 두 가지 측면이, 상호 순환적인 인과성을 이루고 있다고 볼 수 있다.

무의식과 신화의 마음

무라카미 하루키 작품의 패러독스 문제

———————————————— 매튜 스트랙커Matthew Strecher

1. 이상한 만남

무라카미 하루키 문학을 처음 만난 것은, 워싱턴대학 박사과정에서 공부하고 있던 때였다. 후에 『하루키 문학은 언어의 음악이다』을 출판한 필자의 지도교수 제이 루빈Jay Rubin 교수로부터 『빈곤한 숙모 이야기』를 읽어 보라는 말을 듣고, '이런 일본소설도 있었단 말인가' 하고 놀랐던 일을 기억한다. 그때까지 나쓰메 소세키 · 가와바타 야스나리 · 미시마 유키오 · 오에 겐자부로 등 이른바 순문학을 중심으로 연구해 온 자로서 놀라움을 느꼈는데, 이것은 앞으로 일본문학의 방향성을 제시하고 있는 듯 했다.

이듬해 1992년 가을에 무라카미 하루키 씨가 워싱턴대학을 방문하여 일본문학 세미나에 참가했다. 수업 내용은 잘 기억이 나질 않지만,

그날은 우연히 필자의 생일이기도 해서 수업 후에 대학 근처 바에서 맥주를 마시며 무라카미 씨와 이야기한 것은 정확히 기억하고 있다. 그 바에는 밖이 보이는 큰 유리창이 있었다.

일본에서 멀리 떨어져서 생활하고 있는 이유를 무라카미 씨에게 묻자, 일본에서는 이름이 알려져 있어서 일을 하기가 조금 어려울 때가 있고, 외출하면 사람들이 사인이나 악수를 청한다는 것이었다. 바로 그 때, 창문 밖에서 젊은 여성이 우리를 빤히 쳐다보고 있는 것을 느꼈다. 두 사람은 안으로 들어와 조금 부끄러워하며 우리 테이블 쪽으로 가까이 걸어왔다. 한 사람이 "사인해 주시겠어요?"라고 하자, 또 한 사람은 "악수 부탁드려도 될까요"라는 것이다. 마치 소설 속 이야기처럼…….

2. 심리와 신화, 무의식과 사후 세계

심리학과 신화 사이에는 깊은 관련성이 있다. 혹은 무의식 세계와 신화 세계에는 다양한 공통점이 있다고 해도 좋을 것이다. 모두 '기억의 세계'이기 때문이다. 꿈은 무의식에서 온 개인적 기억이고, 사람은 꿈을 꿀 때 그 개인적 기억의 세계 속으로 들어간다. 마찬가지로 신화는 인간의 집단적 기억을 토대로 만들어졌고 인간의 과거와 미래를 엿보게 한다. 즉, 우리는 개인적 기억에서 개인적 교육을 받고, 집단적 기억에서는 집단적 교육을 받는다.

신화와 꿈에는 또 한 가지 공통점이 있다. 둘 다 사람의 중요한 희망과 공포를 나타내고 있다는 것이다. 꿈에서 느끼는 공포는 죽음이나 외로움, 암흑과 같은 것이고, 희망과 욕망은 자유, 애정, 우정, 불멸 등과 같은 것으로 대표된다. 신화는 인간이 지키려고 하는 것이 반영되어 있고, 그것을 지키기 위해 인간이 직면하는 것이 바로 공포이다.

심리학에서 중요한 역할을 하는 것은 '꿈'이다. 옛날 사람들은 꿈을 신(절대자)으로부터 받는 서신이라 받아들였는데, 그것은 미래의 예언, 저주, 또는 신들로부터 받은 명령이나 물음에 대한 답이라고 생각하여 큰 역할을 하였다고 볼 수 있다.

부처가 태어나기 전에 부모는 꿈을 통해 예지했다는 일화가 있고, 예수 그리스도의 모친 마리아도 출산을 앞두고 경고받는 꿈을 꿨다고 전해진다. 또한, 고대 그리스신화에서 꿈의 왕 모르페우스Morpheus는 꿈을 통해 신에게 다양한 예언을 받았다. 어떤 경우에는 여러 신들이 세계상황을 설명하거나, 또는 인간에게 명령, 경고, 예언을 내리거나 하였다. 물론 그 중에는 의미가 없는 꿈도 있다고 믿고 있었다.

근대에 와서 꿈과 신화의 의미도 바뀌었다. 밀쳐 엘리어드Mircea Eliade (루마니아 출신의 종교·민속학자)는 고대의 인간에게 신화는 '맞는 이야기'라고 생각되었던 것에 반하여 근대(유럽의 19세기 이후) 인간에게는 '만든 이야기'가 되어 버렸다고 말하고 있다. 고대인이 믿던 '신성'이 없어진 이후, 꿈도 간단히 설명할 수 없는 현상으로 간주하게 되었다.[1]

정신분석의 시조라 일컬어지는 프로이트Sigmund Freud에 의하면 과학

---

1   Mircea Eliade, Willard R. Trask trans., *Myth and Reality*, New York : Harper and Row, 1963.

시대 전에는 꿈에 대한 분석은 불확실한 것이 아니었다. 눈을 뜬 후에 꿈이 생각나는 것은 무엇인가 새로운, 악의를 품은 신이나 악마적 표징으로 보았다. 그러나 신화적 가설이 소비된 이래, 꿈의 신화적 분석방법이 소멸하였다고 그는 논하고 있다.[2] 과학시대 이전의 원시적 인간은 꿈, 악몽 등을 마법 또는 신들과의 커뮤니케이션으로 이해했지만 근대에 와서는 과학적 분석이 필요해진 것이다. 그러나 프로이드의 제자 융 Carl Jung은 꿈과 무의식을 과학적으로 분석해도 반드시 신화적 관점이 무의미하지 않다고 주장했다. 오히려 인간의 정신과 신화 사이에는 대단히 중요한 관련성이 있다고 융은 믿었다. 다시 말해서, 우리들의 꿈과 신화가 같은 곳으로부터 출발한 것이라면 그것을 '무의식'이라고 표현하면 좋겠지만 또는 '다른 세계', '사후 세계'라고 할 수 있고 '건너편 세계'라고 부를 수도 있다. 융은 1933년에 출판한 책에서 다음과 같이 말한다.

> 근대에 살고 있는 우리들은 정신(영혼)을 재발견할 필요가 있다. 또 스스로 체험해야 한다. 그렇게 하지 않으면 생물적 사건의 연쇄라고 하는 마법을 풀지 못하게 된다.[3]

융에 의하면 근대적 자아는 '혼'과 깊게 관련되어 있다. 다른 표현을 빌리자면 '혼'은 자아의 무의식적인 부분을 이루고 있고, 자아 때문에 생의 영역에서 배제된 '사후 세계'는 '무의식' 그 자체라는 것이다. 만

---

2   Sigmund Freud, *Dream Psychology*, The James A. McCann Company, 1920, p.8.
3   C. G. Jung, *Modern Man in Search of Soul*, Brace and Company, 1933, p.122.

년의 융은 또한 다음과 같이 주장하고 있다.

혼, 아니마(anima)는 무의식과의 관계를 만들어 준다. 그러한 의미에서 이것은 사후 세계와의 관계이다. 왜냐하면 무의식은 신화적 사후 세계, 선조의 나라에 해당하는 곳이기 때문이다.[4]

무라카미 하루키의 『양을 둘러싼 모험』 그 외 작품 등에서 무의식과 사후 세계가 상호적으로 연결되어 있는 것을 알 수 있다. 예를 들면, 『양을 둘러싼 모험』의 주인공 '나'는 홋카이도 별장에서 분신(이미 죽어 있는) '쥐'와 만나 이야기할 때, 사후 세계로 들어가는 동시에 자신의 '무의식' 속의 어두운 곳, '쥐'의 기억 창고에 들어간 것이었다. 또한 『댄스 댄스 댄스』에서 '나'는 현대식 '돌핀 호텔'의 엘리베이터를 타는데, 문이 열린 후에는 『양을 둘러싼 모험』의 무대인 누추한 '돌고래 호텔'과 자신의 기억, 그리고 무의식의 영역으로 들어가게 된다. 여기서 다시 '양 남자'와 만나 "여긴 자네 세상이야"라는 말을 듣는다.[5] 바로 이 '양 남자'는 『양을 둘러싼 모험』 마지막에 죽은 '쥐'와 그 '양'이며, 주인공 '나'의 기억에서 재구성된 것으로, 사후 세계와 '나'의 무의식 세계의 일부라고 말할 수 있을 것이다.

그러나 그러한 무의식적인 것이 반드시 정신분석에 속하는 '무의식'과 '자아'와 동일시할 수 있는 것은 아니다. 다나카 마사시田中雅史는 무라카미가 "소설구조를 '외계-자기-자아'의 관계로서 도식적 설명을

---

4   C. G. Jung, *Memories, Dreams, Reflections*, Pantheon Books, 1963, p.191.
5   무라카미 하루키, 『무라카미 하루키 전작품 1979~1989』 제7권, 講談社, 1991, 126쪽.

하고 있다"고 지적하고 또한 "이 '자아'가 지금 말한 정신분석의 '자아'(혹은 자기)와는 다르게, 욕망과 욕구를 품고 있는 개인의 이드(프로이드가 말한 id) 부분을 포함한 듯한 의미로 사용되고 있는 것도, 그 사고의 차이가 반영되어 있다고 할 수 있다"고 논하고 있다.[6] 물론 무라카미는 정신분석을 실행한다든가 자아구조를 도식화하는 것을 목적으로 할 리는 없기 때문에 '무의식'과 '다른 세계', '사후 세계' 등은 막연히 인간의 기억과 체험이 축적되는 장소로서 이해할 수 있는 것이다. 처녀작 『바람의 노래를 들어라』의 첫 부분에서 '죽음은 생의 일부로서 존재하고 있다'는 말을 화자 '나'가 믿고 있는 것이라면, 보통 '생'과 의식적 자아의 시점이 억제되고 배제된 죽음과 '사후 세계'는, '생'의 기반을 이루는 자아의 무의식적 일부로서 이해되기 마련이다.

무라카미는 이러한 '무의식'과 '사후 세계'를 '구멍을 파는 일'로 은유적으로 기술한다.[7] 따라서 '지하'에 잠재되어 있는 '이야기'로 접근할 수 있게 된다. 인간에게 필요한 '이야기'는 지하 깊은 곳에 숨겨져 있기 때문이다. 그러나 '지하'에서는 불가사의한 곳으로 들어가기까지가 상당히 어렵다. 『해변의 카프카』 출판 직후, 무라카미는 인터뷰에서 인간의 '존재'와 '마음'에 대해서 다음과 같이 이야기했다.

인간이란 존재는 2층짜리 집과 같다는 생각이 들었습니다. 1층은 사람이 모두 모여서 밥을 먹거나 TV를 보거나 이야기하거나 하는 곳이지요. 2층은

---

6   다나카 마사시, 「내부와 외부를 포갠 선택―무라카미 하루키『해변의 카프카』에서 보이는 자기애적 이미지와 퇴행적 윤리」,『甲南大学紀要 문학편』148호, 2006, 23쪽.
7   무라카미 하루키,『달리기를 말할 때 내가 이야기하고 싶은 것』, 文藝春秋, 2007, 65쪽.

개인 방과 침실이 있어서, 그곳에 가서 혼자 책을 읽거나 혼자 음악을 듣거나 하는. 그리고, 지하실이 있는데 이곳은 특별한 장소로 여러 물건을 보관합니다. 일상에서 쓰지 않지만 가끔 들어가서 그냥 멍하게 있거나 하는데, 그 아래 또 하나의 지하실이 있다는 것이 제 의견입니다. 그곳은 굉장히 특수한 문으로 되어 있어서 어딘지 알기 어려운 탓에 쉽게 들어갈 수 없고, 들어가지 못하고 끝나버리는 사람도 있습니다.[8]

이 인터뷰에 사용된 메타포에서 지상 1층은 이른바 '공동 스페이스'이고, 지상 2층은 개인을 위한 스페이스이며, 모두 공공성이 있어서 인간의 눈에 보이는 '의식 세계'와 '이쪽 편'에 속해 있다. 지하 1층은 무의식의 첫 단계이다. 이 방은 여러 체험이 기억으로 보관되어 있고 통상 추억으로 접근하고, 때로 꿈의 장소로 활용할 수도 있다.

그러면 그 아래에 있는 방은 대체 어떠한 장소일까. 고야마 테츠로小山鉄郎가 지적하듯이 "그곳은 자신의 영적 세계이며 자신의 과거와 밀접한 관계가 있다. 이 어둠의 세계를 서술하는 것이 작가의 일이고, 스토리인 것이다"라고 무라카미는 분명 생각하고 있을 것이다.[9] 그곳은 '영혼'이 들어가는 장소이고 '영혼'은 기억 그 자체인 동시에 '이야기'이기에, 현재의 기억은 점차 다른 기억과 합쳐지고 용해되어서 개인적 기억은 상실되고 만다.[10]

이 '지하 2층'의 영역은 개인적 기억만이 아닌 전 세계 사람들의 기

---

8   무라카미 하루키, 「롱 인터뷰―『해변의 카프카』를 말하다」, 『文学界』, 2003.4, 16쪽.
9   고야마 테츠로, 『무라카미 하루키를 읽다』, 講談社現代新書, 2010, 146쪽.
10 무라카미 하루키, 앞의 글, 16쪽.

억, 타자의 기억과 이야기도 그곳에 녹아들어 있다. 이것을 신비주의자들은 '우주영혼' 또는 '세계정령'이라 불러왔다. 4세기 철학자 플로티노스는 이러한 것들의 '통일'하는 것이 인간의 가장 중요한 목표라고 설파했고, 불교에서는 도달해야 하는 '무심'의 원리가 되었다. 물질적 육체에서 해방되어 우주와 이어짐에 따라 자아는 소멸한다.

잘 알려진 바와 같이, 융은 무라카미가 말하는 '지하 2층'을 '집단적 의식'이라 칭했다. '집단적 의식'은 선사 이래 모든 인간의, 모든 기억을 보관하는 인간성의 창고와 같은 것이다. 무라카미의 표현과 같이, 융의 표현 또한 비유적이지만 우리 인간의 지식은, 자신의 체험만이 아닌 예전부터 살아왔던 인간의 경험에 의해 만들어졌고, 인간은 그것을 통하여 이어져 왔다고 생각하는 점에서 공통점이 있다. 이와 같은 메타포로 컴퓨터를 예로 들어도 좋을 것이다. 우리 개인은 PC를 사용하여 데이터를 인터넷에서 다운로드 또는 업로드하며 인터넷망을 이용하는데, 한편으로는 그 발전에도 기여하고 있다. 인터넷망은 물질적 공간은 아니기 때문에 발달한다 해도 크기에는 변화가 없다. 집단적 의식도 이와 같이, 개인적 의식이 발달함에 따라 집단적 의식이 발달한다 해도 그 크기가 변하는 일은 없다. 그래서 인터넷망이 없으면 컴퓨터의 존재가 무의미해진다는 관점에서 보아도 이 메타포는 적절하지 않을까. 집단적 의식이 없다고 한다면 우리들의 자아는 어느 정도까지는 기능할 수 있겠지만 세계에 대한 각 존재의 의미는 찾기 어려울 것이다. 무라카미의 '지하 2층'은 이야기와 작자, 독자에게 있어서 매우 큰 의미를 갖고 있다. 무라카미가 융 연구자이며 심리학자인 가와이 하야오河合隼雄와 대담했던 것은, 그가 집단적 기억과 이야기를 내포한 영역을 중요시했던 것에 대한 표현이기도 할 것이다.

따라서 '지하 2층'과 신화 세계와는 떼려야 뗄 수 없는 관계성을 갖고 있다. 개별적 '이야기'는 영어로 "narrative"라고 불리지만 '집단적 이야기'를 대문자로 "Narrative"라고 칭할 수 있을 것이다. '이야기Narrative'를 통해서 무수한 다른 이야기와 이어지고, '타자'의 이야기에 영향을 주거나 반대로 받거나 하는 것이다.

인간의 정신도 이와 같이 '지하의 강'과 같은 것을 토대로 만들어진 것은 아닐까. 신화는 정신적 에너지에서, 무의식으로부터 발생하는 꿈과 비슷하고 우리 인간의 희망과 공포를 나타내기도 한다. 앞에서 언급했듯이, 근본적이고 상식적인 인간의 희망은 건강, 부, 우정, 애정과 같은 것이고, 공포의 대상이 되는 것은 암흑, 추위, 병, 죽음과 같은 것들이다. 신화는 그러한 희망과 공포를 표현하지만, 그것이 다가 아니다. 신화에서 보다 중요한 역할은 우리가 사는 세계의 모습과 생의 삶의 태도를 전하고 있다는 사실이다.

고대 그리스 신화 『오르페우스와 유리디체』가 좋은 예가 될 수 있다. 음악의 명인 오르페우스는 아름다운 아내 유리디체를 사랑하고 있었는데, 어느 날 갑자기 그녀는 독뱀에게 물리는 사고로 죽음을 당하여 사후 세계로 들어간다. 오르페우스는 어떻게든 아내와 만나기 위해 저승의 왕 하디스에게 아내를 돌려 달라고 간청하지만 거절당한다. 오르페우스가 아름다운 노래를 부르자, 하디스의 냉철한 마음이 녹아내려 유리디체를 돌려보내기로 하지만, 한 가지 조건을 걸었다. 지상 세계로 걸어가는 도중에 유리디체가 있는지 절대 뒤를 돌아보면 안 된다는 것이다. 그러나 오르페우스는 발소리가 나지 않는 유리디체가 정말 있는

지 의심을 품고 확인을 위해 되돌아보는 그 순간, 유리디체는 소멸하고 만다. 유리디체는 영원히 사후 세계에서 돌아올 수 없게 되었다.

사실, 일본의 신화 『고사기古事記』에도 이와 비슷한 이야기가 있다. 일본열도를 만든 신 '이자나기와 이자나미'의 이야기에서 이자나미는 불의 신을 출산할 때, 화상을 입고 사망하여 사후 세계로 들어간다. 이자나기는 오르페우스와 같이 사후 세계에 들어가서, 함께 돌아가자며 이자나미에게 직접 부탁한다. 이자나미는 동의하지만 절대로 시체를 보지 말라는 조건이 붙는다. 이자나기는 호기심에 그만 부패한 시체를 보고 마는데, 놀란 나머지 비명을 지르며 도망간다. 분노한 이자나미가 남편을 '사후 세계'로부터 추방하였고, 이쪽 편의 '생의 세계'와 저쪽 편의 '사후 세계'는 영원히 단절되었다.

3. '사후 세계'로 들어가다

무라카미의 처녀작 『바람의 노래를 들어라』에서, 이미 '다른 세계'가 등장하는 것을 눈치 채지 못한 독자가 많을 지도 모르겠다. 혹은, 작가 자신도 그 시점에서는 자신이 어떤 '판도라의 상자'를 열게 될지 몰랐던 것은 아닐까. 『바람의 노래를 들어라』 후반에 등장하는 '아홉 개 손가락의 여자'는 "혼자 가만히 있으면 말이야, 여러 사람이 나한테 얘기하는 소리가 들려…… 아는 사람도 있고 모르는 사람, 아빠, 엄마, 학교 선생님, 아무튼 여러 사람이야"[11]라고 고백한다. 그 후, 어느 청년이 깊은 화성의 우물 속에 몸을 던지는 에피소드가 그려지는데, 얼마 동안 우물에서 지내다가 나와 보니 15억 년이나 지나 있었다는 이야기를 '바람'에게 듣는다. 그러나 '바람'은 외계가 아닌 마음의 소리였기에, 결국 청년은 자신의 내부에 있는 '다른 세계'와 이야기하고 있었다는 것이다. 쓰게 테루히코柘植光彦는 이 우물(일본어로 '이도井戸')은 프로이드의 "id"(이드, 본능적 충동의 원천)그 자체로 보았다.

　　이 부분에 나오는 '바람'은 id(우물) 안에서 외부로 나온 청년의 마음에 직접 이야기하고 있다. 실은『바람의 노래를 들어라』라는 제목과 직결되는 표현은, 작품 전체 중에서 이 부분밖에 없다. 그리고 여기서의 '바람'을 융이 말하는 '집단적 무의식'의 비유로 이해한다면 제목이 갖는 의미는 명료해진다.[12]

　즉, 청년이 화성의 우물에 들어갈 때, 실제로는 자기 자신의 무의식으로 들어간다고 설명할 수 있을 것이다. '아홉 개의 손가락을 가진 여자'가 듣는 소리도 무의식에서 들려오는 것이라 할 수 있다. 이러한 해석을 많은 독자들이 좋아한다 해도, 제약이 있다는 것은 지적해 둘 필요가 있다. 가와이 하야오는 무라카미 작품에 대해 "과학적 검토에 의한 분석결과보다 인생에 필요한 힌트를 준다"라고 말하면서,[13] 동시에

11　무라카미 하루키,『무라카미 하루키 전작품 1979~1989』제1권, 講談社, 1990, 106쪽.
12　쓰게 테루히코,「미디어로서의 '우물'」,『国文学』, 1998.3, 51쪽.
13　가와이 하야오,「우연의 진실」,『新潮』, 2005.11, 311쪽.

"무라카미 하루키 작품을 심리학적으로 '해석'하려고 하면 많은 문제가 따르며, 그것은 거의 불가능이라 느껴지기까지 한다"라고 주장하기도 했다.[14]

『바람의 노래를 들어라』의 '화성의 청년'과 '아홉 개 손가락의 여자' 이야기는 무라카미 작품에서 불가사의한 '다른 세계'의 첫 등장이지만, 그 후 작품에서 다양한 형태로 표현되어 있다. 『1973년의 핀볼』에서 '쥐'는 주인공 '나'의 분신으로서 '다른 세계'에서 행동하고, '이쪽 편'에서는 쌍둥이로 모습을 바꾸어 나타난다. 주인공이 어느 날 아침에 눈을 뜨자, 양쪽에 젊은 여성이 자고 있다. 어찌된 영문인지 모르지만, 쌍둥이들은 일어나자 늘 그랬다는 듯 아침식사를 만들어 준다. '나'가 이름을 묻자 "별로 대단한 이름이 아니다"라고 대답한다. 그래서 그가 이름을 붙이려고 하여 '좌와 우', '가로와 세로', '위와 아래'와 같은 반대어들을 열거하다가 결국 '입구와 출구'라는 이름으로 마무리 짓게 되었다. '입구가 있고 출구는 없는' 것을 생각하다 '쥐 덫'이라는 이름에 이르는데, 이 이야기도 역시 '쌍둥이'와 행방불명된 '쥐'를 연상시키는 표현이다. '나'는 '쥐'를 향한 노스탤지어로 인해 '쥐'를 '쌍둥이'로서 수용하고 '이쪽 편' 세계에 있는 존재로 인정하게 된다.

『1973년의 핀볼』에서는 '다른 세계'는 '쥐'가 존재하는 장소로서 상세하게 묘사된다. 특히 '다른 세계'에서 시간의 흐름과 죽음의 분위기가 특별한 이미지를 갖고 있다.

---

14   가와이 토시오, 『무라카미 하루키의 '이야기' 꿈 텍스트를 해독하다』, 新潮社, 2011, 16쪽.

쥐에게 시간의 흐름은 마치 어디선가 뚝 끊어진 것 같이 보인다. '쥐'는 그 이유를 모른다. 그 실마리조차 찾을 수 없다. 생명을 다한 로프를 손에 쥔 채로 그는 옅은 어둠 속을 헤맸다. 풀밭을 가로질러 강을 건너 몇 개인가 문을 밀었다. 그러나 로프는 그를 어디로도 인도하지 않았다. 날개 꺾인 겨울 파리처럼 바다를 앞에 둔 강의 흐름처럼 '쥐'는 무력했고 고독했다. 어딘가에서 나쁜 바람이 불기 시작했고, 지금까지 쥐를 감싸고 있던 친밀한 공기가 지구 반대편으로 불어 날아가는 듯한 느낌이 들었다.[15]

조용한 풀밭과 강가에서 '쥐'가 헤맸던 곳은 고대 그리스의 엘리시움Elysium이라 불리는 극락과 같은 분위기였는데, 이 인용에서 중요한 것은 '시간의 흐름'과 '어둠'이다. '쥐'가 있는 장소는 인간이 만든 물질적 세계에 있는 시간과 관련이 없고, 시간 그 자체는 그의 장소에서 흐르지 않는다. 따라서, '저쪽 편'으로 들어간 인간은 변하는 법이 없다. 나이도 들지 않고 죽는 일도 없다. 다른 세계는 '무의식'일 뿐만 아니라, 실제로 '사후 세계'이기도 한 것이다. 물론 '쥐'도 '사후 세계'의 일부이며 어떤 의미에서는 그 세계의 표상으로 읽을 수 있다. 이 작품의 중반에 '쥐'가 묘지로 애인을 데리고 가는 장면이 나온다. '쥐'가 죽음을 연상시키는 역할을 하고 있는 것이다.

여자는 잠든 듯이 눈을 감고 쥐에게 기대고 있었다. 쥐는 어깨부터 옆구리에 닿은 그녀의 몸의 무게를 가만히 느꼈다. 그것은 이상한 무게감이었다.

---

15   무라카미 하루키, 앞의 책, 1990, 149~150쪽.

남자를 사랑하고, 아이를 낳고, 늙어서 죽어가는 한 존재가 갖는 무게였다. (…중략…) 공동묘지는 무덤이라기보다 마치 버려진 마을 같아 보였다. 묘지의 절반 이상은 비어 있었다. 그곳에 잠들 예정의 사람들은 아직 살아 있었기 때문이었다.[16]

이 단락은, '사후 세계'로 이끌려가는 영혼이 방황하는 강렬한 인상을 남긴다. 주인공 '나'도 이 '사후 세계'와 만나는데, '나'가 청년시절에 자주 놀았던 핀볼 머신과 관계가 있다. 주인공이 찾았던 것은 '스페이스 십'으로 죽은 연인 '나오코'가 자살한 직후에 자주 놀던 기종이었다. 따라서 '스페이스 십'을 향한 추구는 '나오코를 향한 추구'로 읽을 수 있는 것이다. 겨우 찾아 낸 '스페이스 십'은 거대한 창고에 있었는데, 그곳은 신화의 하디스와 같이 음침하고 춥고, 암흑의 공간이었다. 벽은 무섭도록 두텁게 만들어져 있어, 주인공은 '마치 납으로 만든 상자에 넣어진 기분'이 들거나 '영원히 나갈 수 없을 것만 같은 공포'에 사로잡혀 오르페우스와 같이 '몇 번이나 들어왔던 문을 뒤돌아보았다'. '같은 방향으로 8열종대를 형성하고', '그 열에는 1센티미터의 오차도 없'는 핀볼대는 '나'에게 서구식 묘지를 연상시켰다.[17]

창고 안에서 '스페이스 십'이란 핀볼 기계를 찾아 서로 대화하는 '나'는 동시에 죽은 '나오코'와도 이야기하는 것이 된다. 그는 '나오코'의 '용서'를 받은 듯한 충만한 기분에 사로잡힌다. 그러나 결국 '나'는 오르페우스와 이자나기와 완전히 똑같은 조건이 주어지게 된다. 한 번

---

16 위의 책, 181쪽.
17 위의 책, 237~238쪽.

'사후 세계'에 들어갈 수는 있어도 상실해버린 사랑하는 사람을 그곳에서 데려오는 것은 불가능하다는 것이다. 더욱, '나오코' 본인의 얼굴을 보는 것조차 이루지 못하고 '스페이스 십'이라고 하는 핀볼대로 위장된 모습을 보는 것에 만족해야 했다.

4. 무라카미 하루키 문학과 신화

무라카미 작품에서는 처음부터 구조와 이미지의 양면에 신화적 분위기가 침투해 있다고 생각한다. 주인공이 사랑하는 핀볼 머신이 있는 어두운 창고에 들어가는 장면은, 하디스가 지배하는 지하 세계에서 유리디체를 찾는 오르페우스와, 아내 이자나미를 찾기 위해 황천국에 들어간 이자나기를 연상시킨다. '나'가 들어간 창고는 춥고 어두운 '타계', 즉 꿈과 악몽, 기억과 죽음의 영역인 것이다. 같은 '나'가 홋카이도에 있는 '쥐'의 산장을 방문할 때에도 전기를 켜서는 안 된다는 것, 이외에도 매우 흡사한 일이 일어난다. 특히 그리스 신화의 주인공들과 비슷한데, 이후 작품에서 등장하는 무라카미의 주인공들도 미궁으로 빠져든다는 것이다. 그것은 『태엽감는 새』의 무의식적 호텔과 『해변의 카프카』의 어두운 숲과 같은 것인데, 거기서 그들은 기억과 마주하고 상실한 것을 찾는다.

우치다 타쓰루内田樹는 "무라카미 월드는 '코스몰로지(우주원리)에 방해되는 것'의 침입에 대항하여 보초 역할을 하는 주인공들이 팀을 꾸려 막는다고 하는 신화적 이야기 형태를 갖고 있다. (…중략…) 모두 그 기본구조는 다르지 않다"라고 지적하고 있다.[18] 이러한 '신화적 원형' 은 노드롭 프라이Northrop Frye와 죠셉 캠벨Joseph Campbell이 작품 분석의 근거로 한 '신화적 원형'과 유사하다.[19] 예를 들면, 가장 단순한 패턴으로 '신화적 원형'이란 다음과 같은 것이다. 어느 마을에 악마의 저주가 심한 '부정함'이 생겨서 그 때문에 마을의 비옥함이 상실된 것을 걱정한다. 뛰어난 영웅을 선발하여, 지하에 있는 두렵고 위험한 곳에 들어가서 악마 퇴치와 같은, 보통 인간으로는 불가능한 일을 해야만 한다. 살아남은 영웅은 그 마을 촌장이 되지만, 도중에 생명을 잃은 자는 마을을 보호하는 혼령이 되는 경우도 많다.

무라카미 작품에는 집단적인 신화 이야기와 개인적 이야기가 혼재되어 있다. 실제로 무라카미 작품에 일어나는 갈등의 대부분은 자아를 기초로 한 개인 중심과 '혼'이 되는 이야기의 지배권을 둘러싸고 일어난다. 이러한 개인의 이야기는 항상 사회적 질서를 보호할 목적에서, 필연적으로 개인을 제한해야만 하는 집단적 이야기와 갈등을 일으키게 된다. 그러나 무라카미 작품에서, 사회적 규범과 사회 적응이라는 관점에서의 집단적 이야기는 타락하고 파괴하는 힘으로서 그려진다. 그리고 마지막에는 개인을 완전히 지워 버리는 위협이 되어 버린다. 초기 작품에서 이러한 지배력은 어떤 상징적 이미지와 형태를 갖고 있다. 『양을 둘러싼 모험』에서 양과 『해변의 카프카』에서의 운명, 『1Q84』에

18 우치다 타츠루, 『한 번 더 무라카미 하루키에게 주의』, 알테스퍼블리싱, 2010, 61쪽.
19 Northrop Frye, *Anatomy of Criticism*, Princeton University Press, 1957.

서는 집단적 종교, 『색채가 없는 다자키 쓰쿠루와, 그가 순례를 떠난 해』에서 강제적 우정 등에서 나타나 있는데, 주인공은 우정으로 결집된 그룹 내에서 불화를 일으키지 않기 위해, 특정 여성에 개인적 욕망을 억제해야만 했다.

이러한 패턴이 처음 확실히 나타난 것은 『양을 둘러싼 모험』이다. 제이 루빈은 '양'을 역사상 '국가·제국주의'의 상징으로 보고, "선생님의 그림자왕국의 배후에는 거대한, 개인을 죽이는 전체주의 '의지'가 잠재되어 있고 그것을 '등에 별을 짊어진 밤색 양'이 구현하고 있다"[20]고 서술하고 있다. 이 해석에서 '양'은 '대일본제국'의 '망라적 전체주의'를 나타내지만, 동시에 전후 일본국가와 현대 일본사회의 '공동체'를 상징하기도 한다. 『양을 둘러싼 모험』의 주요한 테마 중 하나가 '공동체'와 '개인' 사이의 긴장 관계이기 때문에, 신화적 영웅인 주인공의 역할은 '개인을 죽이려는 의지'를 파괴하고, 개인의 의지를 회복하는 일에 한정되지 않는다. '개인의 의지'는 실제로 인간의 '영혼'이자 '이야기'인 것이다.

'양'을 신화적 상징으로 읽으면 공동체 또는 국가에 유통하는 외적 이야기가 된다. 그러한 큰 이야기는 다양한 사람들의 개인적 의지와 이야기를 파괴하는 '쥐'에게 '양'의 혼이 씌인 것과 같이 개인의 내부에 들어가 개인의 개성을 빼앗고, 포장지에 불과한 존재로 만든다. 주인공 '나'의 일은 '양'을 죽여서 개인 의지와 이야기를 회복하는 것에 있고, 결국 분신인 '쥐'를 통해서 그것을 성취할 수 있게 되는 것이다.

---

20   제이 루빈, 『하루키 문학은 언어의 음악이다』, 新潮社, 2006, 109쪽.

이 신화적 구조는『양을 둘러싼 모험』의 속편『댄스 댄스 댄스』,『상실의 시대』,『세계의 끝과 하드보일드 원더랜드』등에도 어느 정도 보여지는데 가장 명확히 보여지는 것은『태엽감는 새』일 것이다.『태엽감는 새』에서 주인공 '오카다 타오루'는 행방불명된 아내 '쿠미코'를 찾으러 나서지만 '쿠미코'는 오빠인 '와타야 노보루'에 의해 형이상적 호텔에 감금되어, 이른바 '다른 세계'를 피할 수 없게 된다. 쥐 3부작에서의 '나'와는 다르게, 그대로 '다른 세계'에 들어가는 것이 아니라 그 전에 육체와 영혼을 분리해야만 한다. 이러한 육체와 영혼의 분리는 이 작품에서 무라카미의 테마가 되는데, 특히『해변의 카프카』,『애프터 다크』,『1Q84』, 최신작품『다자키 쓰쿠루』에서 중요한 주제가 된다.

'오카다 토오루'의 '일'은 '쿠미코'를 구조하는 일만이 아니라 동시에 여성들의 '영혼'의 회복을 위한 일이기도 하다. 여성들이 어떻게 당했는가는 작품에서 그려지지 않지만 매춘부 '가노 크레타'와 흡사한 체험을 한 것이라 생각할 수 있다. '가노 크레타'는 '와타야 노보루'에게 알몸을 손으로 '탐험'당한 후의 일을 다음과 같이 회상한다.

> 뒤에서 내 안에 뭔가 들어왔어요. (…중략…) 나는 육체가 두 개로 갈라지는 것 같은, 불합리한 아픔이었어요. 그래도 난 고통스러워하면서도 쾌감을 드러내고 있었어요. (…중략…) 그리고 기묘한 일이 일어났어요. 둘로 갈라진 내 육체 안에서 내가 이제까지 보고 경험한 적이 없는 무언가 둘로 갈라져서 빠져나가는 것을 난 느꼈어요.[21]

---

21 무라카미 하루키,『태엽감는 새』제2부, 新潮社, 1994, 234~235쪽.

그렇다면, 빠져나간 '무언가'는 무엇일까. 이 묘사는 출산을 연상시키지만 여기서 태어나는 것은 고통과 쾌감을 양친으로 하는 자기 자신, 그 자체인 '가노 크레타'의 자아일까. 안타깝게도 '와타야 노보루'에게 사로잡힌 '가노 크레타'는 '유린당한 여자'들 중 한 명이 되고 말았다. '오카다 토오루'는 아내인 '쿠미코'를 살리기 위해 또한 '크레타'와 같은 여성들을 구하기 위해 '다른 세계'로 들어가게 된다. 그러나 '오카다'는 '이쪽 편'에 피해 여성들을 구하는 일도 있었다. 그것은 '와타야 노보루'의 '적극적 폭력'(=완전한 방해)의 반전으로 '오카다'가 어두운 방에서 조용히 앉아 있는 여성들에게 애무받고 사정하는 일이었다. 여성들은 그렇게 주체로서 역할을 잠시 동안 회복할 수 있다.

5. 소리를 듣는 예언자, 이야기를 듣는 영웅

그러나, 영웅 '오카다 토오루'의 역할은 '듣는 일'이었을 지도 모른다. 무라카미 작품의 다른 영웅들도, 예를 들어 『1973년의 핀볼』의 '나'가 '나오코'의 이야기에 귀를 기울이며 타자의 말을 듣는다. '나오코'의 이야기는 '내적 이야기'로 이어지고 있지만 주인공 '나'가 그것을 듣는 것에 따라, '나오코'는 자기를 실현할 수 있었다. 수용이론에서 문학 텍스트는 텍스트와 독자 사이에서 실현되는 것같이 '나오코'가 하는 이야기를 '나'가 들으면서 기록하는 과정을 통하여 '나오코'의 이야기도 그녀 자신도 실체화되어 가는 것이다.

『상실의 시대』에서는 같은 테마의 실패한 예가 보인다. 주인공 '와타나베 토오루'의 친구 '나오코'(『1973년의 핀볼』의 '나오코'일까?)는, 죽은 연인 '키즈키'의 부르는 소리가 '다른 세계'로부터 들린다고 느끼며, 불안정한 정신상태에 빠진다. 나오코는 "마치 키즈키가 어두운 곳에서 손을 뻗어 나를 찾는 듯한 기분이 들어. 내 이름을 부르면서 우린 헤어질 수 없대"라고 '와타나베 토오루'에게 고백한다.[22] 그러나 '와타나베 토오루'는 그 말을 결국 이해하지 못하고 끝나 버린다. '나오코'가 '키즈키'의 부르는 소리에 따라 사후 세계로 이동하는 이유는 주인공이 '나오코'가 전달한 메시지를 명확히 이해하지 못했다는 점에 있었다.

'오카다 토오루'도 처음부터 메시지를 잘 이해하지 못했다. 『태엽감는 새』 제1장에서는 스파게티를 만드는 도중에 전화가 울리고, 처음 듣는 목소리의 여자가 '십 분만' 통화하자고 하는 에피소드가 그려진다. 여자는 "십 분이면 서로 알 수 있다"고 했지만 '오카다 토오루'는 통화 내용이 성적인 이야기로 흐르자 전화를 끊는다. 그러나, 처음 듣는 목소리의 여자는 '쿠미코'의 영혼으로 어떻게든 '토오루'에게 본심을 전하고 싶었던 것이었다. '토오루'가 메시지의 이해에 실패하여 '쿠미코'는 그대로 형이상적 호텔에 계속 갇힐 수밖에 없는, 점차 자기를 상실해 가고 만다.

『해변의 카프카』의 주인공 중 한 명인 '다무라 카프카'도 '소리를 듣는 사람'이다. 단, 카프카의 경우에는 '다른 세계'에서 들려오는 소리만

---

22 무라카미 하루키, 『무라카미 하루키 전작품 1979~1989』 제6권, 講談社, 1991, 206쪽.

이 아닌, 아버지에게 예언을 직접 듣기도 하는데, 또 하나 차이점은 '카프카'는 메시지를 듣고 곧 이해하고 행동한다는 점이다. '카프카'에게 들리는 '다른 세계', '내적 세계'로부터 들리는 목소리는, '까마귀라 불리는 소년'이 카프카 자신의 영혼인지, 타자의 영혼인지 또는 소설 플롯의 원리인지는 명료하지 않아도, 이 '목소리'가 '카프카'를 지탱하는 힘이 된다는 것을 알 수 있다.

아버지의 예언에 따르면, '카프카'는 언젠가 아버지를 죽이고 행방불명된 어머니와 누나와 근친상간의 죄를 범한다는 것이다. 카프카는 이 사실을 듣고 혼란에 빠지고, 결국 동경 집에서 나와 다카마츠高松(지명)로 도망친다. 도중에 젊은 여성인 '사쿠라'와 만나고, 다카마츠에서는 중년 여성 '사에키'와 만난다. 이 여성들이 누나와 어머니와 비슷한 연령이기 때문에, 두 사람이 진짜 누나와 어머니이지 않을까 '카프카'는 상상했다. 아버지가 동경에서 살해당하고 '카프카'는 다카마츠의 신사에서 피 범벅이 된 상태에서 눈을 뜰 때, 자신의 운명을 피할 수 없다는 사실을 깨달아, 그의 상상은 현실감을 더하게 된다.

그러나, '카프카'의 반응은 이전의 무라카미가 그리는 영웅들과는 달랐다. '카프카' 이전의 무라카미의 영웅들은 반드시 운명에 저항하지만, 결국 무엇인가를 잃고 패배하고 마는 인물들이기 때문이다. 『양들을 둘러싼 모험』의 '나'는 분신 '쥐'와 특별한 귀를 가진 연인을 잃고, 『세계의 끝과 하드보일드 원더랜드』의 '나'는 의지를 상징하는 '그림자'를 잃는다. '와타나베 토오루'는 '나오코'를 잃고 '오카다 토오루'는 '쿠미코'를 잃었다. 그러나, '다무라 카프카'는 소설 마지막까지 아무것도 잃지 않고 '다른 세계'로부터 빠져나온다. 그럼, 카프카는 왜 특별했던 것일까.

가와이 하야오河合準雄는 '카프카'가 자기 자신의 '운명'을 이미 알고 있었기 때문이라고 설명하고 있다.

옛날부터 전해 내려오는 오이디푸스의 테마가, 현대의 이야기가 된 것일까 생각하는 분이 계실지도 모르지만, 이 작품은 다릅니다. 오이디푸스의 경우, 그 예언을 말한 것은 신이었습니다. (…중략…) 『해변의 카프카』에서는 처음부터 이 소년은 자신의 운명을, 더욱이 아버지에게 듣고 알고 있었던 것이지요.[23]

즉, 가와이 하야오에 따르면 이 설정은 인간이 신에게서 그 역할을 빼앗는 것을 의미하고, 대단히 위험한 상황이라고 하고 있다. 그러나 다른 견해에서 본다면, '카프카'는 타자인 신에게 자기의 의지를 탈환하고 스스로 운명의 방향성을 주장한다고 할 수 있어서, 필자는 오히려 이 해석에 찬성한다.

사실 '카프카'는, 신사에서 눈을 뜰 때에 운명을 피할 수 없다고 느끼면서도, 그것을 불행이 아닌 오히려 기회라고 생각한다. 운명이 피할 수 없는 것이라면 저항하는 것은 의미가 없기에 예언을 실현하고 이용하는 길밖에 없다는 것이다. 결국 '카프카'는 어머니라고 생각했던 '사에키'와 관계를 맺고, 꿈에서는 누나일지 모르는 '사쿠라'를 강간하게 되었다. 그리하여 '카프카'는 '사에키'와 '사쿠라'를 어머니와 누나라

---

23 가와이 하야오, 「경계체험을 말하다―『해변의 카프카』를 읽다」, 『新潮』, 2002.12, 236쪽.

받아들인다. 그가 스스로 운명을 바꿀 수는 없었지만, 예언이 제시한 운명을 이용하여 잃어버린 가족을 다시 찾았다는 의미가 되기 때문에 작품의 결말은 '카프카'의 승리로 끝나는 것이다.

6. 우주의 균형

무라카미의 소설 중에 가장 긴 소설인 『1Q84』에 있어서도 '소리를 듣는' 것은 매우 중요한 테마이다. 이 작품의 천재적인 주인공 '덴고'는 젊은 여성 '후카에리'가 쓴 소설 『공기 번데기』를 수정 집필하여, 그녀는 아쿠타가와상을 수상하게 된다. '후카에리'는 신흥종교 집단의 리더의 딸로 종교집단에서 도망쳐 나왔지만, 그녀의 소설은 '지각知覺하는 것'과 '수용하는 것' 그리고 '리틀 피플'이라는 신적인 존재 간의 관계를 테마로 하고 있었다. 그러나, '리틀 피플'이 도대체 어떤 존재인지는 아무도 모른다. 신화적인 관점에서 본다면 고대로부터 전해내려온 '의지'라고도 할 수 있지만, 그것은 인간세계를 그 의지로 관리하려고 하는 무엇인가임에 틀림없다.

이 작품에서 '리틀 피플'이 '소리'로 설정되어 있는 부분은 『양을 둘러싼 모험』의 '양'과 비슷하다. '소리의 의지'를 일반인에게 전하는 역할은, '신의 계시'와 같은 메시지를 처음 듣게 된 '후카에리'이다. 고대 그리스 델포이의 아폴론 신전의 신탁은 인간의 언어로 통역하는 신관을 통해서만 해석할 수 있었다. '지각知覺하는 자' 중 리더가 그 역할을 맡는다.

『1Q84』에서 또 하나의 큰 테마는 역시 '균형(밸런스)'이다. '균형'은 여러 형태를 띠지만 가장 중요한 것은 다양한 조합으로 나타난다. 로버트 프로스트Robert L. Frost가 시에서 노래한 '물과 불' 그리고 대자연의 '하늘과 땅'과 같이 우주는 정반대인 것에 의해 지탱된다는 것이다. 이 소설에 인간의 조합과 '리틀 피플=신' 사이의 대립과 균형이 있다고 한다면, '리틀 피플'에 대한 정반대이면서 공평한 측면도 있다. 그래서 '지각'과 '수용'이 함께 연결되는 축이 존재한다. 바로 '덴고'와 암살의 천재 '아오마메'이다. 이 둘은 리더와 그 딸 '후카에리'와는 '조합이면서 정반대'인 관계로서, '덴고'는 '만드는 사람', '아오마메'는 '파괴하는 사람'인 것이다. 그러나 이 네 명이 조합이 되는 이유는 '신=리틀 피플'에게 선택받았기 때문이다. "그들이 우리들을 찾아냈다. 우리가 그들을 찾아낸 것이 아니다"라고 리더는 '아오마메'에게 설명한다.[24]

결국, 이 두 사람의 '일'은 우주의 '균형'을 지키는 것이었다. 리더가 '아오마메'에게 설명하듯이, "리틀 피플이 되는 것 혹은 그것에 잠재하는 의지는, 확실히 거대한 힘을 갖고 있다. 그러나 그들이 힘을 사용하면 사용할수록 그 힘에 대항하는 힘도 자동적으로 커져 간다".[25] 즉, 가장 중요한 것은 힘의 균형이고, '선'이 있다면 '악'도 필요하다는 것. 혹은 '악'이 없다면 '선'도 존재할 수 없다는 것이다. 이러한 생각은 고대 페르시아 예언자 조로아스터로부터 그리스 플라톤을 통해서 논리적으

---

24   무라카미 하루키, 『1Q84』 2권, 新潮社, 2009, 276쪽.
25   위의 책, 274쪽.

로 발전한 이원론이고, 현대에 와서도 무라카미 하루키 작품의 기초가 되고 있다.

이러한 관계는 무라카미의 영웅과 그 분신과의 관계에서도 보여진다. '나'와 '쥐'는 '이쪽 편'과 '저쪽 편'에 속해 있어서 같은 세계에는 존재할 수 없지만, '쥐'가 없다면 '나'도 존재할 수 없다. 『태엽감는 새』의 '오카다 토오루'와 '와타야 노보루'의 관계도 이와 같다. "와타야 노보루 님은 오카다 님과는 완전히 반대의 세계에 속해 있는 사람입니다. (…중략…) 오카다 님이 거절당하는 세계에서 와타야 님은 받아들여집니다"라고, '형이상적 매춘부'라 불리는 '가노 크레타'가 설명하는데, 독자가 이해할 수 있는 '오카다 토오루'와 '와타야 노보루'는 같은 존재의 양면이며, 같은 세계에 존재한다면 '이쪽 편'과 '저쪽 편'의 균형을 잃게 된다.[26] 그러나, 무엇이 '균형'을 이루는가를 생각하기 위해서는 다시 '이야기'에 대해서 고찰할 필요가 있겠다.

앞에서 보았듯이, 무라카미 작품과 언급 등에서 '이야기'라고 하는 개념은 대단히 중요하다. 여기에는 인간이 개인으로서 개인의 이야기를 만드는 기본인식이 있다. 개인의 이야기를 파괴할 가능성을 갖게 되는 그것 없이는 개인의 이야기도 존재할 수 없는, 집단적 이야기도 동시에 존재하고 있다. 그 둘의 관계도 논리적이고, 균형이 불가결한 것이 된다. '와타야 노보루', '양', '리틀 피플' 등은 모두 사회적 인습을 나타내는 '집단적 이야기'를 상징하고 있다. 공동체와 국가의 규칙에 따르는 것은 반드시 악은 아니다. 그러나 '보통 사회인'이 되기 위해 개

---

26   무라카미 하루키, 앞의 책, 1994, 256~257쪽.

인의 이야기와 개인의 자아를 상실한다면, 불가결한 '균형'도 잃어버리게 되고 인간은 인간이 아닌, 그저 '양'과 같은 존재가 된다는 무라카미의 경고가 들리는 듯하다.

신화적 요소는 특히 『해변의 카프카』와 『1Q84』 등에서 나타나듯이, '집단적 이야기'는 많은 경우 '운명'으로 묘사된다. '카프카'는 운명에 따르면서도 그것을 이용하며 강해지는데, '아오마메'와 '덴고'는 '리틀 피플'의 집단적 이야기에 대항하여 둘의 '개인적 이야기'를 만들어 나가면서 우주의 균형을 지키는 것이 된다. 이것을 '운명'과 '자유의지free will'의 대립에 비유하여 해석할 수 있지만, 많은 사람들이 보통의 사회인으로 살아가는 것을 생각한다면 자신의 운명을 결정짓는 인간의 태도와도 대치되어야 한다.

무라카미의 최신작 『다자키 쓰쿠루』도 이와 같은 테마를 내포하고 있다. '다자키 쓰쿠루'는 나고야에서의 고교 시절에 네 명의 친구들과 '흐트러짐 없는 조화된 공동체'를 형성한다.[27] 그룹이 젊은 여성 둘과 남성 셋에 의해 구성되어 있음에도 불구하고 '둘을 한 팀'으로 하거나 육체관계를 맺는 일은 암묵적 금지사항이었다. 이러한 유토피아적 모델은 영원히 지속될 수 없고, 이르든 늦든 간에 반드시 현실에 직면하여 붕괴될 수밖에 없다. 이 작품은 리얼리즘에 가깝다고 할 수 있지만, 젊은이들에 의한 조화된 공동체는 『상실의 시대』의 '나오코'와 '키즈키'가 형성하는 '나른 세계'의 이야기와 매우 비슷하다. 유토피아적 집단 내부에는 혼란이 없지만 진보와 성장도 없다. 예를 들면, 성적 욕망

---

27   무라카미 하루키, 『색채가 없는 다자키 쓰쿠루와 그가 순례를 떠난 해』, 文藝春秋, 2013, 20쪽.

과 같은 자연적 욕구조차 억제해야만 하는 것이다. '다자키 쓰쿠루'는 고등학교를 졸업하여 대학에 입학하기까지 욕구를 억제하는 일에 성공하지만, 작품의 결말에 이르러 보다 중요한 교훈을 얻게 된다. 이 경우에도 그것은 '집단적 이야기'와 '개인적 이야기'와 관련이 있다.

> 그때 그는 이제 전부를 받아들일 수 있었다. 영혼의 밑바닥에서 다자키 쓰쿠루는 이해했다. 사람의 마음과 사람의 마음은 조화만으로 맺어질 수 없는 것을. 그것은 오히려 상처와 상처로 깊게 연결되어 있다. 아픔과 아픔으로, 약함과 약함으로 맺어져 있는 것이다. 비통한 외침을 품지 않은 적막함이 아닌, 피를 지면에 흘리지 않는 용서가 아닌, 통절한 상실을 통과하지 않은 수용이 아니다. 그것이 진정한 조화이다.[28]

이 구절은 이 작품에서 가장 중요할 뿐만 아니라, 무라카미 작품에서 가장 중요하며 명확한 선언의 하나임에 틀림없다. 『양을 둘러싼 모험』에서 '쥐'의 쇠약과 『상실의 시대』의 '나오코'의 불완전함, 『태엽감는 새』의 '쿠미코'의 혼란 등, 이 말에는 많은 등장인물, 더욱이 모든 인간에게 있는 현실성과 인간성이 내포되어 있다.

무라카미 하루키는 '다른 세계'를 작품에 도입하여 개인의 의식·무의식의 대립과 현실과 신화의 대립 또는 균형을 탐구하고, 완전함·이상과 대립하는 카오스와 불완전성이 갖는 아름다움을 나타내고 있다. 그래서 독자에게 사회와 집단 이야기에 따르는 것만이 아니라 자신의

---

28 위의 책, 307쪽.

내재된 개인의 이야기와 인간성을 추구하고, 그것을 긍정하도록 촉구한다. 무라카미에 의한 이러한 신화는 세계의 소상과 삶의 태도를 독자에게 제시하는 수단이 되고 있는 것이다.

지역성에서 보편성으로/
보편성에서 지역성으로

무라카미 하루키의 양면성

———————————————— 콜린느 아틀란Corinne Atlan

1. 두 세계 사이

　일본과 프랑스에서 무라카미 하루키의 이미지는 완전히 다르다. 프랑스에서 무라카미 붐은 뒤늦게 일어났는데, 인기의 요인 또한 다르다. 어떤 작품을 다른 문화, 다른 언어로 번역하는 일은 필연적으로 작품 속의 변화를 가져온다. 그것은 번역이 내재하는 불가사의한 현상이지만, 프랑스에서는 문화적·역사적인 이유에서 번역작업의 진의가 이해되지 않고, 원작과 문자가 그대로 일치하는 '완전하고 충실한 번역'이라는 신화가 존재한다. 프랑스문학은 자문화 중심적 경향이 있고, 번역작품을 마치 자신의 소유물처럼 자국문학 안에서 납득하려고 한다. 롤랑 바르트Roland Barthes의 『기호의 제국』을 인용하자면, '우리의 언어 이

데올로기에 의문을 품는' 과정을 거치지 않고 일본이라는 문명이 낳은 작품을 사유화해 버리는 것이다. 때문에 무라카미 하루키 작품이 갖는 미국 스타일과 보편성이 아시아에서 서구를 향해서가 아닌, 서구에서 발신한 듯한 착각을 일으키는 경향이 있다.

번역가인 필자는 특수한 입장에 있다. 90년대 초반, 프랑스의 일반 독자가 '일본문학'에 익숙하지 않았을 무렵, 나는『세계의 끝과 하드보일드 원더랜드』와『댄스 댄스 댄스』를 번역하기 시작해, 작품의 보편성을 역설하며 무라카미 하루키가 읽혀지도록 촉구했다. 반대로 지금은 국제적인 측면만이 칭송되고 있지만, 일본적 측면을 강조하고 싶어졌다.

특히 2012년에 문학잡지『르 매거진 리테레흐』에서 특집「현대 외국문학의 중대한 목소리」에서 무라카미 하루키에 대해서 게재한 기사 중에 '애매함'과 '안개'라는 키워드에 중점을 둔 타이틀을 붙인 프랑스 비평가와 현대작가의 기사에 대해 나는 '무라카미 하루키 – 극동 이야기'라는 제목으로 기사를 썼다. 물론, 그들의 무라카미 문학 분석의 타당성을 부정할 생각은 없지만, 단지 다른 시점에 생각해주길 원했다. 그들은 번역된 언어로 즉, 프랑스의 시점에서 분석한 것이지만, 기점에 있는 문화도 고려해야 한다는 것이 필자의 생각이었다. 그 기사의 첫머리는 다음과 같다.

서양문화가 잘 드러나 있는 무라카미 하루키 문학의 보편성이 세계적으로 인정받고 있지만, 그것이 무라카미의 일본적 아이덴티티를 가리우는 것이기도 하다. 일본이 근대성을 성립과정에서 서양으로부터 다양한 요소를 빌리고 있다 해도, 서양과 완전히 다른 일본의 독특한 성격이 있는 것과, 무라카미 하루키는 일본에서 태어나 자란 소설가로서 쓰고 있다는 사실을 잊어서는 안 된다.[1]

그러나 필자도 일본인이 아니기에 일본문화와 프랑스문화 사이에 있는 번역가의 입장으로서 '두 세계 사이'라고 하는 포지션에서 이 글을 쓴다는 것을 밝혀둔다. 번역가라 하는 직업은 양면거울과 같은 존재이기에, 무라카미 하루키라는 작가의 입장에 대해서도 말할 수 있다고 생각한다. 무라카미 또한 (실제로 번역가이기도 하며) 일본과 서양 사이에 서서, 다양한 세계의 관절과 같은 위치를 차지하고 있다.

무라카미 하루키는 국제적 작가이기보다도 먼저 일본인 작가이다. 데뷔작 『바람의 노래를 들어라』에서 그 참고자료는 문학과 문화, 그리고 요리에 이르기까지 전부 영미문화에서 얻는 것이었다 해도, 작품의 배경에 흐르는 일본문학의 무게가 강하게 존재한다. 작자와 화자의 분신이기도 한 '쥐'가 '나'에게 소설을 쓰고 싶다고 말하는 장면에서 '쥐'는 몇 년 전 여름에, 나라奈良(지명) 여행에서 '옛 천황의 고분'을 본 기억을 말한다.

그때 생각한 건 말야. 왜 이렇게 크게 만들었을까…… 물론 어떤 무덤이라도 의미는 있지. 어떤 인간이라도 언젠간 죽는다고 가르쳐 주지. 그래도 그렇지, 너무 거대했어. 거대한 건 사실의 본질을 완전 다른 것으로 만들어

---

1   Corinne Atlan, "10 grandes voix de la litterature etrangere", *Le Magazine Litteraire*, 2012.8.

버려. 실제로 무덤처럼 보이지 않았어. 산이었어. 수로 수면에는 개구리랑 물풀이 잔뜩이고 성 주변은 온통 거미줄이었다.[2]

그리고 다음과 같이 말하고 있다.

　　글을 쓸 때 말이야, 난 그 여름에 본 그 나무가 우거진 고분을 생각하곤 해. 그리고 이렇게 생각해. 매미랑 개구리랑 거미랑, 그리고 물풀과 바람을 위해서 뭔가가 쓰여진다면 얼마나 멋질까 하고 말야.[3]

이와 같이 무라카미는 첫 작품에서부터 일본문학의 계보 안에서의 위치를 생각하고 있었다. 이 인용 부분은 제목과 연관 짓자면, '바람소리를 들어라'라는 외침은 새로운 문학을 위한 선언과 같은 것이었다. 현재, 70년대 이후의 일본문학에서 무라카미 하루키가 감당한 역할을 부정하는 사람은 아마 아무도 없을 것이다. 그는 당시, 일본문학의 혁신에 기여했을 뿐 아니라, 해외에서의 일본문학 이미지를 크게 바꾸었다. 무라카미는 그때까지 순문학/대중문학이라는 두 장르의 이분법을 뛰어넘어, 현재의 세대를 표현하며 쉬운 문장을 쓰면서도 단순한 엔터테인먼트로 끝나지 않는, 오리지널 '문학' 세계를 확립했다.

데뷔 당시, 무라카미는 마치 아버지에게 반항적인 아들처럼, 가와바타 야스나리와 미시마 유키오를 읽지 않는다고 밝혔지만, 실제로는 일본인 작가로서 일본문학을 의식하고 있음을 나타내고 있다. 청소년기

2　무라카미 하루키,『바람의 노래를 들어라』, 講談社文庫, 2004, 118~119쪽.
3　위의 책, 119쪽.

에 그는 아버지에게 반항적이었다. 그러나 성숙과 함께 아버지의 존재를 받아들이고, 중국에서 종군생활을 경험한 국어교사였던 아버지를 인정하게 되었다. 초기 작품에서는 개인주의자인 '나'는 3인칭으로 다양하게 그려지는 객관적인 주인공들로 변모해 간다. 『해변의 카프카』의 소년에서 『애프터 다크』의 여주인공까지, 그리고 '아오마메'와 '덴고'에 이르는 계보에서 그것을 확인할 수 있다.

무라카미가 디태치먼트detachment(분리)에서 커미트먼트commitment(현실참여)로 변화하고 나서부터 등장인물로 '아버지'가 등장한다. 혼수상태에 빠져 카프카적 심령의 형태로, 미납 수신료를 징수하기 위해 집들을 찾아다니며 문을 두드리는 '덴고'의 아버지는, 소설의 두 주인공보다 강한 인상을 남기고 있다. 패전 후 태어난 세대의 작가로서 무라카미 하루키는 군국주의 일본의 망령에 홀린 현대 일본을 집요하게 그려내고 있다. 이러한 현대 일본의 모습을 그리면서 무라카미 작품의 분위기는 70년대부터 현재에 이르기까지 일본사회의 변천을 반영하고 있고, 현대 일본의 모습을 구체적으로 표현하고 있는 것이다. 그의 작품에서 은폐된 아버지 세대를 매개로 한 역사가 원인불명의 불안과 잔학행위, 또는 신체장애나 상처·실언 등의 '징후'로 나타나 있다.

이러한 소설의 해석에 대해서는 일본에서 이미 충분한 분석이 이루어졌기에, 자세히 다루지는 않겠지만, 프랑스에서는 위와 같은 관점에서 거의 언급되고 있지 않다. 무라카미 하루키는 프랑스에서 현재 가장 인기 있는 일본인 작가이지만, 그의 일본문단에서의 위치와 '일본성'을 의식하며 작품을 읽는 프랑스 독자는 거의 없다고 볼 수 있다.

2. 프랑스에서 본 무라카미 하루키 이미지의 변천

우선, 프랑스의 일반 독자(매스미디어가 전하는 표상적 일본을 접하고 있는, 전문가가 아닌 독자)는, 무라카미 하루키 문학을 일본 현대문학 콘텍스트에서의 위치를 알 수 있는 정보를 얻을 수 없다. 메이지 시대 이후의 일본문학의 명확한 전망을 필요로 하지만, 프랑스어로 번역된 일본문학작품에서는 근대, 현대 모두 큰 결락이 있다. 근대문학의 초석과 같은 작품인 후타바테 시메二葉亭四迷의『뜬 구름浮雲』조차 아직 번역되지 않았다. 한편, 현대문학에 있어서 일본에서는 그리 주목받지 못한 작가가 프랑스에서 각광을 받는 경우가 있다. 반대로 무라카미 하루키 외에 현대문학 발전에 중요한 역할을 한 소설가들도 아직 소개되지 않은 경우가 많다. 예를 들면, 프랑스에서 거의 알려지지 않은 다카하시 겐이치로高橋源一郎의『사요나라, 갱들이여』[4]는 2013년에 번역되었는데, 어떠한 해설도 없고, 어떤 연유인지 모르겠으나 영어를 프랑스어로 번역한 것이었다. 또한 시마다 마사히코島田雅彦도 2003년에 출판된『피안선생』[5]이 유일한 프랑스 번역으로 현재에 이르고 있다. 판매량을 우선으로 하는 출판계와, 외국문학의 실질을 충실하게 전하려고 하는 번역자 사이에는 관점의 차이가 존재한다. 그렇지만 프랑스는 유럽에서 가장 일본 소설을 많이 번역하는 국가이기도 하지만, 맥락이 없이 이루어지는 번역에서는, 그 발전 양상과 최신 경향에 대해 이해하기 어렵다.

---

4   Genichiro Takahashi, *Sayonara Gangsters!*, BOOKS, 2013.
5   Masahiko Shimada, *Maire Au-dela*, Rocher, 2003.

무라카미가 프랑스에서 현재의 인기를 획득하기까지 20년이 걸렸다. 『상실의 시대』의 판매부수가 일본에서 400만 부를 넘었던 1989년에는 프랑스에서 무라카미 하루키의 이름을 아는 사람은 거의 없었다. 반대로 무라카미 류의 『한없이 투명에 가까운 블루』는 1976년에 아쿠타가와상을 받은 작품이라는 점에서 1978년에 프랑스어판이 출판되어, 저자의 이름도 화제가 된 바 있다. 덧붙여 2000년대에 들면서, 무라카미 류는 무라카미 하루키의 인기에 밀려, 현재 그의 과거 10년간 발표했던 장편은 번역된 바가 없고, 하루키만큼의 평가를 얻지 못한 작가로 인식되고 있다.

1990년에 『양을 둘러싼 모험』이 번역되어, 이것으로 무라카미는 프랑스에서 데뷔하게 되는데, 동시에 유럽에서 처음으로 프랑스가 무라카미 작품을 번역한 나라가 되었다. 또 1992년에 『세계의 끝과 하드보일드 원더랜드』가, 그리고 1994년에 『상실의 시대』, 1995년에 『댄스 댄스 댄스』에 이어서, 이후 정기적으로 번역 출판이 이루어지게 되었다. 처음 번역이 나온 1990년부터 소수의 애독자 사이에서 입소문에 의해 무라카미에 대한 평가가 이루어졌지만, 일반 독자에게는 아직 무명작가에 불과했다. 당시 일본이라고 하는 잘 알려지지 않은 나라의 문학은 '복잡하고 난해'한 인상이 짙어서 표지에 적힌 일본인 이름만으로도 독자를 얻는 것을 방해했다. 반대로 일본문학의 독자의 대부분이 순문학에만 관심이 있어서, 무라카미가 대중문학 작가라고 간주되어 읽히지 않았다. 당시 프랑스에서 일본문학은 엘리트주의적인 이미지였고, 영어에서 프랑스어로 번역된 요시카와 에이지吉川英治의 베스트셀러 『미야모토 무사시宮本武蔵』 등을 제외하면 오로지 순문학만을 가리켰다. 지금도 어느 일정 수의 독자 사이에는 번역 출판 과정에서 직면하는 '시차' 때문에 일본문학은 순문학을 말한다고 믿고 있는 사람도 있다. 현재, 프랑스인 독자는 '순문학'과 '대중문학'의 경계를 넘나드는 일본문학의 실제 변천을 의식하기 시작했다. 그러나 순문학만을 일본문학으로 인식하는 독자는 가와바타 야스나리와 미시마 유키오로 일본문학은 끝났다고 보며, 무라카미 하루키와 그 영향 아래에 있는 세대의 작가에 대해 호의적이지 않고, 현재 등장하는 젊은 세대의 작품을 완전히 무시하는 경향도 있다.

2000년에 들어서 만화 붐과 일본영화의 유행, 관광객의 증가, 그리고 미디어가 보도하는 일본 르포가 프랑스인에게 일본을 가까운 나라로 인식하게 했고, 아직 얕은 수준이지만 일본문화에 접근하는 큰 역할을 했다. 프랑스인 독자는 일본명으로 불리는 일본음식을 먹고, 확실히 일본인임을 알고 소설의 주인공을 좋아하게 되었다. 그리고 무라카미 하루키의 작품 안에서도 이전에는 이탈리아 요리를 먹는 주인공은 지금은 일본요리도 좋아하게 되었다. 실제로, 일본문화를 구성하는 몇 가지 요소는 글로벌화하여, '스시'와 '미소시루'는 수십 년 전 '피자'와 '햄버거'와 같이 보편성을 획득하게 되었다. 이전에는 일본에서만 통용되었던 만화와 애니메이션은 70년대의 앵글로섹슨 음악과 같이 세계의 젊은이들에게 공유되는 '젊은이 문화'를 특징짓는 부호가 되었다. 이러한 변화 속에서 2006년 1월 『해변의 카프카』의 프랑스어판이 출판된 것이다. 이것을 계기로 프랑스에서 무라카미 하루키는 폭발적인 인기를 얻게 되는데, 2006년 3월에는 국제교류기금이 동경대학에서 개최한 심포지엄 〈하루키를 둘러싼 모험－세계는 무라카미 하루키를 어떻게 읽는가〉에서 필자는 프랑스에서의 수용에 대해서 다음과 같이 발언했다.

『해변의 카프카』를 계기로 새로운 시대가 시작되었습니다. (…중략…) 무라카미 하루키는 이제 보편적인 현대작가인 동시에 전후에 태어난 일본의 위대한 작가로서 인정받기 시작했습니다.[6]

프랑스 베르붐 출판사에 따르면 『해변의 카프카』는 발간부터 현재까지 발행부수가 28만 부에 달한다. 그 후 무라카미 하루키의 인기는 급상승하여 『1Q84』 3권은 2년간 85만 부가 팔렸고, 같은 출판사에서 발표된 14개의 작품의 총 판매부수는 200만 부에 이른다. 프랑스에서 처음으로 무라카미 하루키의 번역판을 낸 Le Seuil 출판사에서 『양을 둘러싼 모험』과 『세계의 끝과 하드보일드 원더랜드』, 『댄스 댄스 댄스』의 제1쇄는 90년대에 각각 3천 부를 넘지 않았는데, 2001년과 2002년부터 판매부수가 늘어 문고판은 현재, 합계가 10만 부에 달한다. 이러한 과정 속에서 무라카미 하루키는 가장 인기 있는 일본작가가 되었다. 『1Q84』는 나오자마자, 모든 서점의 쇼윈도에 진열되었다. 2011년 1월 프랑스어로 『1Q84』 1·2권이 발표되었을 때, 1권은 문학잡지 *Livres-Hebdo*에 베스트셀러 순위에서[7] 2위를 차지했다. 그리고, 몇 개월 되지 않아서 1권이 8만 5천 부, 2권이 4만 부 판매되었는데, 프랑스에서 일본소설이 이렇게 단기간에 수만 부 팔린 것은 전례가 없는 일이다. 어떤 언어로도 번역을 필요로 하지 않는 『1Q84』라고 하는 시각적 타이틀에 사람들은 매료되었고, 인터뷰를 피하는 미스터리한 무라카미 하루키에 흥미를 느끼게 된 것인데, 홍보에 효과적이었던 것은 '최면술

---

6   국제교류기금 심포지엄, 『세계는 무라카미 하루키를 어떻게 읽는가』, 文春文庫, 2009, 98쪽.
7   https://livreshebdo.fr/meilleures-ventes

적'이라는 내용의 서평이다. 비평가 에미리 바르넷은 "꿈? 환상? 사이언스 픽션으로의 점프?"라는 질문으로 시작하여, "『1Q84』가 대성공을 거둔 이유는 명확한 집단최면에 있다"[8]고 결론지었다.

일반적으로 일본의 서브컬쳐가 세계적으로 보급된 것이 프랑스에서 무라카미의 성공에 큰 영향을 주었는데, 프랑스에서는 젊은이뿐만 아니라 일반인의 삶의 방식이, 강한 의지를 갖지 못하고, 정치적 관심이 희박하며 분노를 느껴도 곧 포기해 버리는 무라카미 하루키의 등장인물과 크게 다르지 않다. 사회에 적극적으로 참여하지 않는 무라카미 작품의 주인공들에게 보이는 세계 각지에서 일어나는 사건에 무관심한 태도는 현대 프랑스 사회에서는 어떤 규범이 되어 버린 듯하다. 『1Q84』 발표 당시, 주간지 『테레라마*Tererama*』[9]에서 비평가 마르티느 란드르가 "무라카미 하루키는 막연한 혁명을 발명했다"고 평했다. 정치에 신뢰를 잃은 프랑스인은 무라카미 세계의 등장인물의 가치관, 오히려 가치관이 없는 경향을 나타내고 있는 것이다.

요약하면, 당초 무라카미 하루키는 일본문학에 친숙하지 않은 프랑스 독자들에게는 '대단히 일본적'이고, 순문학 독자에게는 '불충분하게 일본적'이라 평가되어, 그 독자층이 점차 넓혀지게 되었다. 무라카미가 90년대 초 프랑스에서 소개될 당시, 무라카미 소설의 보편성은 작품에서 일관되게 나타나지만, 프랑스 독자들에게는 생소한 사실이었다. 필자에게는 무라카미에 대한 90년대의 무관심과 지금의 열광이, 균형을 이루고 있지 않다고 생각된다. 프랑스인 비평가는 현대 서양문학에서

---

8   *Les Inrocks*, 2011.9.12.
9   *Telerama*, no. 3214, 2011.8.20.

는 찾아보기 힘든 '현실과 환상의 교차'를 이해의 중심에 두며, 『해변의 카프카』 이후 무라카미의 '보편적 우화'라는 측면을 높게 평가했다. 그러나 '최면술적·매혹적 소설', '동방나라의 팀 버튼'이란 일방적인 평가가, 무라카미가 갖고 있는 중요한 측면을 잘라 내버리고 말았다.

3. 잘라 내버려진 측면

1) 역사

첫째는, 프랑스에서는 무라카미 하루키와 일본 역사와의 관계에 대해서 거의 언급되지 않는 점이다. 필자가 〈세계는 무라카미 하루키를 어떻게 읽는가〉 심포지엄에서 2006년 초두에 발표된 『해변의 카프카』의 프랑스어판이 대성공을 거둔 원인의 하나로, 프랑스인은 역사에 대한 관심이 많기 때문에 "역사와 기억에 대한 테마에 완전히 매료됩니다"[10]라고 언급했지만, 『1Q84』의 비평을 포함하여 거의 모든 문학비평이 역사적 요소가 아닌, '우화'적 측면만을 강조하고 있었다. 프랑스 독자에게 무라카미 작품의 '일본'은 과도하게 이국정서가 넘치는 무대만 강조되어 중요한 것을 놓치고 있다. 무라카미를 읽고 깊게 일본을

---

10 국제교류기금 심포지엄, 앞의 책, 245쪽.

이해할 수 있는 실마리는 찾지 않고, 일본과 현대 일본문화에 대한 선입견과 판에 박힌 이미지를 바꾸지 않는다.

당연히 무라카미 문학이 다양한 계층에서 폭 넓게 읽히면 읽힐수록 이러한 경향이 짙어진다. 결국, 무라카미 하루키 문학의 역사적 측면을 지적하는 평론가는 40년 이상 『르 몽드』지 특파원으로서 동경에 체재하고 있는 필립 폰즈와 필자를 포함하여 그 수가 매우 적다. 프랑스 비평가 민트란유이는 문학잡지 『르 매거진 리테레흐』에서 『해변의 카프카』에 대해 "세계는 메타포다. 그러나 그것은 어떤 메타포일까? 그것 자체가 무라카미 하루키가 답을 주지 않고 우리에게 남긴 '질문'이다. 그의 소설을 헤아릴 수 없는 매력은 '질문'에 있을지도 모르겠다. 그의 이야기는 풀리지 않는 미스터리한 몽상으로 완성되어 있다"[11]라고 썼는데, 이것은 프랑스에서 무라카미 하루키 문학에 대해서 일반적 의견을 정확하게 요약했다고 볼 수 있다.

『태엽감는 새』 집필 당초부터, 무라카미 하루키는 "나는 세계의 혼돈을 있는 그대로 받아들여서 그곳에서 하나의 명확한 방향성을 시사하는 듯한, 거대한 '종합소설'을 쓰고 싶었다. 그것이 작가로서 내가 세운 큰 목표이다"[12]라고 말하고 있다. 프랑스인 독자는 '혼돈'을 읽어내는 한편, 그것이 그려내고 있는 '명확한 방향성'을 놓치고 있는 듯하다. 그것은 서양문화와 완전히 다른, 특수한 시간과 공간을 파악하는 방법과 관련이 있기 때문이다.

---

11 *Le Magazine Litteraire*, 2006.2.
12 무라카미 하루키, 『무라카미 하루키 전작품 1990~2000』 제4권, 講談社, 2003, 559쪽.

2) 시·공간

무라카미 작품 안에서 현실적으로는 짧은 '한 조각'의 시간(예를 들면, 『1Q84』에서는 각권 3개월, 전권에서는 4월부터 12월까지의 9개월) 안에 모든 이야기를 담고 있다. 그중에는 다원적 우주세계가 전개되어 가는데, 현실적 의식에서 영위되는 세계와 병렬적으로 그려지는 또 하나의 세계에는 인간의 보편적인 꿈, 기억, 환각, 성적 환상, 무의식적 욕망 등이 그려진다. 무라카미 하루키는 주인공들의 마음속에 일어나는 전부를, 다른 현실 세계의 사건에 중첩시켜서 그리려고 한다. 직선적 표현 수단인 소설에서, 3D필름의 입체적 표현을 시도하고 있는 것이다. 이에 따라 꿈의 프로세스와 같이, 매우 짧은 시간 안에서 다른 장소의 다양한 길이의 사건과 이야기를 제한 없이 전개를 가능하게 하는 것이다.

'글로벌한 소설'의 탐구는 『1Q84』에서 특히 현실의 사건이 거의 일어나지 않는 3권에서 현저하게 나타난다. 여기서 등장인물은 거의 일정 공간에 갇혀 움직이지 않고, 600페이지에 걸친 분량에서 그들의 내면세계만이 전개된다. 미국인 작가 리처드 파워스가 서술한 "신경 과학자 마이클 가자니가의 추정에 따르면, 뇌가 행하는 일의 98퍼센트는 각성상태의 의식 밖에서 일어난다"[13]는 의견과 관련이 있다. 서양에서 자아에 해당하는 의식의 영역이 이렇게 제한적이라고 한다면, '나'의 실체가 무엇인지 재검토하지 않으면 안 될 것이다. 그리고 또한, 이것이 무라카미 문학의 포인트라고 생각된다.

---

13 국제교류기금 심포지엄, 앞의 책, 48쪽.

3) '개인'의 문제

일본에서 '개인'이란 개념은 많이 고찰되어 왔는데, 최근에도 히라노 케이치로平野啓一郎가 『나란 무엇인가 '개인'에서 '분인分人'으로』(講談社現代新書, 2012)라고 하는 에세이를 발표할 정도로 나쓰메 소세키부터 현재에 이르기까지 일본의 문단에서 반복되어 온 문제이기도 하다. '개인'이란 무엇인가에 대해 문제시된 적이 없는 프랑스에서는, 무라카미 하루키가 얼마나 깊게 이 문제에 관련하여 왔는가에 대해서는 이해하지 못했다.

인류학자 레비 스트로스는 "이미 구성된 자율적 '자아'로부터 출발한 것이 아닌, 일본인은 마치 스스로의 내부를 외부에서 출발하여 구성한 듯합니다. 이러한 일본인의 '자아'는 자연히 받아들여진 것이 아닌, 도달할 수 있을지 모르는 채 추구한 결과로서 얻어진 것처럼 생각됩니다"[14]라고 논하고 있다.

반대로 『무라카미 하루키, 가와이 하야오를 만나러 가다』에서 가와이는 "일본에 있으면 서양인이 말하는 개인이라고 하는 말을 대단히 알기 어려울 것입니다. (…중략…) 사소설에 대해 말할 때 그것을 '사私'로 쓰고 있지만, 서양인이 말하는 '에고'와는 전혀 다른 것입니다"[15]라고 하면서 다음과 같은 예를 인용하고 있다.

---

14 클로드 레비 스트로스, 『레비 스트로스 강의』, 平凡社, 2005, 40쪽.
15 무라카미 하루키, 『무라카미 하루키, 가와이 하야오를 만나러 가다』, 新潮文庫, 1996, 53쪽.

(『태엽감는 새』의 주인공이) 우물에 들어갈 때, 그것은 노몬한 사건과도 통하는 것인데, 상당히 깊은 곳에 들어가죠. 서구적인 개인이라면 그런 식으로 노몬한이 '우물'로는 연결되지 않습니다. (…중략…) 그런데 무라카미 씨가 쓰신 것을 읽고 제가 느낀 것은 노몬한은 지금 일어나고 있는, 모든 것이 지금 일어나고 있다는 것이에요. 그런 수용자로서의 개인이 있다고 한다면, 그것은 서구의 개인주의의 개인과 다른 것이라고 저는 생각합니다.[16]

이 같은 견해에 대하여 무라카미는 다음과 같이 말하고 있다.

제가 느낀 것은 일본의 개인을 추구해 나가면, 역사로 갈 수밖에 없다는 생각이 들었습니다. (…중략…) 현대와 동시대의 개인이라는 것을 혹시 표현한다 하더라도, 말씀하신 대로 일본의 개인이라고 하는 정의가 대단히 불명확한 것이지요. 그런데 역사라는 세로축을 가져오는 것으로…… 더 쉽게 알게 될 거라는 생각이 들었습니다.[17]

여기서 이른바 '역사'와 '동시성' 그리고 '개인'은 연결되어 있어서, 일본문화 특유의 개념과 밀접한 관련을 갖고 있다는 것이 명확해진다. 그러한 점을 프랑스인 독자 대부분이 놓치고 있다는 것이다.

---

16 위의 책, 55~56쪽.
17 위의 책, 56~57쪽.

4. 보편성에 선행된 일본성

　노몬한과 '오카다 토오루'와의 시공을 초월하여 이어져 있는 것은 무라카미의 타 작품에서도 공통적으로 보이는 경우가 적지 않다. 서양 소설의 논리적, 직선적인 플롯의 전개 대신에 수직적이고 심층적인 연속은 항상 무라카미가 그리는 이야기를 통괄하고 있다. 그의 세계에서는 현실과 환상, 그리고 과거와 현재의 사건은 모두 중첩되어 있고, 동시에 존재하고 있다. 그것은 통상 시공의 인식을 넘어서 일체되는 영역인 것이다. 이것은 깨달음과 관련이 있다. 가토 슈이치加藤周一가『일본문화의 시간과 공간』의 서론에서 "이론적으로는『정법안장正法眼蔵』이 서술하고 있는 '깨달음'의 안목은, 이른바 이분법을 극복하고 (주관과 객관, 유와 무, 생과 사 등) 시간적 및 공간적 거리를 극복함에 있다"[18]고 언급하면서 또한 설명을 덧붙이고 있다.

　불교에서는 시공간을 '비어 있는 것'이라고 생각하기도 한다. 시간적 또는 공간적 거리는, 현실에서 나타난 하나의 모습에 불과하다. 또 하나의 모습은 우주의 일체성이다. 현실은 거리(차별)로서 볼 수 있고, 일체(유일한 것)로 볼 수도 있다. 만물은 하나이고, 어느 것 하나가 만물이다. 과거 · 현재 · 미래는 영원한 현재이고 영원한 현재는 과거 · 현재 · 미래이다.[19]

---

[18]　가토 슈이치,『일본문화의 시간과 공간』, 岩波書店, 2007, 12쪽.
[19]　위의 책, 27쪽.

물론, 스스로 종교를 갖지 않았다고 단언하는 무라카미 하루키는 '깨달음'과 그 외 불교적 용어를 쓰는 것에는 신중하겠지만, 불교 주지의 가정에서 자란 어린 시절의 경험이 지금까지 무라카미의 어떤 부분에 있어서 영향을 주고 있다는 사실도 고려해 볼 수 있다.

그렇지만 무라카미의 사고는 보편적 지평을 추구한다고 생각된다. 그 방증으로 인터뷰에서 창작 동기에 대해 질문을 받을 때, 그는 불교 철학과 통하는 부분이 있는 융의 심리학에 대해서도 인용하거나 밝히지 않는다. 융 심리학에 관심이 있는 것은 인정하지만, 그것들의 개념보다도 전 인류가 공유하고 있는 세계, 시공간을 초월하는 경험이 가능한 세계, 즉 꿈을 꾸는 수면상태에 대해 언급하고, 꿈과 자신의 소설의 구조와의 관련성을 어필하고 있다. 그의 이야기가 그렇듯이, 꿈은 때로 시작은 줄거리가 통하는 듯해도, 시간에 따라 큰 줄거리가 흐트러지면서 단편적으로 바뀐다. 논리보다 비유가 큰 역할을 하고 있다. 무라카미 문학은 일관된 스토리보다 병렬적 요소, 전체보다 세부의 묘사를 좋아하는 일본문학의 특징에 대단히 가깝다. 그러한 연상기법은 프랑스의 훨씬 이전부터 일본의 예술에서 쓰인 기법이다. 프랑스 독자는 처음과 끝이 있고 한 가지 스토리의 소설에 친숙해 있어서 무라카미의 소설의 평범한 일상과 꿈과 환상, 그리고 초자연적 세계를 왕래하는 것이 불가사의하게 느껴진다. 우화나 전설이라면 가능하겠지만, 소설의 세계에서는 특히 20년 넘게 프랑스 문단의 주된 장르가 된 자전적 소설 안에서 환상 세계와 일상 세계가 교차하는 일은 결코 없다. 이것은 프랑스인 독자와 비평가를 매료시킨 '최면적'이라 불리는 무라카미 문학의 '풀리지 않는 수수께끼'인 것이다. 그러나, 그 비밀을 파헤치는 것은 불가능한 일이 아니다. 때문에 프랑스 독자가 데카르트적인 사고방식을 버리고, 현대 사회와 꿈에도 나타나 있는 전근대적 신화와 전설의 연결고리를 인정할 필요가 있다. 다시 말하면, 『세계의 끝과 하드보일드 원더랜드』의 주인공과 같이 일각수의 머리로 꿈을 해독하는 자가 되어 보아야 한다는 것이다.

5. 깨어 있으면서 꿈꾸는 자

무라카미 하루키는 항상 "꿈을 꾸기 위해 매일 아침 눈을 뜹니다",[20] "쓰는 일은 깨어 있으면서 꿈을 꾸는 듯한 것",[21] "비현실적인 몽상가가 돼야만 한다"[22]고 이야기한다. 그가 꿈꾸는 소설가라면, 그 꿈을 해독하는 것은 독자의 역할이다. 프로이트 이후, 꿈은 눈을 뜨고 있을 때의 체험을 소재로 하여 꿈꾸는 자의 내면을 반영하고 있다는 사실은 잘 알려져 있다. 꿈의 분석은 꿈에서 변화된 소재를 처음 상태로 되돌리면서, 그것에 숨겨진 상징적 의미를 해독하는 것으로, 그때까지 의식하지 못했던 요소를 의식의 영역으로 이끌어 낸다. 또한 융은 꿈에 나타난 이미지와 상징의 원천이 인류가 만든 태고의 역사와 기억의 집합적 무

---

20 무라카미 하루키, 『꿈을 꾸기 위해서 매일 아침 저는 눈을 뜹니다―무라카미 하루키 인터뷰집 1997~2009』, 文春春秋, 2010.
21 위의 책, 180쪽.
22 무라카미 하루키의 2011년 6월 카탈루냐 국제상 수상 스피치에 의함.

의식에 있다고 보고, 인간의 마음에 작용하는 원형Archetype의 개념을
제창한다. 그러한 집합적 무의식에서 발생하여, 선조로부터의 유전적
으로 물려받은 신화와 옛날이야기 등에도 나타난 보편적 이미지는 무
라카미가 '지하 2층' 혹은 '숨겨진 개별 공간'에 보관된 소재에 호응하
는 듯하다.

불교 용어를 빌리자면, 집합적 무의식은 아뢰야식阿賴耶識(유심론)과
비슷하다. 이러한 개념은 4세기에 인도 대승불교의 중심적 학파인 유
식학파에 의해 수립되었다. 그들의 관점은 만물창조의 초월적 신을 믿
는 서구의 견해와 달리, 외적 현실은 지각의 반영에 불과한 꿈과 비슷
한 것이고, 진실과는 거리가 멀다는 것이다. 이와 같이 무라카미의 소
설에서도 내적 세계와 외적 세계는 대응관계에 있다.『해변의 카프카』에
서 도서관 사서 '오시마'는 소년 카프카에게 다음과 같이 말한다.

　　미로 형태의 기본은 내장이야. 그러니까 미로라고 하는 것의 원리는 자기
　자신의 몸 안에 있지. 그리고 그건 바깥에 있는 미로와 호응하고 있어. (…중
　략…) 상호 메타포. 바깥에 있는 것은 안쪽에 있는 것의 투영이야. 그러니까
　자주 넌 밖에 있는 미로에 발을 내딛는 것으로 너 자신 안에 있는 미로에도
　발을 내딛게 되지.23

안과 밖의 세계가 거울처럼 서로 상호적이라는 세계를 인식하는 방
법은 서구에는 거의 알려진 바가 없지만, 심리학에서 '투영'과 연결지

23　무라카미 하루키,『해변의 카프카』하권, 新潮社, 2002, 218~219쪽.

어 생각하면 이해하기 쉽다. 정신 상태의 변화에 따라 주변의 사태를 보는 관점도 달라지는 것이 사실이다. 유식학파에서는 현실을 분리하는 이원적 인식이 있고, 인과응보를 내포한 잠재의식이 있다고 본다. 모든 이원성이 그곳에서 소멸된다는 의식이 '아뢰야식'인 것이다. 또한 불교 전문가 필립 코르뉴는 『불교백과사전*Dictionnaire encyclopédique du bouddhisme*』(Le Seuil, 2006)에서, 아뢰야식에 대해 "본래 선도 악도 아닌 잠재의식은 숙면, 실신, 각성, 명상 등에서 모든 상태의 의식에 이어지는 연속성이다. 죽을 때, 모든 의식은 잠재의식 속으로 소멸하지만, '업보'의 각인의 매체이기에 생에서 생으로의 '전생'의 본질을 이루는 것이다"라고 설명하고 있다.

라캉의 글에서도 "언제나 비밀의 영역으로 남는, 무의식을 넘는 영역이 있다"라고 주장한 것을 읽은 기억이 있다. 문명에 의해서 그러한 '영역'을 부른 말이 다르지만, 확실히 무라카미는 인류 공통의 문화와 언어의 차이를 넘는 심층심리에 숨겨진 장소를 가까이하려고 한다. 그것은 '지하 2층'이 아닌 '제3의 지하'일지도 모른다.

그러나 '지하 2층/원형/잠재'의 레벨에 이르기 이전에, 무라카미가 '지하 1층'에서 만나 이야기를 쓰기 위해 사용한 풍경의 소재는 꿈과 같은 작용에 의한 일본적 심상과 연결되는 것이었다. 글로벌제이션과 함께 선진사회가 직면한 실업, 폭력, 산업공해와 같은 일련의 문제는, 세계 공통의 것이기에 이들 '풍경' 또한 세계적인 것이다. 무라카미는 작품에서 명확한 윤곽을 통해 풍경을 그리거나, 사회 정세를 서술하려고 하지 않지만, 눈앞에서 전개되는 시대의 상황과 색채를 해석하지 않고 비추어 내고 있다. 그러한 까닭에 색채가 변함에 따라 전작의 등장인물에 정도의 차이는 있지만, 비슷한 이야기를 반복하여 쓰고 있다고 할 수 있다. 작중 인물은 무라카미 개인의 상상과 기억의 세계에서 태어났지만, 동시에 소설을 쓰기 위해 내려간 '지하/우물'이 그 원형을 제공하고 있는 것이다.

이러한 보편성, 이것들을 등장인물과 독자가 공유하는 심정(상실, 고독 등)이 문화와 역사의 문맥을 매개로 소설의 해석을 가능하게 하고 있다. 그렇지만 최신작 『색채가 없는 다자키 쓰쿠루와 그가 순례를 떠난 해』는 그 성격이 다르다고 생각된다.

6. 『색채가 없는 다자키 쓰쿠루와 그가 순례를 떠난 해』

사이토 타마키斎藤環가 잡지 『트리퍼』에서 지적했듯이 이제까지의 무라카미 작품에서의 '막연한 상실'과 '가벼운 상실'과 비교해서 『다자키 쓰쿠루』는 '트라우마적 체험, 상실만이 아닌 자살충동을 품은 난폭한 '상실감'으로부터의 해방과 탈피가 그려지고 있다'.[24] 무라카미 하루키가 이 작품에서 이제까지 그린 적이 없었던 '절대적 상실'에서는, 두 가지 다른 장소에서 이야기가 쓰인 듯한 인상이 남는다. 사이토 타마키가 정의한 '재해 후 문학'의 하나의 특징인 '급히 만들어진 브리콜라주와

---

24 사이토 타마키, 「죽은 자들은 어떻게 말할까」, 『週刊朝日別冊 소설 트리퍼』, 2013.여름, 384~385쪽.

같은'[25] 문체는 상실감과 슬픔으로 작가에게 여유가 없음을 나타내는 듯하다. 3·11이 일본인의 마음에 그림자를 항상 드리우고 있듯이, 작품 속에서 직접 재해의 내용을 담고 있지 않지만, 무라카미 특유의 비유적 형태로 편재하고 있다. 한편, 시바타 모토유키柴田元幸의 표현을 빌리자면, '영혼이 따뜻해지는'[26] 또는 작가 자신이 스페인 카탈루냐에서 이야기한 스피치의 내용과 같이 '씨앗 뿌리기 노래처럼, 사기를 북돋우는 리듬이 있는 이야기'[27]와 치유의 문학을 제공하고 있듯이, 이미 모든 '재해'가 끝난 것처럼 무라카미는 현실의 풍경과 거리를 두고 있다. 무라카미는 "사실이라고 하는 모래에 뒤덮인 도시와 같은데, 시간이 지나면 지날수록 모래가 한층 더 쌓이기도 하고, 반대로 날아간 모래 사이로 그 모습이 드러나는 경우도 있다"[28]라고 언급하였는데, 이렇게 특유의 시적 메타포를 사용한 작품에서, 아직 3·11의 재해가 끝나지 않은 일본의 상황이 '전설'로 파악되기에는 시기상조인 것이다.

그러나 생각해보면, 완전히 다른 견해도 존재한다. 사이토 타마키의 주장처럼 '다자키 쓰쿠루는 죽은 자'라고 가정하면 '자신이 죽었다고 생각하지 않고 방황하는 죽은 자의 시점'[29]일지도 모른다. 이 '다자키 쓰쿠루'를 죽은 자로 해석하는 관점은, 아마도 프랑스에서는 받아들여지지 않을 것이다. 기독교 사상을 배경으로 하는 프랑스에서는, 때가 되어 죽음이 찾아오면 사랑하는 사람들과 재회할 수 있다는 생각이 있

---

25 위의 글, 377쪽.
26 국제교류기금 심포지엄, 앞의 책, 37쪽.
27 주 22와 같음.
28 무라카미 하루키, 『색채가 없는 다자키 쓰쿠루와 그가 순례를 떠난 해』, 文藝春秋, 2013, 192쪽.
29 사이토 타마키, 앞의 글, 386쪽.

지만, 기본적으로 죽은 자와 산 자의 관계는 단절되어 있다고 생각하기 때문에 '부활을 원하는 죽은 자', '부활의 가능성을 믿는 죽은 자'[30]라고 하는 관점은 존재하지 않는다. 반대로 전생의 모든 의식이 잠재되어 있고 환생이 가능하다고 믿는 불교 문화권에서는 '다자키 쓰쿠루'를 살아 있는 자의 마음에 남은 재해의 희생자와 같이, 현실 세계와 사후 세계를 왕래하는 죽은 자로 생각하는 것도 이상한 일은 아니다.

여하튼 일종의 영매와 같이 시대의 실상을 감지한 무라카미 하루키는 '일본인 작가'로서 일단 자국인 일본을 향하여 이야기하고 있다. 그렇기 때문에 3·11재해와 후쿠시마 원전사고의 슬픔과 분노를 충분히 이해하고 있는 일본인만이 이 소설을 메타 레벨에서 해독할 수 있을 것이다. 프랑스에서 『다자키 쓰쿠루』도 대성공을 거둘 것으로 예측되고 있지만, 어떻게 읽힐 것인가. 이미 미디어에서는 3·11에 대해서 언급하지 않은 시점에서 프랑스 독자에게는 이전과 다름없이 '풀 수 없는 수수께끼와 우화'로 끝나 버릴지 모른다.

---

30 위의 글, 385쪽.

7. 꿈의 해독

무라카미 하루키가 갖고 있는 보편성만을 해석하는 일은 '빙산의 일
각'과 같은 것이어서 '오독'의 가능성이 있다. 빙산의 수면 아래는 '지
하'로 이어지며 환상세계가 나타내는 진의를 프랑스인 독자가 놓치게
되는 이유는, 프랑스의 강한 이성주의와 물질주의적 지평에 있다고 생
각된다. 융도 만년의 저서 『인간과 상징』과 같이 서구에서 나타난 신앙
의 상실에 대해서 언급하고 있는데, 가와이 토시오는 다음과 같이 지적
하고 있다.

> 전근대의 방식이라는 것은 신화적 세계와 꿈의 세계가 우리를 둘러싸고
> 있다는 것이었다. (…중략…) 그것에 반하여 현대를 살아가는 우리들은 그
> 러한 세계를 부정하고 자아와 주체를 확립시켰다. 더 이상 우리들은 그러한
> 세계에 둘러싸여 있지 않고, 세계를 자아와 주체로부터 조망하고 있는 것이
> 다.[31]

확실히 현대 프랑스문학은 프랑스사회와 같이 '자아와 주체'에 지배
되어 미신의 형태로 전근대적 신앙요소를 완전히 내버린, 이성적으로
한정된 현실만을 그리고 있다. 과거의 신비로 가득 찬 세계를 상실한
문맥 속에서 자전소설이 주된 장르로 발전하여 왔다. 그런데, 가와이

---

31 가와이 토시오, 『무라카미 하루키의 '이야기' 꿈 텍스트를 읽다』, 新潮社, 2011, 20~21쪽.

토시오와의 인터뷰에서 무라카미는 자연스럽게 현실과 비현실의 경계를 넘는 것이 '일본인의 사고방식 속에 본래 있던 것'[32]이라고 말한다. 물론 이것은 서양에서는 소멸한 경향으로, 인간과 신의 피조물인 자연계를 분리하는 기독교 문명을 배경으로 갖는 프랑스인보다, 일본신도와 불교를 사상적 배경으로 삼는 일본인에 강하게 나타날 것이다. 그러나 전근대 프랑스에서 존재했던 이러한 과거에 대한 향수가 사람들에게 존재했다고 생각된다. 때문에 프랑스에서 무라카미의 인기는 점차 확대되어, 최근 프랑스 현대문학에도 영향을 미치기 시작한 것이다.

결국, 프랑스에서 우에다 아키나리上田秋成 등에게 전형적으로 보이는 일본문학의 중요한 요소였던 현실과 비현실의 교차는 프랑스에서는 생소한 것으로 간주되어, 무라카미 문학의 특징으로 평가되는 한편, 그것의 핵심에 있는 역사·시간·개인이라는 테마와의 연관성에 대해서는 무관심한 것이 무라카미 하루키 수용의 현실이다. 그럼에도 불구하고, 번역에 의해 데포르메(변형)된 형태로 수용된다고 하여도, 그 속에서 새로운 창작의 가능성이 열리기도 한다. 무라카미 하루키가 일본의 언어와 문화가 갖고 있는 가능성을 구사하여 만들어 낸 문학의 재미는, 일본이 지역성과 보편성이라는 양극이 주는 긴장관계에서 비롯되는 것은 아닐까.

---

32 위의 책, 110쪽.

무라카미 하루키와 영미작가들

──────── 가토 유지|加藤雄二

　　무라카미 하루키와 영미문학을 논할 때, 가장 첫 번째로 언급되는 것은 그가 숭배했던 미국 모더니즘 작가 스콧 피츠제럴드이다. 무라카미는 『상실의 시대』 등 작품에서 피츠제럴드의 『위대한 개츠비』를 언급하거나, 전기적 에세이집 『스콧 피츠제럴드 북』을 출판하거나 『상실의 시대』의 헌사로서 『밤은 부드러워*Tender is the Night*』의 헌사 "Many Fe'tes"를 문자 그대로 번역한 '많은 축제를 위해서'를 인용하고 있다. 피츠제럴드의 아내의 정신병, 그리고 작가 본인의 자전적 경위를 토대로 쓴 같은 작품에 매우 근접해 있다.[1] 또한 무라카미의 캐릭터들을 특징짓는 나르시시스틱한 대칭적 형식과 하드보일드한 스타일은 헤밍웨이와 레이먼 첸들러와 흡사하다고 지적할 수 있다. 무라카미의 회화문과 스타일은 무라카미 자신이 전 작품을 번역한 레이먼드 카버의 회화문과 시의 스타일과도 비슷한데, 이야기를 중요시하는 자세는, 역시 무라카미가

─────────────────────────

1　F. Sott Fitzgerrald, *Tender Is the Night*, New York : Scribner, 1933.2.

번역한 존 어빙의 것과도 비슷하다. 그 후, 무라카미는 적극적으로 현대 미국작가의 번역에 힘써 왔는데, 최근에는 J. D. 샐린저의『호밀밭의 파수꾼』과 피츠제럴드의『위대한 개츠비』도 번역하였다. 이러한 작품 외의 번역과 소개 작업도 무라카미와 현대 미국과의 밀접한 관계를 강조하고 있고, 무라카미를 '미국적'인 작가로서 인상을 주고 있다.

그러나, 이른바 리얼리즘에서 벗어난 무라카미의 작품의 경향은 아마도 새로운 문학과의 관계 또는 미국문학과 문화에서 받은 영향만으로 설명할 수 없을 것이다. 데뷔작『바람의 노래를 들어라』의 타이틀은 피츠제럴드와 헤밍웨이보다도 무겁고 어려운 인상이 있는 T. S. 엘리엇 『황무지』의 제3부 "The Fire Sermon"의 제1절 "The wind/Crosses the brown land, unheard. The nymphs are/Departed"에 대한 간접적 언급이라고 보여지는데, 피츠제럴드의 캐치프레이즈라고도 할 수 있는 '단절'의 감각은, 『황무지』의 엘리엇과『더블린 사람들』과『율리시스』의 제임스 조이스도 공유하고 있는 영미 모더니즘의 일반적 경향이기도 하다.[2] 또한『1973년의 핀볼』이라는 제목이 패러디하고 있는 『만연원년의 풋볼』의 오에 겐자부로와, 미시마 유키오, 나쓰메 소세키 등, 일본 작가들에게 받은 영향도 엿보인다.

오리지널 이야기의 상실, 패러디, 모방적 작품은 상호 텍스트성 등의 관점에서 무라카미 작품을 '포스트모던'이라고 분류할 수 있는데, 이에 따른 평론가들의 의견은 다양하다. 그러나, '포스트모던' 문화와 문화론이 이미 만연한 상황 속에서 국제적으로 높은 평가를 받고 있는 '무

---

2   T. S. Eliot, "The Waste Land", *Selected Poems*, London : Faber and Faber, 1961, p.58.

라카미 하루키'를 다시금 논할 때 의의가 있는 것은, 초기 작품에서의 모던한 경향에서 그 후의 포스트모던의 경향을 분류하고 절대화하기보다, 무라카미 작품의 특질 그 자체를 국제적 시야에서 다른 작가의 작품과 대조하는 작업에 있다.

무라카미 소설에서 일관되게 '나'와 '쥐', 그리고 '이쪽 편'과 '저쪽 편'이라고 하는 콤비네이션이 나타나는 것은 이제까지 자주 지적되어 왔다. 최근, 이러한 무라카미 비평에서 연상되는 것은 예를 들면, 피츠 제럴드의 첫 작품『낙원의 이편』의 제목과, 이 작품 안의 나르시시즘과 니체의 언급 등이 있는데, 미국문학의 전통에 있어서 같은 이항대립이 실제로 만연해 있다는 사실은 중요한 의미를 갖는다.[3]

펜네임이 숫자 '2'를 의미하는 마크 트웨인의『허클베리 핀의 모험』과 윌리엄 포크너의『야생의 종려나무』등의 작품은 19세기 후반부터 모더니즘 시대에 이르기까지 미국작가들은 두 개의 병렬하는 캐릭터와 플롯을 빈번히 이용하여 왔다는 것을 보여주고 있다. 헤밍웨이에게도『두 개의 큰 심장을 가진 강』이라는 숫자 '2'를 내세운 제목의 작품이 있고, '닉 애덤스'라고 하는 '악마성'과 '무구함'을 두 개의 이미지로 갖는 캐릭터로 설정하고 있다. 일본에서는 이러한 미국문학의 영향을 받은 오에 겐자부로가 비교적 최근 작품인『체인지링』에서도 이항대립적인 구조를 이용하고 반복하여 왔다. 그는 노벨문학상 수상 연설에서 '애매함'이라고 하는 '양의성ambiguous'을 시사하는 단어를 사용하고 있을 뿐 아니라, 어린 시절『허클베리 핀의 모험』의 독서체험에 대

---

3   F. Sott Fitzgerrald, *This Side of Paradise*, New York : Scribner, 1920, p.115 · 140.

해서도 말하고 있다.[4] 구조론적인 '중심과 주변' 이론을 중시한 오에는 자아와 문화국가 등, 억압되어 있는 것과의 관계를 이항대립의 형태로 나타내려고 했다. 가령 그 구조가 『허클베리 핀의 모험』과 포크너의 작품 등에 나타난 미국소설의 패턴의 반복이라고 한다면, 전후 일본문학은 오에와 그에 이은 무라카미 류·나카가미 켄지·무라카미 하루키에 의한 미국적 더블링 구조의 반복에서 그 특징이 있다고 할 수 있다. 미국소설에서의 더블링의 과잉과 무라카미 작품을 연결지어 이야기될 때, 반드시 명확한 결론에 이르지 못하여도 '다차원 우주'는 무라카미 독해의 키워드가 되고 있다는 사실은, 그 구조가 인지되고 있는 것과 다름없다. 그러나 무라카미 작품을 중심으로 한 논의가 이러한 구조적 반복이라는 함의가 항상 수용되고 있는 것은 아니라는 점에 주목할 필요가 있다.

무라카미 하루키와 그 외 현대 일본작가의 작품에서 보이는 '쌍둥이 이야기'의 과잉된 유통을 비판한 것은 하스미 시게히코蓮實重彦였다. 하스미에 의한 비판의 요점은 이야기 형식으로서 '쌍둥이 이야기'가 소설 장르와 이야기 구조로서 무비판적으로 반복되었다는 점에 있었다. 포스트 구조주의적 비평을 실천한 하스미가 무라카미와 나카가미 켄지, 그리고 무라카미 류 등 1980년대 작가들의 작품을 비평 대상으로 하지 않고, 이들 작품이 공유하는 구조에 대해서 상황론적으로 말하고 있는 것은 매우 중요하다. 하스미는 아마도 구조적 분석이라고 하는 억압적인 비평형식으로 돌아가서 무라카미와 일본문학을 논하려고 했던 것이

---

4   오에 겐자부로[大江健三郎], 『애매한 일본의 나』, 岩波書店, 1995, 1쪽.

다. 하스미는 구조의 "다양성이 오히려 설화론적 구조의 동일성을 두드러지게 하고 있다"고 지적하고 무라카미 작품에 있는 '문학적 영향 관계, 상호 텍스트성이라고 하는 이론적 문제도 아닌, 무조건 무의식과 경계를 접합시킨 가장 야만적인 이야기 유형의 지배'라고 논하고 있다.[5] 즉 무라카미의 텍스트는 상호 텍스트적인 교차적 특질과 변주에 의한 다양화를 시도하는 것이 아니라, 오히려 '이야기 유형'에 따라 표준화되어, 다양성과 혼교성, 비동일성에서 특징이 나타나야 하는 포스트모던적인 텍스트와는 거리가 있다는 것이다. 프로이트적 용어를 이용하는 것의 암묵적 귀결로서, 하스미는 무라카미가 정신분석적인 문학적 패러다임을 작품에서 체내화시킨 모던 경향의 작가라고 단정하고 있다고 생각해도 좋을 것이다.

하스미에 따르면, 무라카미 작품의 이야기 구조와 독자의 독해와 비평작업에서도 같은 유형으로 반복되고 공유되어, "무라카미 하루키 소설의 특질은, 주인공의 성격과 어조, 이야기에 대한 독자의 태도가 섬뜩할 정도로 비슷하다"는 점에 있다고 한다.[6] 『바람의 노래를 들어라』에서 '나'와 '쥐', 그리고 『상실의 시대』의 '나오코'와 '키즈키'가 자신들이 속해 있는 장소에서 떨어진 '쌍둥이'인 것을 수용하고 의문시하지 않는 것과, 『1973년의 핀볼』에서 갑자기 주인공의 침대에 나타난 '쌍둥이'가 자신들을 이항대립적인 단어의 콤비네이션과 동일시한 것과 같이, 작품과 비평은 구조적 동일성을 나르시시스틱한 이야기로 공유하고, '구조' 그 자체는 자동의미 생성장치와 같이 기능하고 있다. 그

---

5   하스미 시게히코[蓮實重彦], 『소설에서 멀리 떨어져서』, 日本文芸社, 1989, 17~18쪽.
6   위의 책, 14쪽.

렇다면, 작가와 작품, 그리고 독자와의 이러한 공범관계의 배경에 동일
성의 반복을 기반으로 하는 종류의 문화적 측면이 존재하고 있을 가능
성이 높고, 무라카미의 이야기 구조는 그것을 모방하는 형태로 성립시
키고 있는 까닭에 대중적 인기를 획득했다고 볼 수도 있을 것이다. 만
약 무라카미 작품이 그러한 의미에서 고전적 특질을 갖추고 있었다고
한다면, 새로운 작가, 새로운 미국문학과 밀접한 관계가 있다고 알려진
무라카미의 이미지는, 그것과 확실히 어긋나 버릴 것임에 틀림없다.

　미국에서 최초로 출판된 한 권의 연구서 『하루키 문학은 언어의 음
악이다』의 저자 제이 루빈이 1991년에 하버드 대학에서 열린 무라카
미와 연구자, 학생들 간의 토론에서 흥미 깊은 에피소드를 소개하고 있
다. 루빈에 따르면, 단편 「빵집 재습격」의 '화산'에 대해서 그것이 상징
(심볼)인가 하는 논점을 피하고 싶어 하던 무라카미는 그것은 단지 화
산일 뿐이라고 답했다고 한다. 그러자 참가하고 있던 연구자 중 한 명
이 "저 남자가 말하는 것을 들으면 안 된다! 자기가 무슨 말을 하고 있
는지도 모른다"[7]라고 학생들에게 외쳤다고 하는 에피소드이다. 텍스트
의 내재적 의미를 설명하는 것을 거부하려고 하는 무라카미의 태도는
현대작가에게 흔한 일이다. 그러나 일부러 의미의 특정성, 특히 정신분
석학적 의미 해석을 부정하는 작자의 태도에 사람들이 위화감을 느끼
는 이유는, 이 에피소드에 국한하여 말하면 이해가 쉽다. 학생들을 향
하여 외친 연구자의 비판은, 무라카미 작품이 실제로 정신분석과 대단
히 밀접한 관계에 있기 때문이었을 것이다. 하스미가 일부러 무라카미

7　Jay Rubin, *Haruki Murakami and the Music of Words*, London : Harvill Press, 2003,
　　p.135.

작품의 구조분석을 시도했던 것처럼, 이 연구자도 포스트모던, 포스트 구조주의 이후 현대의 해석학의 원칙을 일부러 무시했던 것일지도 모른다. 이 에피소드에서 계속해서 루빈은 "물론 화산은 과거의 미해결된 문제, 즉 무의식에 잠재된 현재의 평온함을 파괴하는 것의 상징이다"라고 해설하고, "무라카미 씨에 관해서는"이라고 한정지으며, "그것을 상징이라고 정의하는 것은 그 힘을 잃게 하는 것"이라고 조심스럽게 덧붙이고 있다.[8] 그렇다면 실제로 루빈도 무라카미의 '화산'이 무의식을 시사하는 상징이라는 것을 어느 정도 인정하고 있는 것이다.

이러한 인식이 다시 문제가 되는 것은, 의식과 무의식의 더블링을 구조화한 프로이트의 정신분석만이 아니라, 정신분석적 언설에 있어서의 이항대립과 비슷한 형태를 이루는 '서구'와 '동양', '식민지 세력'과 '식민지', '남성'과 '여성'이라는 대립이 현대의 문학적, 비평적 환경 전체에 만연하여, 계속 유통되고 있는 것과 관계가 있다. 그러한 구조는 무라카미가 초기 창작 시절에도 빈번하게 그려 온 '쌍둥이 이야기'인 '냉전 구조'와, 무라카미 작품의 비평의 암묵적 전제가 되기 쉬운 일본과 미국의 대비, 메이저리티majority와 마이너리티minority, 중심과 주변이라는 키워드의 사회적 문화적 비평적 장치와도 공통점이 있다. 그것들의 표면적으로는 독서체험과 비평의 이항대립적 구조의 인지와 유통 반복을 더욱 쉽게 하고, 동일성과 차이를 콤비네이션으로 표준화한다. 그러한 구조가 만드는 억압과 현대적 텍스트가 가져오는 다양성과는 대립적이라고 불리는 두 가지 모습을 혼동하게 했을지도 모른다.

---

8   Ibid., pp.135~136.

그러나 포스트구조주의 이후, 비평에서 텍스트는 텍스트일 뿐이고, 구조가 텍스트에서 앞설 수 없다는 것은 지적해야만 한다. 예를 들면, 프레드릭 제임슨이 포스트모던 작품의 특징으로 지적한 반복으로서의 패스티시(모방)는, 과거 작품에의 간접적 언급이나 패러디가 아니라, 적극적인 의미가 없는 기계적인 반복으로 정의한 것에 주목해야 할 것이다.[9] 토마스 핀천과 돈 드릴로 등의 작품으로 대표되는 미국 현대소설에서 '구조'로서 특정될 수 있는 요소는 무라카미 작품보다 복층적으로 구상되어 있다. 이항대립적 구조로 간주되는 요소는, 타이틀이 '2'를 의미하는 드릴로의 『리브라』에서 '의식'과 '무의식'이 이분할되는 것이 아니라, 사후적으로 붙여진 서문의 타이틀이 'Assasination Aura'의 A 문자가 더블링 형태로 쓰였는데, J. F. 케네디 암살사건의 진실과는 관계없이 상징적으로 무한정으로 확산·증식하는 것이다.[10] 토마스 핀천의 『49호 품목의 경매』에서 우편조직과 폴 오스터와 웨인 왕의 영상작품 『스모크』에서 담배연기도 비슷한 예이다.

2006년에 출판된 비교적 새로운 무라카미론 *Murakami Haruki — The Simulacrum in Contemporary Japanese Culture*에서 마이클 시츠는 '모형·복제품simulacrum'이라는 관점에서 무라카미를 논하고,[11] '그것은 모든 표상의 기본적 조건을 반영하고 있기 때문에 진실이다'라고 주장하며, simulacrum이란 포스트 레프리젠테이션 패러다임과, 역사와 현실적

9   Fredrick Jameson, *Postmodernism, or, The Cultural Logic of Late Capitalism*, Durham : Duke U. P., 1992, pp.17~18.
10   Don Delillo, *Libra*, New York : Penguin Books, 1989.7.
11   Michael Seats, *Murakami Haruki : The Simulacrum in Contemporary Japanese Culture*, Lanham : The Lexington Books, 2006, p.119.

인 것의 '소멸'이라고 보고 있다.[12] 현대비평으로 일반적인 마이클 시츠의 지적은 드릴로와 핀천, 오스터 등의 작품의 특질을 지적하는 측면에서 새롭다. 그러나 앞에서 루빈의 경우를 인용했듯이 무라카미의 표현이 '과거 미해결의 문제, 즉 무의식에 잠재된 현재의 평온함을 파괴하는 것의 상징'이라면, 무라카미 작품은 시츠가 말하는 '표상의 기본조건'과는 다른 구체적 과거의 진실에 기반을 두고 있는 것이 된다. 그러한 작품을 역사와 현실적인 것이 '소멸'된 환상적이고 비공간적인, 그리고 무시간·무역사의 텍스트를 논리정연하고 상징적 레벨에서 토론하는 일은 가능할 것인가. 무라카미 작품은 호텔 방과 창고, 집, 아파트, 자동차 안과 같이 닫혀진 공간이 특징인데, 회고적이고 역사적 성격과 국가주의적 특질이 점차 강조되고 있는 듯하다.

일본사회의 큰 변화 속에서 출판되어, 무라카미 스스로 변화를 시도한 듯 보이는 『언더 그라운드』와 『애프터 다크』에서는 도시문화의 일상과 비일상의 이분법이 재검토되고 있다. 『언더 그라운드』의 후기에 무라카미는 이항대립적인 시공간적 메타포를 반복하면서 다음과 같이 말하고 있다.

새로운 말과 이야기는 과연 어디에 있는 것일까? 어디로 가면 우리는 그것들을 발견할 수 있을까. (…중략…)

즉 옴 진리교라고 하는 실체를 순수하게 남의 일로서 이해하기 어려운 기형적인 것으로 대치하여 망원경으로 바라보는 것으로는, 우리는 어디에도

---

12 Don Delillo, op. cit., p.88.

갈 수 없다. 가령 그렇게 생각하는 것이 약간 불쾌함을 수반한다 해도, 자신이라는 시스템 안에서 혹은 자신을 포함하는 시스템 안에서 어느 정도 포함되어 있을지 모르는 그 '실체'를 검증해가는 일이 중요하지 않을까. 우리들의 '이쪽 편'의 영역에 묻혀져 있는 열쇠를 찾지 못하는 것에는 모든 것을 한없이 '대치'화하고 그곳에 있을 의미를 육안으로는 보이지 않는 곳까지 미크로화해가는 것은 아닐까.[13](강조는 가토에 의함)

실제로 일어난 사건을 제재로 한 소설로는 트루먼 커포티가 살인사건을 소재로 한 『냉혈』 등이 있는데, 무라카미도 이미 의식하고 있었으리라 생각된다. 커포티는 『다른 목소리, 다른 방』과 『티파니에서 아침을』 등, 현실과 공상, 미국 남부와 북부의 이항대립적인 관계성을 기조로 한 작품을 발표하고, 작가 필립 로스가 현실이 픽션을 추월했다고 말한 1960년대 중반은 『냉혈』에 의해 '논픽션 소설'이라고 불리는 장르가 선두를 달렸다. 50년대, 60년대 이후 미국의 문화적 변천은 인종·젠더에서 차별과 억압하는 국가의 정치적·문화적 구축에 대한 이의제기와 함께 일어났다. 사회의 주류에서 배제된 '저쪽 편'이 '이쪽 편'에 이해를 요구하며, 실제로 움직이기 시작한 시대였다. 그것에 앞서 50년대 미국의 매카시즘(반공운동) 또한 '이쪽 편'의 우익적 이데올로기와 '저쪽 편'의 공산주의 이데올로기가 이항대립적 투쟁관계를 보여주었다. '논픽션 소설'에서 현실과 논픽션이라고 하는 두 개의 다른 위상을 다시 묻고자 한 커포티의 작품은 이러한 시대성과의 관계에서

---

13 무라카미 하루키, 『언더 그라운드』, 講談社, 1999, 740~741쪽.

태어났다. 현대소설연구에서 잘 알려진 이합 핫산Ihab Hassan은 카포티의 '논픽션 소설'에서는 '사실과 픽션이 동일한 양상을 획득한다'라고 하고, '사실과 픽션'의 분할을 전제로 한 레토릭을 지적하고 있다.[14] 『언더 그라운드』에서 '이쪽 편'과 '저쪽 편'이 그 관계성을 되물으며 어디까지나 분할된 다른 영역으로서, '자신이라고 하는 시스템'과 '자신을 포함한 시스템'이 그 정방향을 이루고 있다고 한다면, '현실'과 '픽션'의 두 가지 관계성으로 논하는 커포티의 예와 『언더 그라운드』는 그 공통점이 명확하다. 양자는 모두 현실과 공상 또는 픽션을 두 가지 영역으로 분할한 후에, 그 교차를 상정하고 있는데, 어떤 자기모순이 전제가 되고 있는 것이다. 무라카미와 커포티의 작품에서 현실은 현실로서 인지되고 있고, '저쪽 편'으로서의 공상과 픽션과는 일단 별개의 영역인 것이다. 양자는 핀천과 드릴로 등 극단적인 현대작가들과 같이 현실을 탈구축하여 현실과 공상과의 대립을 무화시키고, 현실을 공상과 대등한 것으로 표상하려는 것이 아니라, '사실과 픽션'의 이항대립적 관계와 그것에 함의되는 계급구조를 그대로 유지하게 하고 있다. 무라카미 작품은 동시대의 드릴로와 핀천, 오스터의 작품보다 커포티에 가깝고, 무라카미가 말하는 '시스템'은 포스트모던 인식에서는 해체된 주체인 자아와 국가의 전체성을 함의하고 있을 가능성이 높다.

무라카미가 '시스템'이라 말하는 것은 자율적으로 대등한 자아의 집합체로서 미국의 로맨티시즘을 대표하는 월트 화이트맨도 본질적으로 다르지 않다. 미국 현대문학에서 화이트맨의 로맨티시즘을 회고적으로

---

14 Ihab Hassan, *The Postmodern Turn : Essays in Postmodern Theory and Culture*, Columbus, OH : Ohio State U. P., 1987, p.109.

반복하는 사람들은 알렌 긴즈버그와 잭 케루악 등 '비트(보헤미안적인 청년 그룹)파'인 시인과 작가들이었다. 따라서 무라카미가 '비트파' 작품에 친근감을 느끼는 것도 당연할지도 모른다. 긴즈버그의 대표작 『울부짖음』과 『미국의 몰락』 등에서도 닫혀진 통일체 혹은 '시스템'으로서 '미국'이 비판의 대상이 되고 있고, 1990년대 무라카미 작품의 원리는, 훨씬 이전의 그들의 것과 비슷하다. 예를 들면, 『스푸트니크의 연인』의 '스미레'가 애독하는 케루악의 『노상에서』는 오이디푸스적인 구조를 토대로 한 자아형성과 그것과 유연관계에 있는 전통적 리얼리즘에 대한 회의를 엿보이게 하면서, 가족구조 그 자체를 완전하게 파탄시키는 일 없이, 숙모의 집에 기숙하는 주인공이 다른 방황하는 젊은이들과 방랑의 여행을 계속하는 과정을 그린 작품이고, 비슷한 고아들로 넘치는 무라카미 소설에 가깝다. 무라카미가 데뷔한 후에 마루야 사이이치丸谷才一의 아쿠타가와상 평론에서, 리처드 브로티건과 카트 보네갓의 이름이 열거된 것은 잘 알려져 있지만, 두 사람도 리얼리즘에서 크게 벗어나지 않은 현대 미국 작가들이다.

이러한 무라카미의 고전적 특질은, '20세기 후반의 최초의 해, 최초의 달, 최초의 주'에 태어났기에 기원을 의미하는 '하지메始'라는 이름이 부여된 주인공, 유년기에 기억으로의 회기를 담은 『국경의 남쪽, 태양의 서쪽』과 근원적인 욕망에 대한 통찰이 있는 『스푸트니크의 연인』 등을 거쳐, 『언더 그라운드』, 『애프터 다크』 이후 최근 작품에 있어서도 반복되고 있다.[15]

---

15 무라카미 하루키, 『국경의 남쪽, 태양의 서쪽』, 講談社, 1995.

조지 오웰의 『1984년』을 반복하는 최근의 대작 『1Q84』는 오웰이 표현한, 엘리트에 의한 파시스트적 국가 통치에서 도망치려는 커플과 비슷한 고아들이 최종적으로 로맨틱한 연애로 맺어지는 로맨스적 결말을 갖는다. 현실과 판타지의 구별이 애매한 두 개의 달이 존재하는 세계에서 아이를 갖게 된 '아오마메'와 '덴고'는 공포와 희망이 뒤섞인 메시아론적 장래의 꿈을 갖는다. '아오마메'가 성적 관계를 갖지 않고 임신한다는 설정은 성모마리아와 같은 신화적 측면이 있고, 작품을 형성하는 플롯을 다층적으로 구성하여 특권화된 명확한 결말을 가져오고 있다. 동시에 존재하는 복층적이며 환상적 현실을 그리는 돈 드릴로의 미국 현대소설과 비슷한 모티브는, 『국경의 남쪽, 태양의 서쪽』과 『스푸트니크의 연인』에서 그러하듯이 작품 전체에서 플롯의 복층성이 주인공을 중심으로 한, 단일 플롯에서 최종적으로 억압되어 있기 때문에 작품 그 자체의 구조로서 실현되지 않는다.

오웰의 『1984년』에서 의인화된 통치자 "빅 브라더"는 『1Q84』에서는 정체불명의 '리틀 피플'과 집단의 리더와의 조합으로 변환되어 있다. 그러나, 선인지 악인지 불분명한 공상적인 '리틀 피플'은 환상적인 시공간을 여는 역할을 하는데, '아오마메'와 '덴고'의 로맨스적 플롯을 상대화시키지 않는다. '리틀 피플'은 오히려 '덴고'에게 '공기 번데기'에 둘러싸였던 어린 시절의 '아오마메'가 '덴고'의 눈앞에 나타난 순간, 확실하지 않았을 기억은 현존하는 것으로 되살아나, 현재 시간의 기원이 된다. 『1Q84』에서 과거는 현재와 떨어져 있는 기원으로서 현재와 함께 되살아나고, 현존하는 것이라고 할 수 있겠다.

『해변의 카프카』의 결말 부분에서도 비슷한 예가 있다. 다른 캐릭터에 의한 대리작용의 결과로서 근친상간과 아버지 죽이기가 신화적임에도 불구하고, 소년 카프카의 아버지를 죽이는 대리인이 된 '나카타 씨'의 시체의 입에서 나온 '하얗고 가는 물체'는 추상적인 관계성이 아니라 실체로서 그려지고 있다.[16] 존 버스John Simmons Barth의 커넬 샌더스 Harland David Sanders(KFC의 창업자)와 같은 등장인물을 연상시키는 캐릭터와 같은 '관계성'에서 생기는 '필연성'과 '존재'가, 결국 어떤 시간적으로 한정된 실재여야만 한다는 이야기의 원칙은, 무라카미 작품의 고유의 문제를 명확하게 하고 있다.[17]

'하얗고 가는' 페니스와 닮은 무엇인가가 '나카타 씨'의 입에서 나타나서 결국 '호시노 씨'에게 쓰레기로 버려지는 장면은 다소 골계적인지만, 이것은 근친상간을 금지하는 법의 전통적 기원이 되는 남근의 실체를 나타내고 있다. 이는 라캉의 정신분석적 기호로 밝히는 것이 아닌, 비닐봉투에 넣어져 버릴 수 있는 실체로 제시되고 있는 것에 기인하고 있는 것이다. 소년 '카프카'는 스토리상에서 어디까지나 상징적인 근친상간과, 그보다 직접적인 표현이 되는 아버지 죽이기를 경험한 것이다. 여기서 근친상간과 아버지 죽이기는, 상징적인 관계성에서 실현되는 것이 아니라, '나카타 씨'에 의한 살인에 앞서 어떤 의도가 있는 실체와 의지에 기원한 가능성을 내포하고 있다. 현재에 앞서 '나카타 씨'에게 씌인 그것이 물질적인 무엇이라고 한다면 '카프카' 소년에게 찾아오는 위기는 성장 과정에 있는 소년의 오이디푸스적 질서와 그것에 대한 비절대성의 상징적 깨달음이 아니다. 프로이트가 『토템과 금기』에서 묘

---

16   무라카미 하루키, 『해변의 카프카』, 新潮文庫, 2007, 494쪽.
17   위의 책, 128쪽.

사한 듯한 신화적 '아버지 죽이기'의 역사와 가까운 것이 된다. '하얗고 가는 물체'를 추구하여 시코쿠四国(지명)까지 찾아 간 물질적인 돌과 짝을 이루고 있는 것도, 역사적 실재의 이미지를 강조하고 있는 것이다.

『1Q84』에서 종교집단의 리더의 죽음과 함께 '아오마메'와 '덴고'의 아이가 수태되었을 때, '리틀 피플'이 만든 '공기 번데기'에 싸인 어린 시절의 '아오마메'가, 시설에 입원한 아버지를 찾게 된 '덴고' 앞에 나타났다고 하는 에피소드 또한 무라카미 소설에서 역사와 시간의 표상이 상대적 관계가 아니라, 절대적 연속성에 있다는 증거가 된다. 『해변의 카프카』의 중심적 모티브가 되는 '아버지 죽이기'는 『오이디푸스 왕』, 『햄릿』을 대표로 한 서구문화에 전통적 테마이고 『해변의 카프카』에서 그 신화적 변형은 '다무라 카프카'와는 실제로 혈연관계가 없는 캐릭터들과의 구체적 접촉 안에서 실현된다. 이것은 셰익스피어의 『맥베스』의 마녀의 예언과 비슷한데 과거의 예언과 그에 연속되는 결과와의 관계가 언뜻 불명확하게 보인다. 그러나 작품의 신화적 차원은 여기서도 앞선 '새로운 세계'라고 하는 미래에 종속되고, 그 기반이 되고 있다. 신화적 차원은 결말에서 '진짜 세계'는 과거이고, 그 두 개의 관계는 '진짜 세계'에서 절대적인 시간차이로 분리된다.[18]

여기서, 초기 작품에서 보이는 '정正'으로서의 '나'와 '이쪽 편', '반反'으로서의 '쥐'와 '양'이 이루는 '정반' 또는 포지티브/네거티브라는 구도는 폐기되었을지도 모른다. 『1Q84』의 '아오마메'도 '덴고'도 일반적인 가정에서 자라지 못한 부르주아의 '그림자'에 속하는 인물이고, '태

---

18 위의 책, 528쪽.

양'에 대한 '그림자'로서 2개의 달이라는 이미지가 제시되고 있다. 이는 『애프터 다크』의 암흑의 세계와 만난 처녀가, 언니의 '그림자'로 설정된 것과 공통점이 있다. '아오마메'와 '덴고'의 더블링은 '정'과 '반'이라는 짝이 아니라 '반'과 '반'이라는 조합으로 다루어지고 있는데, 여기서 『애프터 다크』와 『1Q84』에서의 차이는 중요하다. 그러나 소설에서 달을 '반'의 이미지로서 내세웠다고 한다면, 그것에 대한 '정'으로 인지되는 것을 '현실'과 '판타지'의 대립구도로 시사하고 있는 것으로 추측된다. 따라서 『1Q84』에서 보통 리얼한 세계에서 벗어난 것으로 제시된 공상적 세계는 작품·텍스트 밖의 '현실'에 종속하는 이차원으로 이해할 수 있다. 현실적, 역사적인 사건인 옴 진리교 지하철 살인 사건을 다룬 『언더 그라운드』가 제목이 상기시키는 무의식적인 것과 옴 진리교도들의 활동과 범죄를 동일시하는 것이라면, 피해자로서 일반시민 편의 인터뷰는, 무라카미가 말하는 '우리들'의 의식적 측면을 구성하고, 옴 진리교 신도들과 그들이 일으킨 사건을 대표하는 무의식적인 '언더 그라운드'와 대비되고 있는 것이다.

이제까지 언급한 논점은, 영미의 많은 작가들의 작품에서도 공통적으로 나타나고 있는 것들이다. 무라카미 작품에서 빈번히 등장하는 과거 연애의 대한 트라우마는 현재에 영향을 미치고, 때로 그것을 이유로 죽어가는 여성들이 등장한다. 예를 들면, 존 휴스턴 감독이 유작으로 남긴 조이스의 『죽은 자들』에 등장하는 '그레타'라는 여성과, 아버지와의 근친상간에 의해 정신적으로 피폐한 『밤은 부드러워』의 '니콜 다이버'와도 유사하다. 무라카미가 숭배한 피츠제럴드의 『밤은 부드러워』는 그 반복으로서의 위상을 갖는 『상실의 시대』만이 아니라, 『해변의 카프카』와 『1Q84』와도 공통된 모티브를 내포하고 있다.

　그러나, 『더블린 사람들』의 '그레타'가 상실한 대상으로의 사랑은 크리스마스 파티 후의 그녀의 남편의 독백에서만 밝히고 있는데, 무라카미 작품의 화자가 종종 쓰는 표현을 빌리자면, '영원히 깨져 버렸다'라고 하는 현재의 불완전함에 대한 탄식이라는 점은 같아도, 『상실의 시대』에서 보이는 '키즈키'의 죽음이 가져온 나르시시스틱한 관계의 파탄과, 『스푸트니크의 연인』의 '뮤'가 스위스에서 경험하는 자아 분열의 트라우마처럼 명확한 정신병의 원인이 되거나 한 것은 아니다. 『더블린 사람들』에서는 영국 통합 이전의 아일랜드의 순수한 독립을 잃어버린 탄식을 이중적으로 투영하고 있는 '그레타'의 슬픔은, 현재 잃어버렸다고 인식한 결과로, 그 기원을 순수한 것으로 구축하기 위한 것이기도 하다. 그렇다면 더블린 사람들의 '마비paralysis'라 불린 것의 희생자이기는 해도, 현재에 있어서 특별히 상실했다고 보기 어렵다.

　『상실의 시대』의 '나오코'의 원형이기도 한 피츠제럴드의 『밤은 부드러워』의 주인공인 정신과의 '딕'의 아내 '니콜'도, 과거에 아버지와 근친상간적 관계를 맺고 정신병을 앓지만 과거의 트라우마에 의해 본질적 상실을 경험한 인물로는 그려지지 않는다. 피츠제럴드가 '어머니 죽이기'에 대해서 쓰고 싶었다고 말한 『밤은 부드러워』에서는 어머니의 존재와, 오이디푸스의 법을 지지하는 아버지의 권위의 근원성도, '니콜'의 정신병의 원인이 된 아버지와의 근친상간에 의해 상실되어야만 했었다.

　『스푸트니크의 연인』의 '뮤'의 이야기에서는 무엇인가 근원적인 것, 가령 '아버지'와의 근친상간으로 억압된 '저쪽 편'의 욕망을 인지한 것이 트라우마의 기원이 되고, 그것이 탐구가능한 과거의 무엇이라는 것이 시사되고 있다. '그녀가 이제까지 본 적이 없을 정도로 큰' 페니스를 가진 '페르디난트'[19]는, '뮤'에게 '모든 것'[20]을 하지만, '그건 **처음부터** '페르디난트'가 아니었을지도 몰라'라고 '뮤'는 '스미레'에게 말한다.[21] (강조는 가토에 의함) 그밖에도 서로 진정한 성욕을 갖지 못한 『상실의 시대』의 '나오코'와 '키즈키'의 원초적 관계는 아버지의 법에 의해 근친상간이 금지된 형제간 사랑의 원칙과 유사하고, 『해변의 카프카』에서 '아버지 죽이기'와 같이 상식적으로 '진짜' 현재와 연결되며 금지된 법의 기원인 과거의 원초적인 기원을 말하고 있다고 생각된다. 그것과 비교하여 『밤은 부드러워』에서의 트라우마는, 니콜이 불륜에 의해 아버지와 닮은 전 주치의인 남편 '딕'(성기를 의미하는 상징적 이름인데, 그 상징이 『해변의 카프카』의 '하얗고 가늘고 긴 물체'와는 다르다)에서 벗어나, 아버지와의 근친상간을 반복하는 오이디푸스적인 구조를 탈피하는 과정을 통해, '니콜'의 병의 근원이 될 만한 근거를 없애고 있다. 니콜이 근친상간과 불륜, 이혼에 의해 아버지와 전 남편의 권위를 유린하고 도망칠 때, 그녀의 트라우마를 형성하고 있던 가족구조의 법은 그 절대적인 구속력을 상실하게 되는 것이다.

필시, 이들 캐릭터들을 쇠약하게 하는 것은, 그녀들의 인식에서 트라우마가 절대적인 법과 기원이 현재로부터 멀어져 역사화된 상황에 있다. 무라카미의 최신작 『색채가 없는 다자키 쓰쿠루와 그가 순례를 떠

---

19 무라카미 하루키, 『스푸트니크의 연인』, 講談社, 2001, 235쪽.
20 위의 책, 236쪽.
21 위의 책, 237쪽.

난 해』에서도 '다자키 쓰쿠루'에게 성폭행을 당했다고 믿는 '시로'도 '다자키 쓰쿠루'가 실제로 '시로'와 성관계를 맺었다고 믿었던 친구들도 그룹 내에서 연애가 금지된 과거를 절대적 법으로 생각하고 있었다. 과거와 현재의 관계를 구체적인 '역사'로 인식하고 있었던 것은 아닐까. '사오리'가 '다자키 쓰쿠루'에게 "기억을 어딘가에 잘 숨겼다 해도, 깊은 곳에 가라앉았다 해도, 그것이 초래한 역사는 지울 수는 없어"²² 라고 하는 말은, 일본이라고 하는 나라의 과거와 역사를 '다자키 쓰쿠루'의 과거에 중첩시키고 있을 뿐만 아니라, 이 작품에서 역사성의 논리를 대표하고 있는 인상을 주고 있다.

트라우마는 종종 근친상간의 모티브를 동반하여 많은 근현대소설의 기본적 테마의 하나가 되어 왔다. 피츠제럴드와 조이스는 트라우마가 등장인물의 무의식적 행동을 좌우하면서도, 무라카미 작품과 같이 그 자체로 그들의 현재를 결정하지는 않는다. 『더블린 사람들』의 '그레타'는 과거의 원초적 사랑의 대상의 상실을 현재의 남편에게 이야기하는 것에 의해, 남편과 원초적인 애인을, 모두 반복되는 사랑의 대상으로 변함에 따라 구원을 얻었을지도 모른다. 가령 원초적 애인이 현재의 남편의 '반복'으로서의 기원이 아닌 절대적 사랑의 대상이고, '처음'도 '마지막'에도 '페르디난트'가 아니라는 '뮤'의 트라우마의 기원과 같이 반복 불가능한 것이라고 한다면, '그레타'는 절대적인 시간적 차이에 의해 멀어진 전 애인과의 남편과의 반복을 축으로 하는 오이디푸스의 삼각형과 유사한 삼각관계로 파악해야만 할 것이다. 『밤은 부드러워』의

---

22 무라카미 하루키, 『색채가 없는 다자키 쓰쿠루와 그가 순례를 떠난 해』, 文藝春秋, 2013, 40쪽.

'니콜'은 아버지와 남편이 지배하는 가정의 틀 밖으로 나가는 것으로 오이디푸스적 구속과 트라우마의 절대성에서 도망친다. 무라카미가 피츠제럴드를 자신과는 다른 작가라고 인정하는 이유가 여기에 있지 않을까 생각된다. 히라이시 타카키平石貴樹가 지적하듯이 '니콜'은 오히려 경제론적인 법, 질 들뢰즈Gilles Deleuze가 『안티 오이디푸스』에서 제시한 반 프로이트적인 영역으로 나와, 마이클 시츠가 말하는 '역사와 언급대상과 리얼한 것'이 소멸되는 세계의 주인이 된다.[23] 『밤은 부드러워』는 모던 시대에 이미 포스트모던적 인식이 소설의 형식으로 제시될 수 있었던 것의 한 예이다. 그러나 무라카미는 오히려 그러한 작품과는 거리를 두고 있다.

무라카미와 비교하여 자주 언급되는 가즈오 이시구로와 폴 오스터와 무라카미의 차이도, 이들과 유사한 논점에서 발견된다. 이시구로의 작품에서도 과거의 트라우마를 출발점으로 하고 있다. 그러나 일본의 패전 이후에 영국으로 이주한 여성이 회상하는 『먼산너머의 빛』, 『해의 자취』, 혹은 보다 무라카미의 작품에 가까운 탐정소설 구조의 『우리가 아직 고아였을 때』에서 이시구로는 과거의 트라우마를 현재의 상황과 변화에서 벗어나 표상하는 것을 거부한다. 탐정으로서 스스로의 과거를 찾는 『우리가 고아였을 때』의 주인공 '크리스토퍼'는 헤어진 어머니가 중국인 성노예가 되어 아이였던 주인공을 지키려고 했던 것을 결말에서 제시하고 있다. 치매인 어머니와 재회한 주인공은 스스로 불완전함을 느끼게 한 원인이었던 트라우마의 정체를 찾은 결과로 알게 되

---

23   히라이시 타카키[平石貴樹], 『문학 미국 자본주의』, 南雲堂, 1993, 284쪽.

고, 과거의 트라우마와 결과로서의 현재라고 하는 인과관계는 역전되어, 트라우마는 현재진행 앞에 지연되는 것으로서 표상된다. 트라우마는 존재했지만, 트라우마의 발견과 진행되는 이야기의 병행관계 안에서는 현재 주인공에게 결정적인 영향을 미치고 있지 않다. 『1Q84』의 덴고와 그의 아버지와 양로원에서의 재회 장면은 『우리가 고아였을 때』의 결말과 매우 유사하면서도, 결정적으로 다른 점이 존재한다. 『1Q84』에서는 덴고의 아버지가 NHK 수금원 모습을 한 유령으로 나타나는데, 앞에서 지적했듯이 양로원에는 '공기 번데기'에 둘러싸인 어린 '아오마메'가 모습을 나타낸다. 『1Q84』와 같이 무라카미 작품에서 과거의 재현이 중요하게 다루어지고 있다. 이시구로의 작품에서 빈번히 사용되는 현재형의 문체는 트라우마와 기억의 변모와 생성의 과정을 그리기 위해 사용된 방법이고, 과거 그 자체의 재현은 목표로 하지 않고 있다. 『국경의 남쪽, 태양의 서쪽』에서는 오이디푸스적인 인간관계의 갈등을 플롯의 주축으로 하는 것에 반해, 오스터의 『오라클 나이트』 등 작품에서도 과거를 재현하여 구체화하는 것을 거부한다. 『오라클 나이트』에서는 신체적 트라우마에서 회복하고 있는 주인공 아내가 그녀를 키운 부모와 근친상간적인 관계에 의해 임신했을 가능성이 제시되고 있다. 이시구로와 오스터의 작품에서는 새로운 정보에 의해 사실을 확인하게 된다고 하는 결말은 그려지고 있지 않다. 이시구로의 작품은 등장인물의 과거 사실성의 확인을 무조건 거부하고, 오스터의 작품은 나치의 희생자들의 아이덴티티까지 '전화번호부'의 한 페이지에 제시되는 『오라클 나이트』의 예와 같이 기원을 단지 텍스트로서 나타낼 뿐이다. 현재와 과거는 실제적으로 이야기되는 것이 아니라, 어디까

지나 상징적으로 표상되고 있다.[24]

자크 데리다Jacques Derrida에 의한 탈구축 이론 이후, 이른바 포스트모던이라고 불리는 풍조가 구체화된 후에 이시구로와 오스터와 같이 작품의 언어를 상징적으로 기능화시켜 현실과 픽션의 구별을 하지 않는 소설의 방법이 영미문학에서는 매우 일반적이다. 그들의 작품에서는 리얼한 것과 표상적인 것 혹은, 환상적인 것은 분리되지 않기 때문에 리얼한 과거의 재현도 불가능하다. 무라카미의 과거 작품을 이용한 인용과 언급도 과거의 텍스트를 다시 존재하는 기원으로서 인지하는 방법으로, 포스트모던적 모방과는 다른 종류의 것이다. 이시구로와 오스터 소설의 방법적 원칙은 자크 데리다가 제시한 논의 기반에 입각하여 있고, 그들의 작품의 표상은 제임슨이 모방한 반복의 방법에 가깝다. 오스터도 지적하고 있듯이, 무라카미의 인용과 반복은, T. S. 엘리엇의 텍스트와 같은 '모더니스트적인 과거 문학의 이용에 가까운' 것이고, 선행 텍스트와 인용, 반복되는 텍스트를 역사적·시간적 차이에 의해 떨어져 있는 것으로 이해할 수 있겠다.[25]

무라카미 작품의 특질은, 포스트모던적이지만 그 성격과는 거리가 멀다는 것이다. 포스트모던이라고 불리는 풍조와 사조를 대표하는 작가 시츠가 언급하는 '복제/모방'의 성격과 차이가 있는 것이다. 이것은 무라카미가 오에 겐자부로와 같이 스스로를 어디까지나 일본을 대표하는 '국민적' 작가로서 생각하는 것에 기인하고 있을지도 모르겠다. 루

24　Paul Auster, *Oracle Night*, New York : Picador, 2003, pp.113~114.
25　Rebecca Suter, *The Japanization of Modernity : Murakami Haruki between Japan and the United States*, Cambridge, MA : Harvard University Asia Center, 2011, p.142.

빈이 지적하듯이, 무라카미가 전후 일본의 무의식적인 영역에 억압된 폭력 등을 그려 온 것도 이러한 자세를 나타내는 표현의 하나일 것이다.[26] 그것은 무라카미가 국민작가로서의 계몽적 경향에서 출발하고 있을 가능성이 있고, 커미트먼트는 무라카미의 역사의식을 반영하고 있다고 볼 수 있다. 미국과 관련하여 〈파리, 텍사스〉 등을 제작한 영화 감독 빔 벤더스Wim Wenders 등과 같이, 무라카미는 이야기의 포스트모던적 해체에 안주하지 않고, 과거에서 현재로 흐르고 있는 역사적 시간의 진행과 그것을 이야기로 표현하는 것의 가능성을 발견하려고 하고 있는 것이다.[27] 이것을 '파라para(근접함을 의미함) 모더니즘'라고 할 수 있 겠지만, 그러한 명칭과 분류보다 오히려, 포스트모던의 원칙이 만연한 문화적 환경 속에서, 현재 시점에서 역사를 회복할 수 있다고 주장하는 소설이 쓰인 의미를 다시금 생각해 보아야 할 것이다. 무라카미 작품의 특질은 존 버스가 말하는 '소진消尽의 문학'으로서 영미 포스트모던 문학 작가들에게, 그것과는 다른 선택지를 제시하는 것으로 중요한 시사점을 주고 있다.

---

26 Jay Rubin, op. cit., p.212.
27 빔 벤더스(Wim Wenders), 『영상이미지의 논리』, 河出書房新社, 1992, 12~20쪽.

「반딧불이」, 명멸하는 생의 희구

『나를 보내지마』, 『그 후』를 중심으로

샤오 싱쥔蕭幸君

2013년 10월, 노벨문학상 수상자가 발표되기 전날 밤, 긴장된 마음으로 발표를 기다린 무라카미 하루키 팬들이 많았으리라 생각된다. 9일, 단편소설로 유명한 캐나다의 여성작가 앨리스 먼로Alice Ann Munro의 수상이 결정되었을 때, 무라카미가 수상을 놓친 것에 낙담한 사람들도 적지 않았을 것이다. 캐나다 CBC의 전화 인터뷰에서 그녀는 "단편소설을 장편의 습작이 아닌, 뛰어난 예술작품으로 인식하게 될 것이다"[1]라고 밝혔다. 이 발언은 무라카미를 겨냥했다고 볼 수 있겠다. 단편을 장편의 습작이라고 생각하는 입장을 취하는 작가는 많다. 왜 그녀의 이같은 발언은, 무라카미 하루키를 상기시킬까. 첫 번째는 직전에 무라카미가 먼로의 단편 「잭 랜더 호텔」을 번역했다는 사실, 두 번째는 무라카미가 단편을 장편으로 연결시키는 방법을 선호하는 작가라는 일반적인 인식이 있었기 때문일 것이다. 그렇다면, 그녀의 발언에서 무라카미

1 　2013년 10월 10일 대만의 『야간신문』에서 보도된 노벨문학상 수상 뉴스 인터뷰 영상에 의함.

를 떠올리는 일은 자연스러울지도 모르겠다.

그러나, 예를 들어 『무라카미 전작품 1979~1989』 제3권의 월보에서 「자작을 말하다. 단편소설의 시도」에서 무라카미는 자신의 「반딧불이 그 외 단편」에 대해서 말하고 있는데,[2] 그는 단편소설을 "짧은 형식으로밖에 표현할 수 없는 마음가짐을 나타내기 위한 그릇"[3]이라고 말했다. 그의 단편은 단순히 장편을 위한 작업이라고 할 수 없고, 역시 '단편소설의 형식을 깊이 추구'한 것으로 논해야만 한다. 「반딧불이」라고 하는 단편은, 그것이 재료가 되어 『상실의 시대』가 쓰여졌다고 알려져 있지만, 『상실의 시대』에는 없는 독자적인 세계를 갖추고 있다고 할 수 있다. 그것은 작품의 결말에서 나타난 '반딧불'이 갖는 다층적 표상에 집약되어 나타나고, 그것에 숨겨진 인간의 다양한 삶과 죽음의 변주를 통해 추구되는 '나'라는 명제가, 다양한 가능성을 남기고 있다는 점에 있다. 작중의 '반딧불'의 빛에 상징되어 있듯이 명멸하는 '나'의 '생生'을 나타낸다는 점에서 주목된다.

죽음과 생의 교차가 가져오는 모순된 양상이 이야기를 이끌어 내며, 몇 번의 반전이 나타내는 소설세계가 「반딧불이」의 마지막에 제시되어 있다. 반딧불이라는 필터를 통해, 등장인물들이 안고 있는 아픔이 드러나며, 그 마음의 움직임이 면밀히 나타나고 있다. 여기서 그려지는 것은 개별적인 이야기 세계인 동시에, 그 옥저에 확장되는 보편적인 이야

---

2   무라카미 하루키, 『자작을 말하다―무라카미 하루키 전작품 1979~1989』 제3권 월보, 講談社, 1990.

3   무라카미 하루키는 "숨가쁘게 장편을 쓰고나면, 당분간 천천히 단편을 쓰고 싶어진다. 장편에서 쓰지 못했던 것을 단편에서 쓰고 싶어진나"라고 서술하고 있다. 무라카미 하루키, 『자작을 말하다―무라카미 하루키 전작품 1979~1989』 제3권 월보, 講談社, 1990.

기가 전개된다는 불가사의한 감각을 작품 전체에서 찾아볼 수 있다. 그러나, 이러한 보편성에도 불구하고 주인공들은 마치 아웃사이더와 같이 고립되어 있고, 주위와 어울리지 못하며 시간이 흘러도 고독감과 초조함이 해소되지 않는다. 그것은 단순히 소중한 사람을 잃은 슬픔이 가져온 감정은 아니다. 그 고독과 초조는 그들이 주위의 환경에 동화되기 위해 아무 일도 없었다는 듯이 지냈다던가, 혹은 어쩔 수 없다며 단념하지 않고 그것과 직면하는 태도를 취하는 것에 유래한다. 정면에서 죽음과 상대하고, 망각을 거부한다. 그 충격으로 스스로 살아나갈 의지가 소멸되는 것을 조금씩 감지하며 회복이 불가능하다는 것을 알면서도, 그 회복을 시도하려고 하는 것이다. 그것이 무라카미가 「반딧불이」를 통해 표현하고자 한 것이다. 타자와의 관계성 안에서만 확인할 수 있는 '나'라는 존재이기에, 친구의 죽음을 받아들이지 못하여, 그 기억을 잃어버리고 살아가는 것은 자신을 과거에 두고 무리하게 전진하는 일과 같았다. 친구의 죽음과 함께 상실한 자신을 다시 획득하기 위해서는, 그들은 기억이라고 하는 시스템을 통해서 죽음과 직면하고, 자신을 말할 수 있게 되기까지 기억의 궤적을 따르면서 죽은 자와의 대화가 가능한 장소를 방황한다.

이러한 프로세스와 유사한 예를, 필자는 대만의 작가 뢰향음賴香吟의 『그 후』에서 발견할 수 있었다. 또 흥미 깊은 사실은 비슷한 테마를 다루면서도 「반딧불이」와는 역행하는 형태로 그려지고 있는 것이, 가즈오 이시구로의 『나를 보내지마』이다. 극히 '사'적인 문장이지만, 역사와 시대의 궤적의 불확실함 속에서 자기 자신의 의미를 추구하고 있다. 완전히 다른 타입의 작가의 작품에서 보이는 이러한 생의 추구가, 왜

이토록 우연히도 흡사하고, 슬프고도 아름다운 이야기로 표현될 수 있었을까.

죽음에 의해 생은 때때로 잔혹하게 다가온다. 죽음으로 향하는 인간이 결백해보이고, 그것에 매료되어버린 자는 살아남은 것이 형벌이 되어 거할 곳을 상실하여 더욱 애절하게 그려진다. 특히 무라카미 하루키의 작품에서 그러한 인물의 정신을, 생사의 경계를 오가며 때로는 살아 있는 자와 죽은 자가 반전되는 모순된 세계가 지배하는 경향을 보인다. 예를 들면, 『바람의 노래를 들어라』, 『양을 둘러싼 모험』, 『상실의 시대』와, 최근 작품인 『색채가 없는 다자키 쓰쿠루와 그가 순례를 떠난 해』 등, 끊임없이 생사의 반전과 모순을 그리고 있다. 나쓰메 소세키의 『마음』의 명제를 계승하는 형태로 『상실의 시대』가 자주 이야기되는 이유도 여기에 있다고 생각된다. 초기 무라카미 작품에서 최신작까지, 반복해서 제기되는 이러한 명제는 무라카미 문학 읽기에 있어서 중요한데, 그것을 확인하기 위해 연애에 관한 묘사가 적은 「반딧불이」가 적당한 작품이다. 생사의 반전을 그린 세계를 계속 중심에 두는 것이 아니라, 그것으로부터 움직이기 시작하는 것을 훌륭하게 그려내고 있는 것도, 이 작품을 놓칠 수 없는 이유이다.

「반딧불이」라는 작품은 시작부터 회상하는 스타일인데, 대학 시절 에피소드로 독자를 끌어들이는 '나'의 이야기는 요점을 알기 어려운 인상을 주고 있다. 그러나 마치 잡담을 나누는 듯한 기분으로 읽어가다 보면, '나'의 이야기는 면밀한 계획 안에서 이루어지고 있음을 알 수 있다. 예를 들어, 담담하게 그려지고 있지만, 많은 분량을 차지하는 기숙사 생활과 국기가 나오는 장면에서 '기미가요'까지, 독자는 쉽게 그 시대성을 읽을 수 있을 것이다. 또한 '나'와 '그녀'와의 관계성을 살펴보면 '연애'라고 할 수 없는 감정 묘사도 독자의 호기심을 자극한다. 보통 사람과 다르지 않은 '나'의 생활공간과 '그녀'와 함께 오랫동안 걷는 도시 공간 또한 등장인물의 캐릭터 그 자체를 위해 묘사되고 있다는 것을 알게 된다. 장편소설『상실의 시대』를 쓰기 위해 존재한 작품이라고 하는 일반적 인상을 넘어서, 단편소설「반딧불이」는 독자를 독특한 작품 세계로 이끄는 힘을 갖고 있다.

1. 기억에 사로잡힌 자들

「반딧불이」에서 '나'와 '그녀'는, 친구의 죽음으로 인하여 충격을 받아 마음의 상처를 안고 있다. 친구의 자살 원인은 확실하지 않지만, 그것으로 '나'와 '그녀'는 격심한 자기상실에 빠지고 만다. 기숙사에서 공동생활을 시작한 '나'의 무기력과, 기계와 같이 질서 있게 작동하는 기숙사생의 생활은 아이러니한 대조를 이루고 있다. 마치 주변의 모든 일상이 생의 영위를 아무것도 아닌 규칙을 지키기 위해 유지되는데, 반대로 무관심한 '나'는 일상생활의 영위 하나하나를 음미하며, 매일을 유지해 가는 것조차 무겁게 느끼는 대비가, 독자에게 질문을 던지고 있다.

산다는 것은, 무엇인가.

주인공 '나'는 무관심한 나날을 보내고 있던 중, 좋아하지도 않는 연극을 배우며 학교에 다닌다. 친구의 죽음에 의해 살아갈 기력을 잃었고, 무조건 하루하루를 보내기에 급급했다. 그것과 비교하여, 그의 룸메이트는 장래의 꿈을 위해 지도에 대한 공부를 하고, 매일 아침 6시 기상하여 하루도 빠짐없이 라디오 체조를 하는 인물이다. 언뜻 룸메이트는 적극적으로 살아가는 듯이 보인다. 그러나 살아가는 것에 대한 '관심'은 과연 어떠할까. 지도를 좋아하고 장래에 국토지리원에 들어가 지도를 만드는 일을 목표로 하는 룸메이트에 대해서 다음과 같이 묘사되어 있다.

> 그는 언제나 하얀 셔츠에 검은 바지 차림이었다. 머리는 짧고 키는 크고, 광대가 나와 있었다. 학교에 갈 때는 학생복을 입는다. 구두도 가방도 새까맣다. 보기에 우익 청년의 모습이었고, 주변 사람들은 실제로 그렇게 보여졌지만 실제로 그는 정치에 백퍼센트 무관심했다. 옷을 고르는 것이 귀찮아서 언제나 그런 옷차림을 했을 뿐이었다. 그가 관심을 갖고 있던 것은 해안선의 변화나 새로운 철도 터널이 완성됐는지와 같은 종류의 사건뿐이었다.[4]

이렇게 확실한 목적을 갖고 학업에 힘쓰는 룸메이트는, 그 묘사에 있어서 아무것도 생각하지 않고 움직이는 사람과 같이 보여진다. 그러나 사는 목적도 없이 '무엇도 되고 싶지 않다'는 '나'는 무엇인가에 빙의된 것처럼 '생'에 대한 생각으로 열중하고 있었다. 사회에서의 '정론'[5]이

---

4   무라카미 하루키, 『자작을 말하다― 무라카미 하루키 진작품 1979~1989』 제3권, 講談社, 1990, 212쪽. 본고에 「반딧불이」의 인용은 모두 이 텍스트에 의함.

간단히 역전되고 있다. 성실해 보이는 자가 좋아하는 일에 전념한 나머지, 다른 것을 돌아보지 않는 모습이 친구의 죽음을 통해 깊이 생각하게 된 주인공과 대비되면서, 그 성실성이 골계미를 갖는 동시에, 아이러니한 양상을 보이고 있다. 그러나 이러한 대비는 룸메이트보다도 '생'에 대해 생각하는 주인공은, 이번에는 스스로 죽음을 선택한 친구와 대비되어진다. 본래라면 스스로 목숨을 끊은 자는 '생'을 두 번 체현할 수 없는 존재이지만, 주인공과 '그녀'의 회상을 통해서 죽은 자가 소환되어 그 '생'의 양상이 어떤 등장인물보다 생생하게 다가온다. 그뿐아니라, 그가 죽은 후에도 '나'와 '그녀'에게 끼치는 영향은 계속되어간다. 이 둘은 그 때문에 살아갈 기력을 상실하여, 죽은 자의 존재가 두 사람보다 훨씬 현실의 '생'과 관계되어 있다.

「반딧불이」가 그리는 타자, 특히 친구와의 관계성 안에서 자기를 찾으려 하는 테마는 가즈오 이시구로의 『나를 보내지마』와 대만 작가의 『그 후』에서도 보여진다.

동일하게 소중한 사람을 잃은 인물이 주인공으로 등장하는 『나를 보내지마』와 『그 후』는 남은 자의 '생'을 어떻게 그리고 있는가, 또한 무라카미의 「반딧불이」와 같이 대비와 역전이 보이는가에 대해서 살펴보겠다. 『나를 보내지마』와 『그 후』의 설정은 「반딧불이」와 같이 비슷한 연령대의 인물들의 관계를 이야기의 중심에 두고 있다. 『나를 보내지마』에서는 시설에서 공동생활을 영위하는 젊은이들, 그리고 『그 후』에

---

5   여기서 '정론'이란 대학공부에 정확한 목표가 있는 동거인이 좋아하지도 않는 연극을
     전공하는 주인공을 이해하지 못하는 장면에서 "그가 말하는 것은 정론이었다"라고 한
     부분을 가리킨다.

서는 함께 대학을 다니며 작가를 목표로 하는 자들인데, 모두 친구의 죽음을 받아들여만 하는 사람들이었다. 「반딧불이」와 비교하면 이 두 작품에서 그려지는 죽음은 이유가 비교적 명확하다. 예를 들면 『그후』에서는 친구의 자살을, 문학을 사랑하는 자가 '세기말적 악마'에 빙의된 결과로 극단적으로 '자기'를 추구한 나머지, 결국 목숨을 끊었다고 독해할 수 있다.[6] 또한 『나를 보내지마』에서는 처음부터 이미 죽음이 기다리는 것이 전제에 있다. 시설에서 자란 클론의 젊은이들은 장기 제공자의 운명을 피할 수 없고, 하루하루 죽음과 가까워져 가는데, 동지의 죽음을 가까이에서 지켜보며 살아가야만 하는 인물들이다. 친구의 죽음과 직면하여 『나를 보내지마』와 『그 후』의 주인공들은 충격에서 벗어나지 못하고 삶과 죽음 속에서 방황한다.

『나를 보내지마』에서는 3명의 주인공이 등장하고 있다. 적극적으로 시설의 규칙과 비밀을 조사하지만 운명에 따르는 '루스', 그리고 화자인 '캐시'는 주변의 상황에 민감한 인물이지만, 감정의 동요를 보이지 않는다. 또 히스테릭한 '토미'는 매일 화를 참지 못하지만, 오히려 낙관적인 태도를 보이는 인물이다. '루스'의 적극적인 성격과는 달리, '토미'는 매일 주위에서 일어나는 부조리한 일에 반응에 반응하며 히스테릭하다는 평판을 듣지만, '캐시'는 그의 행동을 실제로 그들의 운명을 감지하고 있기 때문이라 이해한다. 자주 억제할 수 없는 '토미'의 행동은, 예를 들면 「반딧불이」에서 '그녀'가 자신을 억제하면서 살아가지

---

6 '오월'의 자살은 성적지향과 시대의 가치관이 맞지 않았던 것에 기인하지만, 동서의 문학과 영화 음악, 예술을 동경하여 특히 등장인물들은 그것에 영향을 받고 있었다. 일종의 '시대정신'과도 관련이 있다고 보여진다. 그것을 '세기말의 악마'라고 표현했다.

만, 때로는 어떤 충격에 사로잡혀 상식적이지 않은 행동을 하는 것과 비슷했다. 이것은 『그 후』에서도 비슷한 묘사가 보인다. 자살한 친구는 자기 자신을 적극적으로 살아내려고 한 끝에 자신을 지키기 위해 죽어간 것처럼 묘사되고 있다. 그 죽음에 충격[7]을 받은 화자인 '나'는 조용한 방관자로, 기록자로서 자신의 '생' 그 자체를 추모하는 듯이 살아간다. 자살한 친구와 '나'의 사이에 자살을 택하는 인물이 그려지는데, 「반딧불이」, 『나를 보내지마』, 『그 후』는 이렇게 같은 연령대의 인물들이 등장하며, 그 주인공들에게 친구의 죽음과 직면시키고 있다. 이들 작품 속의 공통된 양상의 이유를, 2000년 5월의 『論座』[8]의 특집 '17세에 무엇이 일어났나'에 게재된 세리자와 슌스케芹沢俊介의 문장을 빌려 생각해보고 싶다.

'타자를 향하기 시작한 '죽음과의 농담''이라는 제목의 문장에는 일본의 1950~60년대의 미성년 자살자에 대해서 "자살을 시도하는 소년들. 시대의 도태가 대량 자살자를 낳았는가"라고 말하며, 1955년부터 1998년까지의 후생성 통계를 참고로 미성년 자살자 수의 추이를 따라간다. 그 도표에 따르면 55년의 미성년 자살자 수가 가장 많고, 전체의 12.57퍼센트에 달했다. 65년은 절반 이하로 감소했지만 85년에 배로 늘게 된다. 이 평론이 쓰여진 미성년자 자살의 이유[9]는 반드시 「반딧불이」의 주인공들에게 해당하지 않지만, 그러나 60년대 70년대의 미성년 자살자 수는 놀랄 정도로 많았다는 것이 기록되어 있고, 미성년자의 자

---

7   『그 후』에서 친구의 자살은 등장인물들의 인생의 변화를 가져온 사건이었다.
8   세리자와 슌스케[芹沢俊介], 『論座』, 2000.5.
9   위의 책, 42~47쪽.

살은 그만큼 시대상을 나타내고 있는 일이었다. '나'의 친구가 자살한 이유에 대해서 명확하지 않지만, 「반딧불이」라는 작품은 결코 죽음 자체를 그리고 있지는 않다. 「반딧불이」는 '생'을 묘사한 작품이다. 그것은 '나'와 '그녀'가 친구의 죽음을 경험한 후에, 무엇보다 정지된 채로 보이지만 살아 나가고자 하는 행동을 면밀히 그려내고 있기 때문이다.

2. 이탈하는 신체―기억장치로서의 마을(공간)

우리들은 무언가 목적이 있어서 요츠야(지명, 四ッ谷)에 온 것은 아니었다. 나와 그녀는 중앙선 전철 안에서 우연히 만났다. 내게도 그녀에게도 별다른 예정은 없었다. 내릴까요 라고 그녀가 말해서 우리는 전철을 내렸다. 그곳이 우연히 요츠야였던 것뿐이다. 둘이서만 있어 보니, 우리는 서로 말할 것이 아무것도 없었다. 그녀가 왜 내게 전철에서 내리자고 했는지, 나는 몰랐다. 처음부터 서로 이야기하는 일도 우리에겐 없었다.

역을 내리자, 그녀는 조용히 걷기 시작했다. 나는 그 뒤를 쫓듯이 걸었다. 나와 그녀 사이에는 항상 1미터의 거리가 있었다. 나는 계속 그녀의 뒷모습을 보면서 걸었다. 때로 그녀는 뒤를 돌아보며 말을 걸었다. 잘 대답할 수 없는 것도 있었고, 어떻게 말하면 좋을지 곤란한 질문도 있었다. 무슨 이야기인지 이해할 수 없는 것도 있었다. 그러나 그녀에게는 그것이 상관없는 일처럼 보였다. 그녀는 하고 싶은 말을 하면, 또 앞을 보고 묵묵히 계속 걸었다.

우리들은 이다바시(지명, 飯田橋)에서 진보초(지명, 神保町)의 교차로를 넘어 오차노미즈(지명, お茶ノ水) 언덕을 올라가서, 그대로 혼고(지명, 本郷)를 지나갔다. 그리고 선로를 따라 고마바(지명, 駒場)까지 걸었다. 먼 거리는 아니었다. 고마바에 도착했을 때 이미 어두워져 있었다.[10]

전철 안에서 우연히 만난 '그녀'에게 이끌려 '나'는 요츠야에서 이다바시, 진보초, 오차노미즈, 그리고 고마바까지 걷게 된다. 긴 정체를 거쳐 '그녀'가 마치 무의식처럼 움직이기 시작한 것은, 지식인들이 항쟁했던 부근을 걸었던 것이었는데, 그것은 무엇인가를 떨쳐 내려는 것과 같았다. 처음부터 이야기할 것이 없음에도 불구하고 왜 '그녀'는 '나'를 필요로 했던 것일까. 친구의 죽음과 관련하여 이 두 사람이 서로 함께 있어야 할 이유가 있다고 한다면, '나'가 그가 죽기 전 유일하게 만난 사람이라는 사실과 죽음을 공유할 수 있는 사람이었기 때문일 것이다. '나' 또한 기억의 공유자이며 목격자이기에, '그녀'의 이야기를 이해하지 못하여도 1미터 간격을 지키며 함께 할 의미가 있었던 것이다. '그녀'와 대화할 수 있는 것은 죽은 연인에 대한 기억뿐이며, '나'라는 존재가 아니었다. 그것은 발작과도 같아서 이러한 '그녀'의 행동은 예측할 수 없었지만, 긴 시간 억제되어 온 것을 억제할 수 없어 출구를 찾는 것과 같았다. 생각해 보면, 『나를 보내지마』의 주인공들도 시설을 뛰쳐나와 바깥세상으로, 『그 후』의 화자도 대만과 일본의 마을을 방황하며, 정처 없이 걷는다. 그들이 도시 공간을 방황하는 것은 공공의 공간에서

10　무라카미 하루키, 앞의 책, 1990, 216~217쪽.

던져진 신체를 의미하는 것은 아닐까. 어떤 의미에서 걷는 행위는 개인이 공공의 공간을 극히 사적인 영역으로 변화시켜 가는 것이기도 하다. '그녀'의 뒤를 쫓으며 걷는 '나'는 방관자로서 밖에서만 존재할 수 있었던 것은 이러한 사적인 공간에 들어갈 수 없었기 때문이었다.

3. '나'의 이야기 – 가즈오 이시구로, 『나를 보내지마』

시설에서 공동생활을 영위해 온 '캐시', '루스', '토미'는 운명공동체이다. 함께 장기제공자로 몇 차례의 '사명'을 견딘 후, 죽음을 기다리는 운명에 있다. 그들은 클론인간이기 때문에, 그들을 형성하는 오리지널리티를 처음부터 갖지 못했다고 생각하여, 자신의 '부모'라 생각되는 '파시블'이 어떤 인간인지에 대한 궁금증은 깊어 간다. 그것이 그들이 공통적으로 갖고 있는 고민이며, 또 장기제공이라고 하는 '사명'을 끝내기까지 품고 있는 유일한 희망이기도 했다. 이러한 나를 찾는 첫 시도는 '루스'의 '파시블' 찾기[11]에서 시작된다. 장기제공자들의 '부모'일 가능성이 있는 사람이었다. '루스'는 자신의 '파시블'이 멋진 오피스에서 일하는 여성이라고 믿고, 장래에 자신도 그와 같이 될 것을 이상으로 그리고 있다. 고통스런 죽음을 운명으로 하는 클론이지만 장래의 변

---

11   가즈오 이시구로, 『나를 보내지마』, 早川書房, 2006, 제13장.

화된 자신을 꿈꾸며 보통 사람들의 사랑을 하고, 일하고자 하는 희망이었다. 세 명의 주인공들에게는 자신의 정체를 파악하는 것이, 살아가는 가장 확실한 이유였던 것이다.

때문에 루스의 '파시블' 찾기를 위해 계획된 노퍽Norfolk(지명, 미국 버지니아 주) 여행이 실패로 끝나자, 캐시의 잃어버린 물건—주디 브릿지워터 〈밤에 듣는 노래〉 테이프—을 찾으러 나선다. 토미와 함께 헤매다 결국 발견한 낡은 테이프에는 캐시의 '나 자신'의 몽상이 담겨져 있었다. 〈나를 보내지마〉를 들으며 자신의 팔로 자신을 안는 모습 속에서, 이 노래가 마치 잃어버린 자신을 위한 애가와 같은 것이었다는 것을 알 수 있다. 클론이 되기 이전의, 멀리 떨어져 있는 자신을 끌어안는다. 그것이 이미 상실된 무엇인가를 가리키고 있다. 그들은 영국의 한 시설에서 미국 동쪽 끝에 있는 노퍽이란 곳에 대해 듣게 되는데,[12] '잊혀진 토지'이며 동시에 '유실물 보관소'를 의미하는 이 장소는 그들에게 있어서 마음을 둘 곳이 되었던 것이다. 자신들이 잃어버린 물건을 찾으러 남쪽으로도 북쪽으로도 갈 수 없는 동쪽 끝에 위치한 노퍽은 모든 유실물이 표착하는 곳이기 때문이기도 했다.

『나를 보내지마』라고 하는 작품에서는, 자신을 찾는 과정이 그려지고 있지만, 주인공들의 최종적인 모습—자신의 신체는 장기 하나하나가 되어 어딘가 누군지 모르는 사람의 일부가 되어가는 운명을 받아들이는 자신—을 확인하는 과정이 그려지고 있다. 예를 들면, 좌초된 어선에 대한 소문을 듣고 배를 보고 싶어 하는 '루스'는 쇠약한 몸을 이끌고 '캐시'

---

12 위의 책, 제6장.

와 함께 킹 필드로 향한다. '루스'는 얼마 남지 않은 생의 마지막에 왜 좌초된 어선[13]을 보러 갔는지 독자들도 쉽게 추측할 수 있을 것이다. 대어를 꿈꾸며 나섰던 배가 좌초된 것의 표상이, 죽음을 향하는 '루스'의 인생 그 자체이고 '토미'와 '캐시'를 기다리는 운명 그 자체였다.

'루스'의 죽음 후, 재회한 '토미'와 '캐시'는 서로 사랑하는 모습을 보이면 장기제공이 유예될 것이라 믿고 시설 운영자를 찾아간다. 그곳에서 자신들의 존재이유를 알고, 둘은 함께 살아갈 희망이 무참히 파괴된다. 영혼을 가진 존재이지만, 쓰고 버려질 용도로 만들어진 클론의 운명은 2, 3년의 수명 연장도 허락되지 않는 것이었다. 이윽고 '토미'가 장기제공으로 죽음을 맞고, 홀로 남겨진 '캐리'가 다시 노퍽 해안을 찾는다. 그곳에서 그녀가 본 풍경은 파도에 떠밀려 온 쓰레기 산이었다. 장기 하나하나가 적출되어 쇠약해진 '캐시'의 신체 그 자체로 오인할 만큼의 슬픈 정경이, 그러한 자신을 확인하기 위한 여행이, '캐시'에게는 유일한 자유이기도 했다. 이것은 자기를 찾는 여행에서 가장 슬픈 목표달성이었다. 『나를 보내지마』의 등장인물들은 마을을 방황하는 것만이 자신을 확인할 수 있는 유일한 방법이었을지도 모른다. 이는 「반딧불이」의 '그녀'와 '나'를 연상시키는데, 뢰향음의 『그 후』에서도 비슷한 장면과 만날 수 있다.

---

13 위의 책, 제19장.

4. 억제되어 버린 생生 — 뢰향음『그 후』와의 비교

『그 후』에서도 운명공동체와 같은 세 명의 주요인물이 등장하고 있다. '나', '오월五月' 그리고 '수인樹人'이라는 이름의 인물이다. 「반딧불이」의 설정과 비슷한 점은, 이 세 명의 등장인물은 연애관계가 아닌 듯한 기묘한 삼각관계가 그려지고 있는 부분이다. 이 세 명은 모두 문학애호가이며 창작을 하는 젊은이들이다. '나'를 둘러싸고, 동성에게 사랑을 느끼는 '오월'과 이성으로서의 '나'를 따르는 '수인'은, 모두 '나'에게 거부당하는데, '오월'이 결국 파리에서 자살하고 만다. '수인' 역시 자살을 시도하지만 미수에 그쳤는데, 이러한 가까운 친구의 자살에 충격을 받아, '나'에게는 트라우마로 남게 된다. '나'는 대만의 마을과 일본의 마을을 정처 없이 방황한다.

지난날, 친구들과 함께 지내던 마을을 걷고, 그리고 친구가 좋아하던 문학작품과 만나는 순간, 그곳은 잃어버리는 두 사람의 공간으로 바뀌어 버리고 마는 것이다. 죽은 자와 대화하는 공간이다. 그렇게 '나'는 조금씩 마음의 상처를 치료해 간다. 「반딧불이」,『나를 보내지마』,『그 후』는 모두 비슷한 설정으로, 마을을 방황하는 것으로 죽은 자의 기억과 대화하는 기묘하고도 납득될 만한 장면이 그려진다. 일상 공간은 사람에게 단지 일상에 지나지 않지만, 소중한 친구를 잃어버린 자들에게 그 일상에 넘치는 것들이, 죽음의 세계와 남겨진 자를 초월하는 장치가 되고 있다.

「반딧불이」에 나오는 문진과 당구, 그리고 '그녀'가 있는 동경의 마을은 실제로 죽은 연인과 긴밀히 관계된 것이 아니었다. 실제로 연인이 경험하지 않은 것과 장소에서도 죽은 자는 소환되고 있는 것이다. 마치 남겨진 자들의 눈에는 일상의 생활공간이 아닌, 죽은 자의 공간으로 이동된 듯하다. 일상 생활공간이 이공간으로 변하여, 그것이 무엇인지 밝히기 위하여, 마음에 있는 응어리를 풀기 위해서 거의 무의식으로 이루어지는, 도시 공간을 걷는 행위는 생사를 혼돈으로 일체화시키고 만다. 그것이 「반딧불이」 안에서 '나'가 말하는 '죽음은 생의 대극이 아니라, 그 일부로서 존재한다'라고 하는 것이다. '말로 뱉으면 싫어질 정도로 평범하다'라고 주인공은 말하지만, 소중한 사람을 잃은 사람에게 평범한 일상이 되어 버리는 상황을 말하며, 또한 그들이 생으로부터 멀어지면서 생의 욕구를 한층 강하게 만드는, 모순된 딜레마에 빠지게 하는 것이기도 했다. 이들은 어떻게 생이 없는 자기를 회복시켜 되돌릴 것인가. 그것은 「반딧불이」의 최종 과제이며, 또한 『나를 보내지마』와 『그 후』 역시 그러했다.

5. 그리고 내가 나일 수 있기 위해—다시 「반딧불이」

「반딧불이」의 말미에 나오는 '반딧불'의 묘사를, '그녀'의 자살로 파악하는 견해가 있다. 물론, 이 작품을 소재로 쓴 『상실의 시대』에서는 '그녀'에 해당하는 '나오코'가 자살하는 설정으로, 이 두 작품을 거울과 같이 읽는다면 그러한 결론에 이를 수 있을 것이다. 그러나, 「반딧불이」가 하나의 독립적인 작품인 이상, 「반딧불이」 자체가 갖는 작품세계의 가능성을 무시할 수는 없을 것이다. 필자는『상실의 시대』에서만 그려지는 세계가 있듯이, 이 작품에서도 그러하다고 생각한다. 무엇보다 「반딧불이」는 주인공의 이야기이고, '그녀'의 이야기가 아닌 점이 중요하다. 여기서는 작품 마지막에 '반딧불'의 표상에 대해 다시 생각해보겠다.

룸메이트에게 받은 인스턴트커피 유리병에 넣어 둔 반딧불은 '나'에게 힘을 주는 특별한 아이템이다. "여자한테 주면 좋아. 분명 좋아할 테니까"라는 동거인의 말은, 이 두 사람이 운명 공동체인 것을 알게 해준다. 지도 외에는 다른 흥미가 없는 동거인이, 실제로는 '나'를 위로하는 착한 마음씨를 가진 사람이었다는 것을 알게 된다. 그는 '나'가 '그녀' 때문에 울적해 있다는 것을 알고, 가까운 호텔에서 고객을 끌기 위해 풀어 놓은 반딧불을 잡아 병에 넣어 주었다. 고객을 위한 반딧불, 그것은 '나'에게 에너지를 주는 것이었다. 여기서 반딧불은 적어도 희망을 나타내는 무언가이며 직접 죽음과 연결 지을 수 있는 것이 아닌, 정체한 상태에서 한 발짝 내딛을 수 있는 이미지를 주고 있다. 그것이 자연 그대로에서 마음의 안정을 주는 것이 아닌, 인공적이고 강제적인 도시에 흘러들어 온 반딧불임에 불구하고 말이다. 도시의 밤을 밝히는 빛은 희미한 것이지만, 위를 향하여 날아오르는 모습은, 그 희미한 빛과 함께 보는 자로 하여금 평안을 주고, 위로하는 것이었다. 중국에서는 예부터 전래되는 반딧불의 이미지에는, 전기가 없던 시절 반딧불을 모아서 공부에 매진하는 희망을 전하는 이미지가 강하다.

그러나 여름밤의 암흑 속에서 사람의 눈에는 녹색 비슷하거나 푸른 색에 가깝게 보여서, 그 빛은 죽음을 연상시키기도 한다. 이러한 상반된 이미지가, 다양한 시각에서 텍스트를 읽을 수 있게 한다. 이 두 가지 상징을 축으로 「반딧불이」의 결말을 보면 다음과 같다.

> 병 바닥에서 반딧불은 희미하게 빛나고 있었다. 그러나 그 빛은 너무 약했고, 그 색은 너무 옅었다. 나의 기억으로는 반딧불의 빛은 분명히 더 환하고 선명한 빛이 여름밤을 비추었다. 꼭 그래야만 한다.[14]

이 묘사에서 보듯이, 명확하게 화자가 갖고 있는 반딧불의 이미지는 밝고 선명한 것이었다. 그러나 병에 있는 반딧불은 매우 약해서 빛이 되살아날까 기대하며 흔들어 보지만, 그것은 죽어가는 것이었을지도 모른다. 그렇게 가정하면서도, 그는 확인하지 않고는 참을 수 없어서, 자신 안에 있는 반딧불의 기억을 더듬어 보았던 것이다.

> 아마 내 기억이 잘못되었나 보다. 반딧불의 빛은 실제로 그렇게 선명하지 않을지도 모른다. 단지 내가 멋대로 그렇게 생각했을 뿐일지도 모른다. (…중략…)
> 내가 기억하고 있는 것은 밤의 어두운 물소리뿐이다. (…중략…) 주변은 어두웠고, 수문의 물 위를 몇 백 마리의 반딧불이 날고 있었다. 그 노란빛은 마치 타오르는 불씨같이 수면에 비치고 있었다.[15]

---

14 무라카미 하루키, 앞의 책, 1990, 232~233쪽.
15 위의 책, 233쪽.

그의 기억 속의 반딧불은 노란빛을 내며, 타오르는 불씨와 같았다. 만지면 화상을 입을 정도로 강한 빛의 이미지로 따뜻한 불을 나타내고 있다. 때문에 소설 제목의 표기가 「蛍」가 아닌 「螢」인데 이것은 불火의 이미지를 상기시킨다. 화자가 반딧불에 의탁한 마음이, 희망의 표현이라는 것은 위의 인용에서 확인할 수 있겠다. 또한 몇 번이나 병 안의 반딧불을 확인하려고 한 것은 지금 손에 있는 반딧불의 빛이 강해지는 것을 원한 것이 아니었다. 그렇다면 다음의 '나'의 행위, 반딧불을 병에서 꺼내어 어둠 속으로 내보낸 것의 의미를 다시 확인해 볼 필요가 있을 것이다.

반딧불은 비틀거리며 돌거나 상처 딱지처럼 벗겨진 페인트에 다리가 걸리거나 했다. 잠시 오른쪽으로 가다가 막다른 곳이라는 것을 확인하고 나서야 다시 왼쪽으로 돌아왔다. 그리고 시간이 지나 병 위를 기어올라가 그곳에 가만히 앉았다. 반딧불은 마치 숨이 끊어진 것같이 그대로 조금도 움직이지 않았다.

나는 손잡이를 잡은 채로 그런 반딧불을 보고 있었다. 오랫동안 우리는 움직이지 않았다. (…중략…) 나는 계속 기다리고 있었다.[16]

반딧불에 대한 기억을 더듬으며 눈을 감고 천천히 마음을 가다듬자, 암흑 속으로 빨려드는 듯한 기분이 든 '나'는 반딧불과 일체화를 이룬 듯한 행동을 취한다. 암흑 속에서 숨을 쉬지 않는 반딧불처럼 움직이지

16   위의 책, 234쪽.

않는 반딧불처럼 투명한 병에 갇혀, 출구를 찾다가 미끄러져 내려와, 갈 곳을 잃었다. 병 속에 풀과 약간의 물로 생명을 유지하고 있었지만, 본래의 밝은 빛을 내뿜지는 못했다. 그 모습은 그 자신이었고, 또 '그녀'이기도 했다. 혹은 죽은 친구도, 어쩌면 이렇게 날지 못한 채로 스스로 빛을 발하지 못하고 자살의 길을 택했을지도 모르겠다. 반딧불의 모습에 빗대어진 그들은, 자신들이 자유로워지기 위해 우선 눈앞에 있는 반딧불을 풀어 주는 일부터 시작해야만 했을 것이다. 이 반딧불은 친구로부터 받은 '희망'의 상징이었다.

치밀하게 그려진 이 마지막 장면에서 반딧불은 '나'의 동지로서 '우리'의 일원으로, 반딧불이 발신하는 의지를 제시하는 듯이 그려지고 있다.

반딧불이 날아오른 것은 한참 뒤의 일이었다. 반딧불은 뭔가 생각이 난 듯이 갑자기 날개를 펴고, 그다음 순간에는 손잡이를 넘어서 옅은 어둠 속을 떠오르고 있었다. 그리고 마치 잃었던 시간을 되찾으려는 듯, 재빠르게 곡선을 그리며 날아올랐다. 그리고 잠시 멈추어 그 빛이 바람에 번지는 것을 지켜보다, 동쪽을 향하여 날아갔다.[17]

반딧불이 생각하고, 선을 그리며 날아가는 이 장면에서는 반딧불의 빛을 확인하는 '나'가 아니라, 반딧불과 일체화된 '나'가 혹은 '그녀'와 친구가, 자신이 자신인 것을 확인하는 장면이기도 하다. 그때까지 갇혀 있어서 기력을 잃고, 빛도 잃어서 날아가는 것조차 잊어버리고 말았던

---

17 위의 책, 234쪽.

자신을 되찾는 시간이었다. 그 결심은 날아오르는 반딧불을 통하여 표현되고 있는데, 그 반딧불을 자신의 빛을 자신의 눈으로 확인하면서 방향을 정하여 날아갔다. '나'는 끊임없이 반딧불의 움직임에 구애되고 있었다.

반딧불이 없어져 버린 후, 그 빛의 궤적은 내 안에 오랫동안 남았다. 눈을 감아 두꺼운 어두움 속을, 그 미세한 빛은 마치 갈 곳을 잃은 영혼과 같이, 계속 방황하고 있었다.

나는 몇 번이나 그런 어둠 속에서 손을 내밀어 보았다. 손가락에는 아무 감촉이 없었다. 그 작은 빛은 언제나 나의 손가락에 닿을 듯 말 듯한 곳에 있었다.[18]

소설을 이렇게 결말을 향하는데 반딧불의 빛은 영혼의 빛의 이미지와 이어지고 있다. 반딧불이 날아간 후, 남은 빛의 궤적이, 이번에는 '나'의 영혼을 연상시키는 것이다. 어둠은 주인공 스스로가 또 한 명의 자신을 그리며 자신의 영혼의 행방을 쫓는 듯하다. 그리하여 '생명'이, 조용히 날아오르는 순간을 스스로의 눈으로 확인했던 것이다.

---

18 위의 책, 234쪽.

6. 우회하는 '나' ─타자의 기억을 회로로 하여

「반딧불이」의 주인공들은, 잃어버린 자기를 되돌리는 일은 죽은 자의 기억과의 대화를 통해서만 가능했다. 동경의 이곳저곳을 방황하는 '그녀'는 자신의 행방을 결정하고, '나'는 그러한 '그녀'를 매개로 친구의 죽음과 직면할 수밖에 없었다. 더욱이 동거인의 작은 행동이 '나'에게 전환점을 제공하였고, 이제까지 정체하여 있었던 자신이 앞으로 나아갈 징후를 느낀다. 적어도 '나'는 반딧불을 병에서 놓아주는 일로 인하여 갇혀 있던 자신도 함께 외부를 향하여 움직이기 시작하는 계기를 만들었던 것이다. 그러나 이들 주인공이 정말로 자신의 생을 되돌리기 위한 징후를 보이기 위해서는 친구와의 기억을 말할 수 있기까지 상당한 시간이 필요했다. 「반딧불이」의 '나'는 이렇게 말한다.

나는 별로 소설가가 되고 싶지는 않았다. 아무것도 되고 싶지 않았다.[19]

마치 이 이야기는 무라카미 하루키 자신의 체험을 토대로 한 듯한 착각을 일으키게 하고, 독자가 「반딧불이」를 읽어 나가면서 이 문장에서, 소설의 주인공 '나'는 무라카미 하루키라고 하는 작가의 이야기로 되살아날지도 모른다. 물론 많은 연구에서 무라카미가 자신의 체험을 소설로 쓰고 있다는 사실이 밝혀졌듯이 이 단편도 무라카미 자신의 이야기

---

19 위의 책, 234쪽.

로 읽히는 것도 이상한 일은 아니다. 그러나 실제의 무라카미로부터 벗어나서 '쓰는' 행위에 있어서 「반딧불이」라고 하는 소설에서 보여지는 명제를 가즈오 이시구로의 『나를 보내지마』와 대만의 뢰향음의 『그후』와 비교하며 생각한다면 친구의 죽음에 의한 '자기상실'을 어떻게 회복할 수 있는가에 대한, 상실한 것을 다시 찾는 힘을 생각해볼 수 있을 것이다.

『나를 보내지마』와 『그 후』의 주인공들도 그러했듯이, 자신이 생을 향하여 움직이기 시작하는 계기는 죽은 친구의 기억과 마주하는 것이었고, 미약하지만 살아 나갈 힘을 얻을 수 있었다. 이들 작품에서는 친구의 죽음을 이야기하는 것이 아닌, 자신의 생生 그 자체가 주체인 것이다. 이 세 작품이 공통적으로 비슷한 연령대의 친구관계를 중심으로 그려진 것은, 상실한 자신을 찾고자 함이었다.

뢰향음은 "그러니까 이것은 '오월'이 아니라, '나'에 대해 쓰인 것이고, 남겨진 살아남은 자들의 책이다"[20]라고 말하고 있다. 쓰는 것으로는 상처를 치유할 수 없다. 치료는 쓰기 전에 전부 끝난 경험인 것[21]이라고 하고 있다. 그렇다면 여기서 쓰고 있는 '나'의 명제는 무엇일까. 개인의 회복을 구하는 것이 아니라면, 이러한 '나'의 이야기가 왜 쓰였는지가 중요한 문제이다.

글을 쓰는 행위는 어떤 선택에 대한 결과이고, 어떤 의미를 이루려고 하는 일이다. 뢰향음은 실재하는 인물을 이 작품에서 이야기할 때, 하나의 질문을 던지고 있다. 그것은 사람이 타자에 대해서 이렇다 저렇다

---

20   뢰향음, 『그 후』, 印刷文学生活雑誌出版有限公司, 2012, 249쪽.
21   위의 책, 248쪽.

논할 자격이 있는가 하는 문제이다.[22] 작자는 어떠한 의도를 갖고 썼는지에 대해 독자는 그 해독을 위해 읽어나가는 것이 아니라, 그 행위는 자의적인 행위에 지나지 않는다고 하는 것이다. 때문에 '쓰는 행위'를 선택하는 것은 '과거'와 마주하는 하나의 중대한 결심이라고 생각된다.

최근 필자는 텍스트에 담겨진 '과거'에 대해서 생각하고 있다. 무라카미 하루키의 「반딧불이」에 끌린 것은 필시, 작품 안에 나타난 '과거'의 양상이 단편의 기억을 하나씩 더듬어 가면서 대화하는 인물들 때문이었다. 「반딧불이」는 대만의 대표적인 작가 뢰향음의 『그 후』와 가즈오 이시구로의 『나를 보내지마』를 통해서 다시 선명한 인상으로 다가왔다. 그것은 '자신'은 타자 안에서 존재할 수 있고, 또 '과거'와 마주볼 수 있어야만 '나'를 획득할 수 있다는 사실이다. 무라카미의 「반딧불이」, 가즈오 이시구로의 『나를 보내지마』 그리고 뢰향음의 『그 후』에 그려지고 있는 것은 누구나 갖고 있는 '나'라고 하는 명제이다.

생과 존재 그 자체의 의미가 박탈되는 것을 전제로 쓰인 『나를 보내지마』는 짧은 생의 순간에서도 '자신'이란 무엇인가를 마지막까지 스스로 확인하는 '나'의 이야기를 완성해가고 있다. 자기상실을 경험하는 인물들을 설정하면서 『나를 보내지마』가 「반딧불이」에 역행하는 형태로 생을 그릴 수 있었던 것은 클론인 주인공들이 장기제공자의 역할을 마치 달관한 듯 받아들이는 모습이 그려지고 있기 때문이다. 여기서 클론들의 생은 현대사회를 살아가면서 환경에 대항할 수 없는 심신이 소진되어 가는 우리들의 모습을 나타내고 있다고 할 수 있다. 만약 그렇

---

22 위의 책, 8쪽.

다면 시대의 거친 파도에 상실되어 가는 자기를 되돌리는 일이, 스스로의 생을 확실한 것으로 만드는 하나의 방법일지도 모른다.

『그 후』의 화자가 '여생'이란 잔혹한 사건을 통해서 도달한 곳은 "우울의 본질은, 사람이 자기 자신과 만나는 것에 유래한다"[23]라는 글이었다. 그러나 대신에 인간의 자기찾기가 슬픈 숙명이라 할지라도 '나'라는 명제에서 우리는 떠날 수 없을 것이다. 그것이 설령 영혼을 괴멸시키는 사건과 만나 생이 멈추는 때가 계속된다 할지라도 자기의 '생'에의 희구가, 오랜 암흑을 통과하는 계기를 가져올 것이다. 그때에 정지된 생은 다시 움직이기 시작한다.

---

23 위의 책, 148쪽.

양 남자는 꿈에서 돼지의 꼬리를 보는가?

무라카미 하루키의 '캐릭터 소설'화를 중심으로

———————————————————— 야나기하라 타카아츠柳原孝敦

1. 하루키와 마키

　　무라카미 하루키의 첫 3부작의 단행본의 표지에는 사사키 마키佐々木マキ의 일러스트가 있었다. 3부작은 『바람의 노래를 들어라』(1989), 『1979년의 핀볼』(1980), 『양을 둘러싼 모험』(1982)을 말한다. 무라카미 하루키에 대해 말할 때, 이 3부작이 가져온 문체상의 임팩트를 언급하는 사람이 많을 것이다. 그러나 사사키 마키의 일러스트에 동반되어 있는 임팩트에 대해서 논한 사람 얼마나 있을까?

　　무라카미 하루키는 사사키 마키의 팬이다. 단편집 『캥거루 맑은 날』(1983)의 후기에서는 "마키 씨에게 내 장편소설의 표지를 계속 부탁해 왔었는데, 본문에서 함께 작업하고 싶다는 바람이 이루어져서 정말

기쁘다"[1]라고 쓰고 있다. 그 후 발표된 『양 남자의 크리스마스』(1985)에서도 사사키 마키에 대한 애정을 조금 더 상세하게 언급하고 있다. 사사키가 그린 '비틀즈 페스티발/노란색 거대한 포스터'를 대학 시절, 골목에서 몰래 떼어서 "나의 좁은 아파트 방 벽에 붙였다"[2]고 밝히고 있다. 그리고 훨씬 후에, 사사키 마키의 화보에서 "내가 『바람의 노래를 들어라』라는 첫 소설을 쓰고 단행본이 결정되었을 때, 그 표지는 어떻게든 사사키 마키 씨의 그림이 아니면 안 되었다"[3]고 밝히고 있었다. 고교 시절부터 팬이었고 대학 시절에는 포스터까지 몰래 가져온 사사키 마키 씨에게 무라카미 하루키는 무척 열중하고 있었던 모양이다.

그 후에도 예를 들면 안자이 미즈마루安西水丸와의 『코끼리 공장의 해피엔드』(1983), 와다 마코토和田 誠와의 *Portrait in Jazz*(1997), 오하시 아유미大橋 步와의 『무라카미 라디오』(2001) 등 일러스트 컬래버레이션이 인상적인 무라카미 하루키 책들을 접해 왔다. 우리는 표지의 일러스트에 마음을 빼앗겨 책을 들어 읽어보고 문체에 흥미를 느끼거나 혹은 반감을 느끼거나 했을 것이다.

무라카미 하루키와 일러스트는 불가분의 관계이다. 『바람의 노래를 들어라』에서는 본문 안에 일러스트가 들어가 있다. 주인공＝화자 '나'가 라디오국에서 받은 선물 티셔츠의 그림이다. 이것은 작가 본인에 의한 것이겠지만, 이렇듯 무라카미 하루키는 일러스트와 불가분의 작가인 것이다.

---

1   무라카미 하루키, 『캥거루 맑은 날』, 講談社文庫, 251쪽.
2   무라카미 하루키, 『양 남자의 크리스마스』, 講談社文庫, 4쪽.
3   사사키 마키, 『사사키 마키-무질서한 난센스 시인』, 河出書房新社, 2013, 64쪽.

2. 일러스트를 지향하는 문체

이처럼 일러스트와 불가분의 작가로서 시작한 무라카미 하루키는, 반드시 표지에 일러스트를(적어도, 회화가 아닌 개성적인 일러스트를) 게재할 필요도 없어지면, 이윽고 문체가 일러스트를 지향했다고 하여도 이상하지 않다. 그리고 사실, 생각해보면 무라카미 하루키의 문장은 언제부터인가 일러스트레이션과 같은 특징을 갖게 되었다. 예를 들면 『1Q84』(2009~2010)에서 중심인물의 한 명인 '아오마메'는 좌우비대칭이지만 '일단 미인이라고 해도 무방한' 얼굴을 하고 있었는데, 그 얼굴을 찡그리면 전혀 다른 사람이 된다는 것이다.

얼굴 근육이 제각각 다른 방향으로 일그러져, 얼굴의 좌우 부정합이 극단적으로 강조되어 여기저기에 깊은 주름이 생겨, 눈이 움푹 들어가고 코와 입이 폭력적으로 삐뚤어지고 턱이 어긋하고, 입술이 들어올려져 하얗고 큰 이가 드러난다. 그리고 마치 묶어두었던 끈이 풀려 가면이 벗겨진 것같이 그녀는 잠깐 사이에 완전히 다른 사람이 되었다. 그것을 본 사람들은 굉장한 변모에 간이 떨어질 정도로 놀랐다.[4]

일반적으로 얼굴을 찌푸린다고 해도 부분적으로 미간에 주름이 생기는 정도의 변화일 것이다. 얼굴 근육은 오히려 중심을 향하여 줄어들

---

4   무라카미 하루키, 『1Q84』 1, 新潮文庫, 2012, 30쪽.

기 마련인데, 이러한 통념과는 반대로 '제각각 다른 방향으로 일그러지'는 '아오마메'의 얼굴은, 현실미가 결여되어 있다. 과장되어 있고, 애매하다. 전체적으로 말의 인과적인 의미에서의 사실성은 조금도 느껴지지 않는 묘사이다. 이것으로는 '아오마메'의 찡그린 얼굴은 비현실적으로 보인다.

이렇게 '아오마메'의 이상한 표정은 소설 내에서 큰 기능을 하고 있다고 생각되지는 않지만, 이러한 비현실적 조형은 '후카에리'와 다른 등장인물에게서도 유사한 묘사를 만들어내고 있는데, 이것은 소설 안에서의 기능의 문제가 아니라, 무라카미의 인물묘사의 특징이라고 보는 것이 타당할 것이다. '우시카와'의 『1Q84』에서 첫 등장에서는 그는 다음과 같이 묘사된다.

> 우시카와는 키가 작고, 40대 중반으로 보이는 남자였다. 몸에는 이미 모든 굴곡을 잃어 뚱뚱하고, 목둘레는 살로 덮여 있다. (…중략…) 치열이 엉망이고, 척추가 묘한 각도로 굽어 있었다. 큰머리의 정수리는 부자연스러울 정도로 편평한데, 좁은 언덕의 꼭대기에 만들어진 군용 헬리콥터 착륙장을 생각하게 했다. 그 머리 상태를 보면 100명 중 98명이 음모를 연상할 것이다. 나머지 둘은 도대체 무엇을 연상할까, 덴고가 관여할 바는 아니다.[5]

이 묘사의 시점은 덴고에게 있다. 덴고는 아무튼 하늘에 두 개의 달이 출현하는 것을 보는 인물이다. 원래 그의 눈앞의 세계는 사실적으로

---

5   무라카미 하루키, 『1Q84』 3, 新潮文庫, 2012, 49쪽.

나타나지 않았다. 이것은 중요한 문제가 아닐지도 모르지만, '우시카와'의 묘사에는 사실적/비사실적이라는 축으로 전부 파악되지 않는 무언가 존재하는 듯이 생각된다. 다른 표현을 필요로 하는 것이다. 완벽하게 이 묘사를 형용할 수 있는 한 단어가 있다고는 생각되지 않지만 적어도 이것은 골계적이고 만화적이다.

『1Q83』 3권에서 '텐고', '아오마메'와 함께 주요인물로 등장하는 '우시카와'의 묘사는, 더욱 골계적이고 만화적이다.

> 키가 작고 머리가 크고 어긋나 있으며, 머리가 부스스했다. 다리는 짧고, 오이와 같이 굽어져 있다. 안구는 무엇엔가 놀란 듯이 앞으로 나와 있고, 목 둘레에는 이상하게 살이 붙어 있었다. 눈썹은 짙고 두꺼워서 얼마 후면 눈썹에 한 개로 붙을 것 같았다. 그것은 서로를 원하는 두 마리의 큰 송충이같이 보였다.[6]

"짙고 두꺼워서 얼마 후면 눈썹에 한 개로 붙을 것 같"은 눈썹은 마치 만화 캐릭터를 연상시킨다. 혹은 제과회사 CM인 '컬 아저씨'나 코미디 콩트의 개그맨과 같은 '우시카와'는 '큰 머리'[7]의 소유자인 것이다. 이것은 코믹하다고 표현할 수밖에 없다.

---

6   무라카미 하루키, 『1Q84』 5, 新潮文庫, 2012, 318쪽.
7   위의 책, 319쪽.

3. 만화·일러스트를 지향하는 소설

무라카미 하루키의 소설은 때로 만화를 지향하는 듯하다. 외모에 대한 묘사만이 아니라, 예를 들어 『세계의 끝과 하드보일드 원더랜드』의 '박사'의 어디서 연유한 것인지 알 수 없는 화법은 만화적이다. '마중하러 왔답니다',[8] '자, 간답니까'[9] 등이 그렇다. 외견에 대한 묘사는 아니지만 이러한 화법도 인물조형에 큰 역할을 하고 있다. 이 경우의 인물조형이란, 사실적인 것이 아니다. 만화적이다. 이것은 이미 '인물'인 것이 아니라, 하나의 '캐릭터'인 것이다. 바로 만화와 게임 소프트의 인물이라는 의미의 그것이다. 『해변의 카프카』(2002)에는 선더즈와 조니워커까지 등장하고 있다. 이 둘은 정당한 의미로서 캐릭터이다.

이제까지 예는 이미 '인물'이 아닌 '캐릭터'라고 부를 수 있는 것이라면, 그것들을 등장시키는 소설을 '캐릭터 소설'이라고 부를 수 있을 것이다. 무라카미 하루키의 소설은 한없이 '캐릭터 소설'에 가깝다.[10] '캐릭터 소설'이란 우리들의 조어가 아니다. 오쓰카 에이지大塚英志의 것이다. 오쓰카는 '스니커즈 문고와 같은 소설'의 관계자가 가끔 말하는 은어[11]인데, 아마도 자학적으로 사용되는 은어로서 '캐릭터 소설'의 의미를 반전시켜, 이러한 종류의 소설을 쓰는 것을 지향하고 있다. 그것

---

8 무라카미 하루키, 『세계의 끝과 하드보일드 원더랜드』 상, 新潮文庫, 1988, 45쪽.
9 위의 책, 46쪽.
10 치다 히로유키[千田洋幸]는 『팝컬처의 사상권』에서 "무라카미 작품은 소설장르는 물론 여러 문화장르에서 항상 샘플링의 대상이 될 수 있는 문화기호의 보고이고, 현대 서브컬처에서 필수 수법인 데이터베이스로써 이용가치가 있다"고 밝히고 있다. 153~154쪽.
11 오쓰카 에이지[大塚英志], 『캐릭터 소설 쓰는 법』, 講談社現代新書, 2003, 28~29쪽.

은 "나 자신이 '스니커즈 문고와 같은 소설'에서 미래의 가능성을 발견하고"[12] 있기 때문이라고 한다.

오쓰카의 지적은 경청할 만하다. 그가 말하는 캐릭터 소설의 정의는, 그 작품들의 표지가 애니메이션과 만화와 같은 일러스트에 의해서 꾸며진 것에 의의를 고찰한 부분에서 시작되기 때문이다. 오쓰카에 의하면 아라이 모토코新井素子로부터 시작된 원래 애니메이션과 만화가 모델로 쓰인 것이 '캐릭터 소설'이기 때문이다. 캐릭터란 근대소설적 인물 조형, 자아 등이 아니라, 만화적·애니메이션적·비사실주의적 인물을 말한다. 그런 인물인 캐릭터가 우선적으로 존재하는 소설이 '캐릭터 소설'이다. 오쓰카는 그것을 최종적으로 다음과 같이 정의하고 있다.

① 자연주의적 리얼리즘에 의한 소설이 아닌, 애니메이션과 만화와 같은 완전히 다른 종류의 원리 위에 성립하고 있다.

② '작가의 반영으로서의 나'는 존재하지 않고, '캐릭터'라고 하는 실제가 아닌 것 안에 '나'의 존재감이 있다.[13]

애니메이션, 만화에 있어서의 캐릭터의 중요도에 대해서는 말할 필요도 없을 것이다. 일본에서 만화제작의 원점이라고 할 만한 『이시노모리 쇼타로의 만화가 입문』을 열어보기만 해도 곧 확인할 수 있다. 이시노모리 쇼타로石/森章太郎는 여기서 개그 만화에 대해서는 우선 캐릭터 설정부터 설명하고,[14] 혹은 스토리 만화의 준비에 필요한 요소로서

12　위의 책, 13쪽.
13　위의 책, 28쪽.

캐릭터를 결정하는 일에 대해 지적하고 있다.[15]

오쓰카가 말하듯이 그것에서 소설의 미래를 발견해야 하는지 잘 모르겠지만, 이 '캐릭터 소설'이라고 하는 개념을 무라카미 하루키의 소설 경향의 하나로서 인정할 수 있을 것이다.

그렇다면 무라카미 하루키의 소설이 '캐릭터 소설'의 경향을 띠기 시작한 것은 언제부터일까? 생각해 보면 데뷔 당시부터 이러한 경향은 존재했다. 앞에서 지적했듯이 데뷔작은 원래 표지에 사사키 마키의 일러스트가 게재되어 있고, 본문 안에도 일러스트가 들어가 있다. 쥐, 새끼손가락이 없는 여자, 쌍둥이 208과 209, 멋진 귀를 가진 모델 등, 호칭과 외견에 있어서 극단적으로 특이한 존재가 이야기를 구성하고 있다. 그러나 역시 가장 현저한 예는 '양 남자'일 것이다. 권력 의지라고 할 수 있는 '양'에 빙의 된 '쥐'가, 그것을 죽이기 위해서 스스로 목숨을 끊은 뒤, 그를 찾는 '나'와, 즉 현실 세계와의 교신을 위해 빙의된 '양 남자'. 그의 성립과정이 무라카미 하루키가 '캐릭터 소설'가로서 성숙해가는 과정이라고 말할 수 있을 것이다.

---

14 이시노모리 쇼타로[石ノ森章太郎], 『이시노모리 쇼타로의 만화가 입문』, 秋田文庫, 1998, 71쪽.
15 위의 책, 96쪽.

4. 양 남자를 둘러싼 모험

'양 남자'는 『양을 둘러싼 모험』의 종반에 처음 등장한다. 『양을 둘러싼 모험』은, 『1973년의 핀볼』에서 비서로 나오는 '비지니스 스쿨을 갓 졸업한 다리가 길고 눈치가 빠른 여자'로 생각되는 여자와 결혼하고 이혼까지 끝낸 '나'가 동일하게 『핀볼』에서 친구와 시작한 회사에서 맡겨진 일을 중심으로, 그 일에 사용했던 양 떼 사진을 '나'에게 보낸 '쥐'의 행방을 찾게 되는 이야기이다. 역시 일 관계로 알게 된 귀가 예쁜 여자는 무녀와 같이 '나'를 이끈다. '나'가 '쥐'를 꼭 찾아야만 했던 것은, 문제의 사진에 찍혀 있었던 등 쪽에 별모양의 흔적이 있는 '양'이, 이른바 수호신과 같은 존재였기 때문이었다. 지금 그 '양'이 빠져나가 버려서 죽어가는 인물의 측근들이, 그의 회복의 열쇠가 될 것 같은 '양'을 찾으려고 했던 것이다.

사악한 것을 숨긴 권력에의 의지 그 자체인 '양'은, 우선 농림수산부 관료(양 박사)에게 씌어 대륙에서 일본으로 넘어와, 우익의 대물의 몸을 빌려 일본에서 어둠의 사회를 지배하는 존재가 되었다. 그리고 그 대물을 버리고 이번에는 '쥐'에게 옮겨갔다. '쥐'는 이 사악한 존재를 살려둘 수는 없다고 생각하여 자살했다. '쥐'의 아버지가 사 두었던 홋카이도北海道(지명)의 별장에 도착한 '나'의 앞에, '쥐'의 사자로 나타난 것이 '양 남자'였다.

'전쟁에 가기 싫어서' 홋카이도 산 속에 홀로 숨어 살고 있다고 말하는 '양 남자'는 150센티 정도의 작은 키로 양의 털을 완전히 벗긴 용모로 조금도 '쥐'와 닮지 않았지만, 거울에 그 모습을 비출 수 없는 유령이다. '쥐'는 사후 세계의 주인이며 '나' 사이의 전달자였다. '쥐' 자신이 '양 남자'에게 옮겨 갔을 때 고백한 것이다. 그렇다면 그가 충분히 비현실적 존재인 것을 알게 된다. 소설 안에서는 일러스트[16]까지 그려져 있다.

그것은 '양 남자'의 일러스트이다. 표지를 장식한 사사키 마키의 세련되고 가벼운 터치와는 달리 대범한 "hap"이라는 사인이 들어간 그림이다. 작자 본인에 의한 것일까. 작가 본인에 의한 것일지도 모르는 일러스트와 표지의 일러스트가 다른 점은 터치의 차이를 그렇다 치더라도, 얼굴이 있는가 없는가, 라는 차이가 있다. 사사키 마키의 표지에는, 밤거리에 서 있는 남자의 그림자가 가까운 건물에 투영되어 별모양의 점이 있는 양이 되는 모습이 그려져 있지만, 남자에게도 양에게도 얼굴이 없다. 이전 두 작품의 표지의 사사미 마키의 일러스트는 모두 얼굴은 존재하지 않는다. 윤곽과 코의 모양은 알 수 있지만 그들에게 눈과 입이 없다.

무라카미 하루키의 소설에 사사키 마키의 일러스트가 존재한 것을 과소평가했다면 그것은 일러스트에 눈이 없었던 것도 하나의 이유일지도 모르겠다. 요모타 이누히코四方田犬彦에 따르면 만화가 아닌 인물의 얼굴에서 중요한 것은, 얼굴의 '윤곽'과 '머리 눈(눈썹) 입의 4요소'[17]이기 때문이다. 코는 '감정의 코드에 있어서 대단히 소극적인 위치에 있다'[18]는 것이다. 즉, 윤곽과 코만으로, 눈과 입이 없는 일러스트는 만화

---

16 무라카미 하루키, 『양을 둘러싼 모험』 하권, 講談社文庫, 2004, 167쪽.
17 요모타 이누히코[四方田犬彦], 『만화원론』, 치쿠마 : 学芸文庫, 1999, 145쪽.

캐릭터로서는 불완전한 것이다. 무라카미 하루키는 경애하는 사사키 마키의 일러스트에 결여되어 있는 눈코입을 넣어, 캐릭터 조형을 향하여 한 발 내딛으려고 했다. 다시 '양 남자'가 등장할 때에는 사사키 마키가 그린 눈코가 붙어 있을지도 모르겠다.

'양 남자'는 같은 시기에, 몇 번인가 등장했지만,[19] 문맥상 중요한 것이 『양 남자의 크리스마스』에서의 등장이다. 이때 '양 남자'는 입이 도넛으로 가려져 있었지만, 눈과 긴 코가 있는 캐릭터가 되어 있었다. 『양을 둘러싼 모험』은 본문 안에 일러스트와 비교하여 꽤 온화한 모습으로 서 있다. 눈 주변에 어두운 그림자가 없고 정리가 안 된 긴 수염도 없었기 때문이다. 이 온화한 '양 남자'는 저주를 풀기 위해 지면에 파내려간 구멍에 떨어져서 다른 세계로 들어가 방황하게 된다. 그리고 그곳에는 '양 박사'와 쌍둥이 '208과 209'들과 섞여서 꽈배기 도넛도 등장한다. 물질과 동물이 인간과 대등하게 커뮤니케이션을 나누는 신화적 세계에서, 과거 소설의 등장인물이 재생되는 그림책, 그것이 『양 남자의 크리스마스』이다.

'양 남자'가 결정적으로 등장하는 것은, 『댄스 댄스 댄스』(1988)이다. 『상실의 시대』(1987)의 폭발적 히트에 이어, 다음해 쓰인 『양을 둘러싼 모험』의 속편이다. '모험'을 끝내고 일도 친구도 잃어버린 '나'가 다시 일상을 회복하면서, '키키'라는 이름의 여자친구와 함께 머물렀던 삿포로札幌(지명)의 돌핀 호텔에 대한 꿈에 시달리게 되는데 그것들을

---

18 위의 책, 151쪽.
19 『양을 둘러싼 모험』에서, 양이 '양 박사'와 '선생님'과 '쥐'에게 씌어있던 것처럼 무라카미 하루키에서도 그렇다고 말할 수 있다. 단편집 『캥거루 맑은 날』에 수록된 『도서관 기담』의 단행본의 일러스트에도 양 남자가 등장한다.

정리하려고 하는 이야기이다. 완전히 변해버린 돌핀 호텔에서 '나'는 '양 남자'와 재회하게 된다. 더욱이 그때 '나'는 돌핀호텔의 내부에서 『양 남자의 크리스마스』의 '양 남자'와 같이 다른 세계로 이동하는 경험을 한다. 그 후, 『태엽감는 새』를 통해 무라카미 작품의 특징적인 기능으로 확인하게 되는 다른 세계로의 여행이다.

그런데 『댄스 댄스 댄스』는 『상실의 시대』의 폭발적인 인기에 당황한 작가가, 궤도 수정을 시도한 작품이라고 이시하라 치아키石原千秋는 말하고 있다.

『상실의 시대』가 대단한 히트를 기록했을 때에, 무라카미 하루키는 아마도 당황하지 않았을까 생각하고 있습니다. 그는 에세이에서 아직 '신인'이었을 때 자신에 대해서 '내게는 적당히 중심적인 독자가 있었기 때문에 편안하게 소설을 써나갈 수 있다고 생각했다'라고 합니다. 그것은 아마 10만 정도의 독자일 텐데, 『상실의 시대』는 발매되자마자 100만 부를 돌파하고 말았던 것입니다. 그때 아마도 당황해서, 그 다음 작품 『댄스 댄스 댄스』를 썼고, 이 소설은 『상실의 시대』 이전의 소설을 읽어보지 않으면 알기 어렵습니다. 때문에 무라카미 하루키는 『댄스 댄스 댄스』에서 자신의 독자 수를 한 번 더 10만 정도까지 되돌리려고 한 것이라고 보입니다. 그러나 결국, 이후의 무라카미 하루키는 점차 밀리언 독자를 의식하지 않을 수 없게 되었습니다.[20]

---

20 누마노 미츠요시[沼野充義] 외, 「무라카미 하루키 읽기 — 무라카미 하루키 미국 일본」, 『NHK 라디오 텍스트 영어로 읽는 무라카미 하루키』, NHK 출판, 2013.4, 146쪽.

그때까지 무라카미를 모르던 『상실의 시대』로 생긴 팬들을 따돌리고, 마음 편한 창작 환경으로 돌아가려고 했던 시도는 실패하여 백만 단위의 독자를 상정한 인기작가로 태도 변경을 해야만 했던 계기가 된 작품이다. 『댄스 댄스 댄스』란 이렇듯 전환점이 된 작품이라고 이시하라 치아키는 말하고 있다.

그렇다면, 이 전환점이 된 작품에서 '양 남자'가 더 이상 설명이 불필요한 비현실적 인물(캐릭터)로서, 전반의 비교적 빠른 단계에서 등장하고 결정적인 역할을 한 것의 의미는 크다. '쥐'와의 관계가 깊은 존재인 것들의 설명이 아닌, '나'가 헤매다가 호텔 내의 다른 세계에서 자연스럽게 출현하여, '나'와 이야기하는 '양 남자'를 『상실의 시대』 이후의 팬들은 또 자연스럽게 받아들였을 지도 모른다. 무라카미 하루키가 만들어 낸 새로운 캐릭터로 인하여 결정적인 이유가 되어 무라카미 팬이 된 독자도 존재했을 것이다. 『댄스 댄스 댄스』는 '캐릭터 소설'가로서 무라카미 하루키를 특징짓는 지표였던 것이다.

5. 세계문학으로의 전개

대학에서 외국문학(야나기하라의 경우 스페인어권 문학)을 가르치는 자의 입장에서, 무라카미 하루키에게 현저한 캐릭터 소설의 경향은, 다른 지역과 언어의 문학에도 관찰되는 것이라는 말해 두고 싶다. 그렇다고 해서 무라카미 하루키가 그들 작가로부터 영향을 받았다고 말하고자 하는 것은 아니다. 여기서 그 영향관계에 대해서는 문제 삼지 않겠다. 즉, 과거의 비교문학적 접근을 취하려는 것이 아니라, 데이빗 댐로쉬David Damrosch[21]와 같이 세계문학의 설계도에 무라카미 하루키를 대입하고자 하는 것이다. 무라카미 하루키는 현재, 스페인어권에서도 신간이 나오면 그것이 뉴스가 되는, 일본의 경우와 큰 차이가 없는 특별한 작가 중한 사람이기 때문이다.

멕시코 작가 조르디 소렐Jordi Soler의 『곰 축제』[22]에서는 '노비엠브레'라고 하는 이름의 거인이 등장한다. 그것이 사실과 픽션이 혼재된 팩션Faction의 구조를 갖고 있는 이 소설을 비현실적인 신화 세계로 이끄는 요소가 되고 있다.

스페인 내전을 피해서 멕시코에 망명한 카타르냐인의 아들인 소렐은, 전작에서 조부의 남동생이 도망 중에 가족을 놓쳐 피레네 산중에서 죽었다는 이야기를 썼다. 그런데, 그는 죽지 않았다. 그 소설의 내용대로 죽지 않았다고 하는 메시지를 독자로부터 받아, 그의 행방을 찾게된다. 그의 행적을 수색하자, 그 결과 알게 된 그의 과거와 이어지는 형식으로 소설이 진행된다. 프랑스 서부 국경 마을 라마네르에서 알게 되어, 곧 죽게 된 거인이 '노비엠브레'였다. 그는 조난당하여 기절한 조부의 남동생을 찾아내어 간호하고, 부상당한 다리를 동료에게 부탁하여 절단하여 목숨을 구한 인물이다.

마을에서 유일한 바의 여주인은 그들 두 명이 '힘겹게 언덕을 내려오

---

21   데이빗 댐로쉬(David Damrosch), 『세계문학이란 무엇인가』, 図書刊行会, 2011.
22   Soler, Jordi, *La fiesta del oso*, Barcelona : Mondadori, 2009.

는' 모습을 자세히 관찰하고 있었다고 한다.

절뚝절뚝 걷는 노비엠브레의 목에는, 끈으로 연결한 두 개의 착유통을 걸고 있다. 팔뚝에 오리올을 부축하고 있었다. 그는 다리 사이에 지팡이를 끼우고, 목에 꽉 매달려 있었다. '애가 떨어질까 벌벌 떠는 것 같았어.'[23]

이러한 기술을 읽을 때, 반대로 거인을 부축할 만한 '거인'은 통상 인간의 신장을 능가하는 비현실적인 존재로서의 거인인 것을 알 수 있다. '노비엠브레'는 피레네의 프랑스 쪽에 사는 인물인데, 내전을 피해 국경을 넘은 공화파 스페인 사람들을 많이 구출했다. 그 이유로 스페인 국가 경비대에 붙잡혀 투옥되게 된다. 그 전말을 밝히는 '나'는 "여기서 거인은 모습을 감추어야만 하겠지만, 여기까지 와서 그를 배제해 버리는 것은 품위 없는 행위가 아닌가 생각이 든다"[24]라고 하며, 그가 서커스단 단장의 눈에 들어 출연하고 있던 것, 출옥 후에 산을 넘어서 자신의 집까지 걸어서 돌아간 것을 코믹하게 그리고 있다. 조부의 남동생의 궤적을 더듬어가는 줄거리를 이탈하여, 캐릭터로서의 지위를 '거인'은 부여받았다고 할 수 있다.[25]

거인이라고 한다면 '2미터 가까이'의 몸집에 큰 남자가 등장하는 베르나르도 아차가Bernardo Atxaga의 『프랑스 일곱채의 집』[26]에서 금색의

---

23 Ibid., p.60.
24 Ibid., p.94.
25 2014년에는 소렐은 어린이 그림책 *Noviembre y Febrerito*를 출판하였다.
26 Atxaga, Bernardo, *Siete casas en Francia*, Traduccion de Asun Garikano y Bernard Atxaga, Madrid : Santillana, 2009.

눈을 가진 군인＝시인도 등장한다. 레오폴 2세 치하의 벨기에 령 콩고에서, 밀림 양간비 주둔지의 부대를 점령한 '알랭드 대위'이다. '푸른 금빛 눈의 남자. 푸른 바탕에 금색의 작은 반점이 있던 것이다.'[27] 등장인물의 도입에서 신체적 특징 하나로 나타내는 수법은, 장황한 설명을 버린 문체와 함께, 원주민 대학살을 행한 식민지 이야기의 색채를 부여하고 있다. 더욱이 항상 머리가 두 개로 나뉘어 서로 모순된 사념에 시달리는 등장인물은 일종의 골계미를 더하고 있다.

'알랭드 대위'는 푸른색과 금색, 두색의 눈을 갖고 있지만, 좌우의 눈색이 다른 여성이 조형된 것은 *Paraíso Travel*[28]의 호르헤 프랑코다. 콜롬비아에서 미국에 불법으로 건너가, 뉴욕에서 헤어진 연인을 찾는 남성의 시점에서 이야기하는 소설이지만, 태어나자 바뀐 그 연인 '레이나'는, 좌우의 눈 색깔이 다르다고 하는 설정이다. 프랑코는『로사리오』[29]에서는 여성 킬러 '로사리오'를 사랑하는 남성의 시점으로 그려지고 있는데, 그것에서 여성 살인마 '로사리오'가 살인을 범한 직후에는 살이 찌고, 또 다음 살인을 향하여 말라가는 특징을 표현하고 있다. 인물을 내면에서 그리고 심리와 행동을 독자에게 납득시키는 인물조형법과는 다른, 외면과 화법, 행동의 특징으로 독자에게 전달하는 만화, 애니메이션의 캐릭터 조형법에 가까운 것이다. '캐릭터 소설'화는 일종의 '현대'를 표현하는 공통의 경향으로서 세계문학에서 관찰되는 것은 아닐까.

---

27 Ibid., p.13.
28 호르헤 프랑코,『파라이소 트래블』, 河出書房新社, 2012.
29 호르헤 프랑코,『로사리오』, 河出書房新社, 2003.

6. 돼지 꼬리

'현대'라는 시기를 언제부터로 규정할까에 따라서 다르겠지만, 지금 본 '현대를 표현하는' 경향은 적어도 '붐' 시대(1960년대) 라틴 아메리카 작가들에게도 관찰되고 있다. '붐'을 대표하는 가브리엘 가르시아 마르케스의 『백년의 고독』을 상기해보자. 어느 날 집시와 함께 매콘도Macondo 마을을 나와서, 돌아갈 때에는 전신에 문신을 그려서 돌아온 '부엔디아'는, 같은 이름의 매콘도 창시자인 아들인데 그들의 일족 7대에 걸친 운명을 그리고 있다. 세계문학에 다대한 영향을 끼친 『백년의 고독』 안에서도 특히 캐릭터화된 한 명이라고 말할 수 있다. 그가 죽었을 때에는, 그 피가 마을 중에 도로를 가로질러 고향집에서 부엌일을 하고 있던 어머니의 발아래로 흘러들어 왔다. 그러한 죽음의 방법도 사실적 인물묘사를 거부하고 있는 것이다.

그런데 '부엔디아'의 집 사람들은 '돼지의 꼬리'를 가진 인물이 태어나는 것을 아닐까 공포에 지배당해, 인간을 사랑하지 못하는 자들로서 설명된다. '돼지의 꼬리'라는 것은 근친혼을 반복하는 끝에 태어날지도 모르는 기형을 말하는 것이다.

태어난 그날부터 두 명의 결혼은 예상하지 못하지 못했던, 그들이 그 의지를 명확하게 하면 친족 사람은 그것을 반대했다. 몇 백 년이나 전부터 피를 섞어 왔던 양가의 건강한 후예로부터 이구아나가 태어났다는 수치를 겪는 것을 걱정했다. 이미 무서운 선례가 있었다. 우르스라 큰어머니 중 한 사람이 부엔디아 큰아버지 한 사람과 결혼해서 남자 아이를 낳은 것은 잘된 일이지만, 그 아이에게는 태어날 때부터 병따개 모양 선단에 띄엄띄엄 털이 난 연골 꼬리가 있고, 그 때문에 그는 평생 통이 큰 바지를 입고 깨끗한 동정을 지키면서 42년을 살아 왔고, 이윽고 심한 출혈로 죽었다. 여자에게는 절대로 보여준 적이 없는 돼지 꼬리를, 친한 정육점 주인이 굳이 고기를 자르는 칼로 잘라 주겠다고 하여, 목숨을 잃게 되는 사태에 이른 것이었다.[30]

부엔디아가와 이구아란가 사이에는 옛날부터 척추 앞에 연골이 조금 긴 아이가 태어났다. 그것에는 털이 나 있었다고 한다. 엉덩이 가까이에 털이 나는 것은 흔치 않은 일은 아니지만, 그것이 돌기한 연골에 털이 나면, 돼지 꼬리와 비슷하게 보인다는 것이었다. 부정적인 신체 부위를 대상으로 하여, 그것을 코믹하게 표현하고 있다. 이것들도 '캐릭터 소설'의 징후의 하나라고 할 수 있겠다.

그러나, 동시에 이 코믹한 요소에는 비극의 양상이 밀착하여 있다. 그것이 『백년의 고독』을 단지 '캐릭터 소설'로는 이해할 수 없는 이른바 '문학적'인 장식인 것이다. 가족의 혈통에 관련하여 죽음을 연상시키는 그림자가 있는 캐릭터. 그것이 부엔디아가의 '돼지 꼬리'이다.

이 형태는 어딘가 『1Q84』의 '우치카와'에 대한 묘사를 상기시킨다. '우치카와'의 가족 내 위치에 대하여 다음과 같이 소개되었다.

가족 모두가, 어떻게 자신들과는 전혀 다른 외모의 인간이 출현했는지,

---

30 가브리엘 가르시아 마르케스(Gabriel Garcia Marquez), 『백년의 고독』, 新潮社, 2006.

도무지 납득할 수 없었다. 그러나 그는 틀림없이 어머니가 배 아파 낳은 아이였다. 누군가가 바구니에 버려 집 앞에 둔 것이 아니다. 그 전에 누군가 큰 머리를 가진 친족이 한 명 있었던 것을 생각해 냈다. 우시카와의 조부의 사촌에 해당하는 사람이다. 그 사람은 전쟁 중 에토구[江東区]에 있는 금속회사의 공장에 근무했지만, 1945년 봄 동경 대공습으로 죽었다. 아버지도 그 인물과 만난 적은 있지만 낡은 앨범에서 사진이 남아 있었다. 그 사진을 본 가족 일동은 '과연'이라고 납득했다. 아마 그 인물을 태어나게 한 같은 요인은 무엇인가의 가감으로 인한 것이다.

그의 존재가 아니라면, 외모나 학력도 사이타마현 우라와시(지명, 愛玉県浦和市)의 우시카와가는 부족할 것이 없는 가족이었다. 누구나 부러워하는 사진발이 매우 좋은 일가였다. 그러나 거기에 우시카와가 섞이면, 사람들은 의아해 했다. 어쩌면 이 일가에는 미의 여신의 발목을 잡는 어딘가 트릭스터적인 풍미가 섞인 것은 아닐까 사람들은 생각했다. 틀림없다고 부모는 생각했다. 때문에 그들은 극력 우시카와를 사람 앞에 내보이지 않으려고 애썼다. 어쩔 수 없을 때는 되도록 눈에 띄지 않게 다루었다.(물론 그것은 쓸데없는 시도였지만)[31]

근친상간의 결과도 아닌 '우시카와'는 후에 가족을 운명 짓는 중요한 존재가 될 턱이 없다. 그 점에서 '돼지 꼬리'와는 다르다. 그러나 '우시카와'는 가족 중에 돌연변이처럼 출현한 존재이고, 그 때문에 다른 가족에게 숨겨야만 하는, 일종의 강박관념이 되었다. 그리고 가족의 역

31　무라카미 하루키, 『1Q84』 5, 新潮文庫, 2012, 318~319쪽.

사 안에서 그 기형의 양상을 설명하고 있는 것이다. 그 점이 『백년의 고독』을 상기시킨다. '우시카와'의 큰 머리는 '돼지 꼬리'의 변종일지도 모른다.

오쓰카 에이지大塚英志의 정의에 의하면 '캐릭터 소설'이란 우선 만화적 캐릭터가 있고, 그것에 캐릭터에 맞는 자아가 부여된다. 그런 인물이 등장하는 소설이었다. 큰 머리와 '돼지 꼬리'가 있으면, 물론 가족으로부터 곱지 않은 시선을 받거나 혹은 스스로 그것을 숨기거나, 한시라도 빨리 가족으로부터 독립하고자 바랄 것이다. 그것들은 '캐릭터 소설'의 캐릭터이다. 그러나 우리가 '우시카와'를 단지 캐릭터로 보지 않고 소설의 등장인물로서 받아들이는 것은 외견의 특이함을 역사에 연결시킨 한 설명의 방법 때문이었을지도 모른다. 그 균형은 '우시카와'의 경우 『백년의 고독』의 그것과 비슷하다.

오쓰카 에이지는 그러한 인물이 등장하는 '캐릭터 소설'에서 미래를 보았다. 우리에게는 미래는 보이지 않지만, 적어도 무라카미 하루키의 작품에서 '캐릭터 소설'화가 진행되고 있는 것, 그것은 동시대의 스페인어권 작가들도 공통하는 동향인 것을 확인할 수 있었다. 그리고 그것은 적어도 40년 전에는 보이지 않는 경향이었다.

제2부

좌담회

세계문학, 무라카미 하루키 읽기

시바타 쇼지
도코 코지
야나기하라 타카아츠
하시모토 유이치·펑 잉화
가토 유지(사회)

세계문학, 무라카미 하루키 읽기

시바타 쇼지柴田勝二
도코 코지都甲幸治
야나기하라 타카아츠柳原孝敦
하시모토 유이치橋本雄一
가토 유지加藤雄二(사회)

| 무라카미 하루키는 포스트모던일까?

가토　　　무라카미 하루키의 소설은 지금이야 많은 언어로 번역되어 세계 각지에서 많은 독자를 얻었습니다. 더욱이 세계적인 인기작가일 뿐만 아니라, 그 문학세계는 다양하게 분석되고 있습니다. 또 무라카미 하루키의 문학을 연구대상으로 하는 사람들도 늘어났습니다. 이러한 상황을 바탕으로 오늘 이 시간에는 세계 각 지역 문학의 전문가 여러분을 모시고 여러 문맥에서 무라카미의 문학세계에 대해서 이야기해 주셨으면 합니다.

시바타　　무라카미 하루키 작품이 이제까지 국내외에서 어떻게 읽히고 논하여 왔는가에 대해서는 본서에서 정리했기 때문에 여기서는 자세하게 다루지 않더라도, 특별히 해외에서의 무라카미론의 논점에 대해 개관하여 보고 싶습니다.

유럽의 논자들에게 많이 지적되는 것은, 무라카미 문학세계는 다니자키 준이치로와 가와바타 야스나리, 미시마 유키오와 달리, 비일본적인 정취와 색채를 띠고 있다는 것입니다. 일본을 무대로 했지만, 등장인물을 세계 각 나라의 사람으로 바꾸어서 읽을 수 있는 작품이 많고, 도시생활자 감각과 감정의 표현에서 보편적 성격을 갖고 있다는 지적이 있습니다.

또한, 현실과 환상, 혹은 일상과 비일상이 혼재하는 세계가 그려지고 있다는 지적도 적지 않습니다. 예를 들면 『세계는 무라카미 하루키를 어떻게 읽는가』(문예춘추)에서 현대 미국의 대표적 작가인 리처드 파워스[1] 씨는 "대량 소비문화 안에서 살아가는 인물의 모습이 생생하게 그려지는 동시에 거대한 환상적인 지하 세계가 나타나고, 그것이 일상에 흡수되어 있는 상태가 그려지고 있다. 이것이 무라카미의 흥미로운 점이다"라고 말하고 있습니다. 본서의 프랑스 번역가 콜린느 아틀란 씨는, 카프카에 가까운 부조리하고 초현실적인 감각이 있다는 점과, 보리스 비앙Boris Vian[2]과도 닮은 현실과 꿈의 교차가 보인다는 점을 지적하고 있습니다.

한편, 아시아 지역에서는 그러한 점에 더하여 사회적 문맥에서 작품을 이해하려고 하는 경향이 있는 듯합니다. 중국 연구자에게는 계획경

---

1   리처드 파워스(Richard Powers, 1957~). 현재 가장 주목받는 미국현대작가 중 한 명.
2   보리스 뷔앙(Boris Vian, 1920~1959). 프랑스 작가, 시인.

제에서 시장경제로 이행하며 경쟁이 격화되는 속에서 피폐해가는 사람들이 무라카미 작품의 등장인물들이 자아내는 고독감에 공감을 느낀다는 지적이 있고, 한국에서는 '386세대', 즉 1960년대에 태어나 80년대에 대학 생활을 보내고, 그곳에서 학원분쟁을 경험한 사람들이, 무라카미 작품의 등장인물들의 모습에 공감하는 경향을 지적하고 있습니다.

유럽과 아시아에서 공통적으로 지적된 것은, 무라카미 작품세계를 포스트모더니즘 문학으로 이해하고, 탈산업적인 소비사회 안에서 살아가는 인간의 고독감, 적막감 그리고 우울감과 같은 감정을 그려내고 있다는 관점이라고 말할 수 있을 것입니다.

그렇다면, 무라카미 하루키의 포스트모더니즘성이란 무엇일까. 이탈리아의 조르지오 아미트라노Giorgio Amitrano 씨는 다양한 이야기가 선행하는 이야기를 자유롭게 활용하면서 스스로 작품을 구축하고 그 안에서 현실과 비현실, 일상과 비일상이 교차하는 세계가 교묘하게 교차되어 있다고 설명하고 있는데, 그러한 포스트모더니즘성이라는 것을 어떻게 평가할 것인가, 시대사회적으로 파악할 것인가, 아니면 작품의 창작기법 측면에서 파악할 것인가, 또는 처음부터 무라카미 하루키를 포스트모던 문학으로 위치 짓는 것 자체가 타당한 것인지에 대한 문제점도 있을 것입니다. 무라카미에게는 일본과 아시아의 역사에 대한 의식이 강하게 읽히기 때문에 저는 그러한 문제는, 오히려 포스트모던 문학이라고 하는 틀에 역행하는 부분이 있다고 생각하고 있습니다.

도코   미국문학에서 이야기드리면, 1960~1970년대에 등장한 토마스 핀천Thomas R. Pynchon[3]과 존 바스John S. Barth[4]는, 패러디와 모방

기법을 사용하면서도 실제로는 모던의 연장으로서의 포스트모던이었다고 이야기할 수 있겠습니다. 아방가르드 의식을 가진 문장의 기교라든지, 현실을 고정적인 것으로 보지 않는 관점이라든가. 하이컬쳐와 로우컬쳐의 양쪽을 동시에 다루는 등, 이러한 것들을 미국에서는 포스트모던의 특징으로 일컬어져 왔습니다. 그러나 이제 와서 되돌아보면, 패러디와 모방 기법을 도입하는 것으로 모던을 연명시킨 포스트모던은, 70년대에 이미 끝나지 않았나 생각됩니다. 가령, 그것을 전기 포스트모던이라고 하면, 80년대 이후에 후기 포스트모던이라고 하는 시대가 시작되어 그 문맥 안에서 파악해야만 무라카미 하루키가 무엇을 하고 있는지, 이해할 수 있을 것입니다.

일본에서 포스트모던 문학이라고 하면, 다카하시 겐이치로高橋源一郎의『사요나라, 갱들이여』가 그 최초라고 일컬어지지만, 무라카미 하루키는 그것과 완전히 다른 위치에 있을 것이라 생각됩니다.

텍스트를 읽는 방법에 대해서는 자크 데리다Jacques Derrida[5]와 에드워드 사이드Edwad W. Said[6]의 관계를 생각해보면 좋을지도 모르겠습니다. 데리다는 텍스트를 다른 텍스트와의 상호 참조가능성intertextuality 안에서 해석하는 것을 주장하고 있습니다. 그렇지만, 사이드는『세계·텍스트·비평가』(1983)로, 세계를 텍스트로서 읽는 방법으로 상호참조가능성의 범위를 역사와 에스니시티ethnicity, 계급 등으로 넓혔는데, 저는 여

---

3   토마스 핀천(Thomas R. Pynchon, 1937~).미국 포스트모던 소설의 대표 작가.
4   존 버스(John Simmons Barth, 1930~). 창작과 평론에서 미국현대문학을 대표하는 작가.
5   자크 데리다(Jacques Derrida, 1930~2004). 프랑스 철학자, 사상가.
6   에드워드 사이드(Edwad W. Said, 1935~2003). 미국 문학연구자, 사상가. 대표작으로
    『오리엔탈리즘』과『문화와 제국주의』등이 있다.

160 세계가 읽는 무라카미 하루키

기에서 그 이전과 이후와는 대단히 큰 단절이 생겼다고 생각하고 있습니다.

문학작품을 상호참조가능성으로 읽어가는 점에서는 물론 사이드는, 탈구조적이지만 그 범위를 사회나 계급이나, 또는 식민지주의라고 하는 것까지 범위를 넓히는 것에 의해, 그때까지의 탈구조는 크게 파괴되지 않나 생각됩니다. 그래서 무라카미 하루키가 나왔을 때, 우리들이 80~90년대에 읽었을 때에는 대단히 포스트모던적으로 보였음에도 불구하고, 그에게는 실제로 사이드와 같이 역사와의 관련을 포함한 상호참조가능성을 넓혀 간다는 생각이 처음부터 있었던 것은 아닐까요.

이러한 문맥에서 말하자면, 시드니대학의 레베카 스터 씨는 '파라모던'(21세기 모더니즘의 가능성)이라고 하는 개념으로 무라카미 하루키를 이해하려고 하고 있습니다. 스터 씨는 이전부터 일본의 근대화론으로 일반적인 관점인, 근대는 유럽에서 일본으로 가져온 것이 아니라, 일본에서 독자의 근대가 존재했던 것이 아닌가 지적하고 있습니다. 즉, 모던에서 포스트모던으로 이행한 것과는 다르게 그것과 평행하게 보이는 근대의 양상을 제시하고 있는 것이 아닌가 하는 지적입니다. 서구적인 역사개념만이 아닌, 탈식민주의론의 문맥을 포함하여 처음 발견되는 무라카미 하루키의 위치가 있고, 그것은 현대 중남미 작가들의 위치와도 공통하지 않나 생각됩니다.

야나기하라 무라카미 하루키 작품의 스페인어 번역은 1990년대부터 시작됩니다. 90년대 초반에 세르비아 대학의 페르난도 로드리거스가 『양을 둘러싼 모험』을 스페인어로 번역했습니다. 그는 아베코보 『타인의 얼굴』의 번역으로 노마문예번역상을 수상한 명번역가로『양을 둘러싼 모험』도 역시 멋진 번역이지만 당시의 스페인어권에서는 받아들여지지 않은 듯합니다. 그 후, 21세기에 들어서 겨우 바르셀로나의 Tusquets라고 하는 출판사가 무라카미 하루키의 작품을 내기 시작했습니다. 2010년 즈음부터는 일본과 비슷한 상황(판매 방법)입니다.

예를 들면,『1Q84』가 스페인어로 번역되면, 곧 대규모 판촉 이벤트를 하거나 뉴스에서 방송되거나 합니다. 놀라운 것은『색채가 없는 다자키 쓰쿠루와 그가 순례를 떠난 해』의 스페인어역이 출판되었는데, 그 직후에 최신작「드라이브 마이 카」가『문예춘추』에 발표된 것이 알려지자, 다음날에 멕시코판 CNN에서 '무라카미 하루키의 신작, 다시 비틀즈를 모티브로'라는 뉴스가 방송되었습니다.

정보 유통의 속도로는, 이른바 세계화Globalization의 하나의 징후를 보여주고 있다고 말할 수 있지만, 비평·연구도 이에 지지 않고 나오고 있다고 생각합니다. 1980년대의 후반에 동대에서 스페인어를 가르치고 있던 카를로스 루비오Carlos Rubio가 2012년에『무라카미 하루키의 일본』이라고 하는 책을 출판하였습니다. 루비오 씨는 언어학으로 학위를 취득한 사람이지만, 일본에 있는 동안 일본문학을 공부했습니다. 『일본문학 열쇠와 텍스트』라는 저서도 있고, 미시마 유키오와 소세키 번역서도 내고 있습니다.

예를 들면 그는『태엽감는 새』의 '쿠미코'가 숨겨져 있는 양상과 그 묘사를 분석하여, 그것은『고지키古事記』의 아마노 이와토天岩戸의 에피소드라고 지적하거나『해변의 카프카』에서 '카프카'가 원령이 되는 일이 있는가 하고 묻는 장면과『1Q84』의 부친과『겐지모노가타리源氏物

語』속의 에피소드와의 관련 등을 지적하고 있습니다. 즉, 『고지키』를 시작으로 『겐지모노가타리』와 『헤이케모노가타리平家物語』, 우에다 아키나리上田秋成의 『우게츠모노가타리雨月物語』 등 일본 고전과의 관계를 고려하여, 무라카미 하루키는 가와바타 야스나리와 오에 겐자부로 등보다 일본적인 소설가라고 주장하고 있습니다. 『무라카미 하루키의 일본』은 무라카미 하루키가 얼마나 일본적인 작가인지를 소설의 주제가 아닌 텍스트와 관련해서 해명하고 있습니다. 그런데 스페인어권에서도 무라카미 하루키는 새로운 작가, 혹은 포스트모던 작가라고 하는 이미지로 읽히고 있을까요.

야나기하라 보르헤스Jorge Luis Borges[7]와 가르시아 마르케스Gabriel Garcia Marquez,[8] 마누엘 푸익Manuel Puig[9]까지 라틴아메리카 문학 붐이라고 불림에 따라 널리 읽히게 된 작가들은 포스트모던이라고 칭해졌지만, 받아들여진 연대로부터 보아도 그것보다 새로운 세대라고 간주되는 것 같습니다. 최근 작가로 말하자면, 읽는 방법과 인기 정도에 있어서 최근 무라카미 하루키와 자주 대비되는 로베르트 볼라뇨Roberto Bolano[10]입니다. 특히 영어권에서는, 볼라뇨와 무라카미 하루키는 외국번역문학의 쌍벽이라고 생각됩니다만, 스페인어권에서도 사정은 같다고 말할 수 있을 것입니다. 2010년쯤의 아르헨티나의 어느 서점의 데이터에 따르면, 베스트셀러 10위권에, 무라카미 하루키의 『달리기를 말할 때 내가

---

7   보르헤스(Jorge Luis Borges, 1899~1986). 아르헨티나 출신의 작가, 시인.
8   가르시아 마르케스(Gabriel Garcia Marquez, 1927~2014). 콜롬비아 작가.
9   마누엘 푸익(Manuel Puig, 1932~1990). 아르헨티나의 소설가.
10   로버트 볼라뇨(Roberto Bolano, 1953~2003). 칠레의 작가, 시인.

하고 싶은 이야기』와 볼라뇨의 『2666』가 올랐습니다. 그러한 현상이
나타났던 것입니다.

| 센티멘탈리티가 넘치는 세계

도코　　한 가지 더 지적하고 싶은 것은 피츠제럴드[11] 등 선행하는
미국작가와의 관계입니다. 잘 알려졌듯이, 『상실의 시대』는 「반딧불
이」라고 하는 단편에서 태어났습니다. 밤에는 반딧불이 빛나고 있고,
거기에 손을 뻗는 장면이 있는데요. 이것은 『위대한 개츠비』 안에서 손
에 넣을 수 있을 것 같지만, 그렇지 못한 옛 연인의 집에 있는 빛에 손
을 뻗는 장면과 매우 비슷합니다. 즉, 『위대한 개츠비』와 『상실의 시
대』는 정말 비슷하다는 것입니다. 그러나, 선행 작품에 대한 어떤 패러
디에 따른 아이러니컬한 유머를 포함한 이야기를 포스트모던 문학의
특징이라고 한다면, 『상실의 시대』는 상당히 진지하게 센티멘탈하게
이야기하는 부분이 있습니다. 그것은 핀천의 작품과 같이, 처음부터 끝
까지 웃음으로 가득 찬 느낌과는 완전히 다른 감각입니다. 이러한 센티
멘탈한 성격을 생각해보면, 역시 무라카미 하루키 작품을 쉽게 포스트

11　피츠제럴드(Francis S. K. Fitzgerald, 1896~1940). 미국의 작가. 『낙원의 이편』으로
　　1920년대 '재즈 시대'를 대표한 작가로서 인정받아 『재즈시대의 이야기』, 『위대한 개츠
　　비』를 발표, 점차 시대에 적응하지 못하여 생활이 파탄에 이르렀다.

모던과 동일시해서는 안 된다고 생각됩니다.

미국의 주노 디아스Junot Diaz[12]라고 하는 작가가 2012년에 일본에 방문했을 당시, 그에게 무라카미 하루키 작품 안에서 무엇을 좋아하고 어떻게 읽고 있는가 묻자 『스푸트니크의 연인』과 『국경의 남쪽, 태양의 서쪽』을 가장 좋아한다고 했습니다. 주노 디아스 자신도, 언뜻 포스트모던풍으로 이야기가 복잡하게 얽혀 있는 듯이 보이지만 실제로는 상당히 읽기 쉽고, 게다가 센티멘탈합니다. 그와 에이미 벤더Aimee Bender[13] 등, 지금 30~40대의 미국작가들이 자신과 무라카미 하루키와의 관계를 말하고 있는 것을 보면, 아무튼 같은 경향의 문학을 추구하고 있는 동지라고 생각하고 있는 듯합니다.

야나기하라 저는 본서에 수록한 글에서 무라카미 하루의 작품을 '캐릭터 소설'이라는 관점에서 해독하고 있습니다. 만화와 애니메이션과 같은 인물조형, 즉 내면에서 인물조형을 하는 것이 아닌, 외견의 특징을 골라내서 만화적 캐릭터를 만드는 것은 최근의 스페인어권에서도 자주 보이는 경향입니다. 그러한 수법은 가르시아 마르케스 등에게도 나타나고 있다는 이야기를 전개하고 있습니다. 예를 들면 『백년의 고독』에서는 전신에 문신이 있는 인물이라든지, 노랑나비가 붙어 있는 인물이 등장하는데, 이러한 외견의 특징에서 인물을 묘사하는 수법입니다. 한편, '돼지 꼬리'와 같은 간결한 표현으로 세부를 떼어버리고 캐릭터화

---

12 주노 디아스(Junot Diaz, 1968~). 도미니카계 미국인 작가. 매사추세츠공과대학 교수.
13 에이미 벤더(Aimee Bender, 1969~). 캘리포니아 대학에서 창작을 배워 1998년에 『불타는 스커트의 소녀』를 발표했다.

하고 있고, 『1Q84』에서는 '우시카와'가 '큰 머리'로 불리고 있습니다. 최근 작가들은 오히려 이렇게 단순화하고 있는 듯합니다. '캐릭터 소설'이라는 관점에서 벗어날지 모르지만, 볼라뇨 등은 '풍경이 있었다. 칠레의 풍경이었다'라고 평범하고 아무렇지 않게 쓰고 있습니다.

저는 예전에 카르펜티에르Alejo Carpentier[14]라고 하는 작가의 작품에 대해서 폴 드 만Paul de Man[15]의 문제에 입각하여 생각한 적이 있습니다. 예를 들면 시간을 어긋나게 하여 쓰는 창작수법은 무라카미 하루키 작품에도 보여지고 있지요. 낭만주의가 추진하는 상징적 사고법은 현실과 언어의 사이에 채우기 힘든 어긋남을 채우려는 표현수법이었기에 성립되기 어려웠다고 폴 드 만이 말한 적이 있는데, 그렇다면 시간과 공간의 어긋남이라는 것은, 언어로 충실하게 현실을 그리는 하나의 시도라고 할 수 있을 것입니다. 낭만주의자들이 비판하는 알레고리 부활의 하나의 형태일지도 모릅니다. 무라카미 하루키는 그러한 의미로 알레고리적인 표현방법과 통하는 부분도 있지 않을까요. 알레고리로 인물은 리얼리즘적인 조형이 이니라, 캐릭터화되는 것이라 생각됩니다.

가토　　　야나기하라 교수님이 지적한 시간을 어긋나게 하는 수법에 대해서는 시바타 교수님이 전개하고 있는 무라카미 하루키의 포스트모던 비판이라 하고 하는 문제와 관련이 있다고 생각됩니다. 『세계의 끝과 하드보일드 원더랜드』에서 포스트모던 비판이 이뤄지고 있다는 대단히 흥미 깊은 문제입니다.

14　카르펜티에르(Alejo Carpentier, 1904~1980). 스위스에서 태어난 쿠바 작가.
15　폴 드 만(Paul de Man, 1919~1983). 벨기에 출신의 미국 비평가.

시바타　　무라카미 하루키는 유럽에서도 아시아에서도 기본적으로는 포스트모던 문학으로서 읽히고 있는 일이 많다고 생각되지만, 저 자신은 하루키의 작품이 포스트모던 문학의 전형이라고는 느끼지 않습니다. 데뷔 초기부터 최근에 이르기까지 도코 씨가 말씀하셨듯이, 한편으로 대단히 센티멘탈리티가 넘치는 문학세계라고 생각하고 있습니다.

　　무라카미 하루키의 문학세계는 1960년대와 70년대의 경계인 1970년이라고 하는 해가 열쇠가 되어, 특히 초기 3부작(『바람의 노래를 들어라』, 『1973년의 핀볼』, 『양을 둘러싼 모험』)에서 전개된 것은 60년대의 로맨티시즘의 끝이라고 하는 모티브입니다. 그러나 정념적인 60년대가 끝나고 산문적이고 개인주의적인 70년대가 시작되었다고 하는 것은, 과거의 시점으로 거슬러 올라가서 생긴 인식이겠지요. 데뷔작은 1979년에 발표되었으니까, 10년 정도 지난 시점에서 당시 시대를 그리고 있어서 그것 자체가 대단히 센티멘탈한 틀이었다고도 이야기할 수 있습니다. 실은 그러한 센티멘탈리티와 얼마나 거리를 둘까 하는 것이 초기 3부작의 테마가 되고 있는 것입니다. 무라카미 하루키의 문학세계는 데뷔작 이후, '탈 60년대'라고 하는 형태로 전개해 왔는데 그것에는 항상 낭만적인 60년대에 대한 일종의 향수와 집착이 넘치고 있고 예를 들어 『해변의 카프카』에서는 그것이 매우 강하게 현재화되고 있습니다. '사에키'라고 하는 여성은 60년대로의 회귀를 나타내고 있고, 그녀는 작가와 거의 동세대로, 60년대에 싱어송라이터로서 〈해변의 카프카〉라고 하는 곡을 대히트시켰지만 70년대에 연인이 당파 싸움에 휘말려 죽은 이후, 공허한 기대를 살아 온 인물로 생각됩니다. 결국 카프카는 그녀와 성교를 맺는데 그녀는 카프카의 어머니로 추측되지만, '어머니'란 다시 말해서 모체적 시공을 말합니다. 즉 '사에키 씨'를 로맨틱한 거처로서 60년대적인 정념으로의 회귀를 나타내는 것이 됩니다.

반대로 그렇다면 왜 특히 초기 3부작에서는 '쥐'에게 투영된 60년대를 매장시키는 것이 하나의 주제가 되었는가 하는 것입니다. 저는 그것은 일종의 생활의 지혜와 같은 것이라고 생각합니다. 무라카미는 자신이 생활자로서 자아를 명확히 해야만 하는 20대 후반에 창작을 시작했습니다. 그러한 작가로서 생활자로서의 자아를 확립했던 점이, 정념적인 60년대를 매장시키는 모티브를 만들어 냈다고 생각합니다. 원래, 그의 정신적인 기점은 역시 60년대적인 로맨티시즘에 있고 그것을 되돌리는 것과 함께 70년대 이후의 시대, 즉 산문적이고 개인주의적인 시대에 대한 비판적 관점이 다시금 나타난 것이 『세계의 끝과 하드보일드 원더랜드』 이후라고 말할 수 있지 않을까요.

무라카미 하루키적인 포스트모던의 내실은, 오히려 정보사회일 것이라고 생각하고 있습니다. 『양을 둘러싼 모험』, 혹은 『세계의 끝과 하드보일드 원더랜드』에서는 등장인물들은 거의 무의식중에 정보에 의해 조작당합니다. 『세계의 끝』의 주인공은, 정보를 자신의 머리를 통해서 전환시키는, 그 장치가 되면서 계산사라고 하는 사회적 생명을 유지시키고 있습니다. 정보에 침투당하여 자아를 상대화시키지만, 그러한 형태로 살아갈 수밖에 없는 시대, 즉 정보에 침식당하면서 정보를 활용하는 양면성이 있는 시대로서 현대의 포스트모더니즘성이 파악되고 있는 것은 아닐까요. 『양을 둘러싼 모험』과 『세계의 끝』도 1980년대 전반부터 중반에 걸쳐 쓰여지고 있는데, 당시로서 정보에 침투당하면서 정보를 활용하며 살아가는 형태로 밖에 인간이 존재할 수 없음을 제시하고 있었던 점은, 상당히 선구적이었다는 점에서 그의 시대의식을 높게 평가할 수 있다고 생각합니다.

가토　무라카미 작품에는 70년대 이후를 공허한 정보화사회로 파악하는 자세가 끊임없이 나타나고 있었다는 것이네요.

시바타　무라카미에게는 하나의 부여되는 시스템으로서 정보사회라고 하는 것이 있고, 그것을 비판해도 결국, 그 외부로 빠져나오지 못하기 때문에 그 안에서 자아를 침식당하면서 그것을 향수하며 살아가야만 하는 체념을 갖고 있는 인식이 있다고 생각됩니다.

　예를 들면, 예루살렘문학상 수상식에서 무라카미 하루키는 〈벽과 달걀〉이라는 강연[16]을 하였습니다. 거기서 "벽이 우리들을 만든 것이 아니라, 우리들이 벽을 만든 것이다"라는 발언을 하고 있습니다. 억압과 소외를 가져온 원천이면서 그러나 벽은 타자가 아닌 오히려 모두에게 내재되어 있는 것이고, 우리들이 그것을 만들었기 때문에 우리들도 벽의 일부이며 그 밖으로 나갈 수 없으며 계속 벽과 함께 살아갈 수 없음을 말하고 있다고 생각됩니다. 이 강연의 이야기는 우리들이 현재 살아가는 정보사회의 양상과 개인의 관계를 명확하게 이야기하고 있습니다. 물론 우리들은 정보에 침투당하면서도 그것을 향수하고 활용하면서 살아가야만 하는 것에 대해 단순히 비판적 태도를 취할 수 없다는 인식이 무라카미 안에 있었던 것은 아닐까요. 우리들이 계란이라고 해

16　강연 〈벽과 달걀〉. 무라카미 하루키가 2009년 2월에 예루살렘에서 발표한 수상 강연.

도, 계란이면서 어떻게 살아가야 할지가 무라카미의 문제의식의 하나
였다고 생각합니다.

| 아시아 역사에 대한 의식

가토　　　무라카미 하루키의 문제의식에는 또한 아시아 혹은 역사
라는 테마가 있다고 생각됩니다. 중국근현대문학이 전공인 하시모토
씨는 무라카미 문학을 어떻게 읽고 계십니까.

하시모토　　무라카미 하루키 작품에는 초기부터 중국인이 등장합니다.
데뷔작 『바람의 노래를 들어라』와 『중국행 슬로우 보트』에서도 중국인
이 나오는데, 그 의미하는 것을 별개로, 코베神戸(지명)와 같은 장소를
중심으로 한 공간에서도 이른바 '중국'이란 예로부터 관련이 있다고 하
는 것을 의미합니다. 문학의 모더니즘에 대해서 이야기하면, 앞에서 근
대화한 장소와 국가가 다른 공간에서 자신의 식민지를 획득하려고 하
는 그 대상이 되는 지역을 향하여 자본주의와 제국주의를 발동하게 됩
니다. 그 전제 안에서 문학자들이 그곳에 여행을 가서, 그것에 비평적
으로 대치되는 시점으로 현지를 그리는 작품이 많이 존재합니다. 예를
들면, 프랑스라면 『콩고일기』라든지, 영국이라면 콘래드, 나쓰메 소세
키의 『만한満韓의 여기저기』 등도 매우 유명합니다. 그것과 관련 있는

것이 다자이 오사무의 『치요죠千代女』라고 하는 작품입니다. 1941년에 발표된 것이지만, 화자인 여학생이 네리마練馬(지명)의 가스가쵸春日町(지명)에 가려고 하여 현지에서 조선이 노동자에게 길을 묻는데 그 남성은 '부자연스러운 일본어로 열심히 설명하여' 주었지만 그것은 분쿄구文京区의 가스가쵸春日町로 가는 길이었던 것이지요. 그녀는 남성의 친절함과 진지함에 고맙기도 미안하기도 하여 가르쳐준 대로 네리마를 떠납니다. 작품에 등장하는 중요한 지명 '고마고메駒込'도 『중국행 슬로 보트』에 부합하고 있습니다.

제국 신민으로 동화되어가는 중에 그들의 존재가 일본인에게 있어서 어떤 하나의 이미지가 되고 무엇인지 알아들을 수 없는 '일본어' 또는 '국어'를 말하는 사람에 대하여 자신이 잘 대응할 수 없었던 상처와 함께 상대적 우위성과 같은 것이 동정과 과도한 경의로 포장되어 있습니다.

무라카미 하루키의 『중국행 슬로 보트』에서는 대학생이 되어 동경에 온 화자가 아르바이트하는 곳에서 대학생 중국 여성이 나옵니다. 화자는 그녀에게 데이트를 권하는데, 만나고 헤어질 때에 야마노테선의 반대 방향으로 가르쳐준 것을 깨달은 화자는, 앞서 그녀의 역에서 기다립니다. 역에 내린 그녀는 '나는 일본인사회에서 항상 이런 일이 생겨'라고 그녀의 집 가까운 역인 고마고메역에서 모놀로그를 시작합니다. 그것에 대한 화자의 시선은 물론 그녀에 대한 골계감이 아닌 그것에는 센티멘탈이나 동정과 같은 것으로 포장되어 그녀의 인물상이 그려지고 있습니다.

이 정경에 대해서 무라카미 하루키와 다자이 오사무와 그 당시의 일본 근대작가가 아시아의 타자를 보는 시선과 골계와 동정으로 연결되고 있지 않았는가 생각됩니다. 그러한 의미로 일본인 이외의 아시아인 혹은 무라카미 하루키가 아시아인이라고 생각하고 있는 사람들에 대한 시선은 상당히 모던하고 제국주의, 식민지주의적인 시대 안에서 만들어져 온 근대문학과 연결지어 생각하는 것이 이해하기 쉽다고 생각됩니다. 그렇다면 모더니즘이란 무엇인가 포스트모던이란 무엇인가 라고 하는 문제가 흥미 깊게 느껴지는 듯합니다. 도코 교수님의 이야기를 듣고 그러한 것을 생각했습니다.

가토　　　그렇다면 무라카미 하루키는 '모던'에 가까운 작가라는 말씀이신가요?

하시모토　　저는 그렇다고 생각합니다. 예를 들면 아시아에서의 무라카미 하루키를 생각할 때, 대만과 중국의 독자가 이렇게 열광적으로 지지하는 배경에 있는, 무라카미 하루키의 아시아적 성격은 역설적이지만, 일본이 어떠한 근대문학을 만들어 왔는가를 연결시켜 생각하는 편이 이해하기 쉽습니다. 그것은 두 가지 측면에서 이야기할 수 있습니다. 첫 번째는 독자입니다. 무라카미 하루키를 지지하는 현대 아시아의 청년들은 일본의 전쟁으로 시작되는 아시아인의 근대사로부터 단절하여 무라카미를 읽고 있다는 것입니다. 또 한 가지는 작가의 측면인데 아시아의 타자에 낯선 일본의 근대문학은 작가에 따라서 다르지만 전쟁 후의 언론환경의 변화와 전후 민주주의 아래에서 아시아의 타자와 일본의 전쟁에 핵심을 둔 전후 작가를 거쳐, 다시 무라카미는 근대문학의 타자감각이라는 면에서 과거로 회귀한 듯합니다. 아마 고도경제성장과 전 국민의 소비사회화라고 하는 상황 아래에서 그렇습니다.

가토　중국인을 유형화하여 그리는 수법은 아마 중국인 독자로부터 반발을 살 것이라고 생각됩니다만, 그러한 비판은 중국에서는 없습니까? 한국의 논고에서는 무라카미 하루키에 대한 비판도 상당히 있다고 지적되었습니다. 중국인 독자의 반응은 어떻습니까?

하시모토　예를 들면『태엽감는 새』에서는 '만주국'의 사관학교에서 중국인 학생들이 신경新京, 지금의 중국 창춘長春(지명)에 있는 동물원에 끌려와서 처형되는 장면이 그려지고 있습니다. 처형되는 중국인 학생들은 등번호를 붙인 야구 유니폼을 입고 있는데, 그들이 어떠한 인간인지 그려지고 있지 않습니다.『중국행 슬로우 보트』도 그러한데, 무라카미에게는 그렇게 아시아인을 무명적으로 그리는 경향이 있습니다. 즉 아시아인 등장인물의 백그라운드는 거의 그려지지 않습니다. 그러한 작품에 대한 중국의 젊은 독자들의 반응은, 일본인 작가가 자신들 편의 인간을 어떻게 그릴까 하는 부분에는 아직 의식하지 않는 듯이 생각됩니다. 그러나 번역자와 연구자들은 거의 전쟁과 역사인식이란 시각에서 무라카미의 몇 작품을 호의적으로 받아들이고 있습니다.

가토　중국어권에서는 새로운 것으로서 무라카미 하루키의 문학을 환영하고 있는 젊은 독자가 있고, 한편으로는 역사에 대한 무라카미의 태도를 환영하는 반향도 있지요.

하시모토　　그러한 두 가지 목소리가 있다는 것은 확실합니다. 역시 중국어권 도시의 청년층에 절대적 지지가 있지만, 그 이유로서 무라카미 문학이 도회적이라는 것이 있습니다. 그리고 특히『태엽감는 새』이후, 중일 근대관계사를 다르게 그리려고 하는 무라카미의 자세는, 그러한 일반독자와 다르게 지식인에게 환영받고 있습니다.

　　그렇지만 예를 들면 다케다 타이준武田泰淳과 오다 미노루小田実 등 전후 일본 문학에 있어서 가장 깊게 중국과 한국을 그린 작가를 모르고 무라카미와 만났을 경우, 아시아의 무라카미는 역사적인 역할을 잘 해주고 있다고 과장해서 받아들이는 부분이 있을지도 모릅니다. 물론, 문학에는 작가의 개인적 시도라는 지평에서 각각 묘사, 기록된다는 역할도 있을 것입니다. 그러나 그러한 까닭에 아시아의 젊은이에게서 보이는 무라카미의 인기를 생각하면, 전후의 오에 겐자부로를 포함하여 심도 있게 아시아를 그려 온 작가들과 비교할 때 무라카미 하루키에게는 부족한 측면이 있지 않나, 저는 그것이 모순적이라고 느껴집니다.

가토　　도코 교수님이 이야기하였듯이, 사이드는 역사로 텍스트론을 전개하는 것에 대해 소개하고 있습니다. 대위법contrapuntal적인 기법을 그는 이야기합니다. 사이드에게는 '역사'라고 하는 것은 이미 어딘가에 있다는 감각이 있을지도 모르겠습니다.

도코　　역사에 제한하여 해석하면서, 해석에 제약되어 역사적 관점이 바뀌어 간다고 할까, 역사와의 대화 안에 있다는 뜻일까요?

가토　　　그렇습니다. 시바타 교수님이 지적하셨듯이, 정보화사회에서 포스트모던적인 상황과 그것에 선행되는 모던적인 것과의 관계안에서 무라카미 하루키의 문제의식이 있다고 생각됩니다.

| 『색채가 없는 다자키 쓰쿠루와 그가 순례를 떠난 해』를 읽다

가토　　　지금까지 이야기를 토대로 최신작『색채가 없는 다자키 쓰쿠루와 그가 순례를 떠난 해』에 대해서 논의하고 싶습니다. 우선 시바타 교수님은 이 작품을 어떻게 읽으셨습니까.

시바타　　이 작품은 전작『1Q84』와 비교하여 읽으면 무라카미가 방향 수정을 한 것이 아닌가 생각했습니다.『1Q84』는 포스트모던 비판, 혹은 60년대적 로맨티시즘으로의 회귀가 짙게 나타난 작품이라고 생각합니다.

　　예를 들면『1Q84』의 'Q'에는 다양한 해석이 존재합니다. 저는 'Q'는 '쥐'라고 생각하고 있습니다. 'Q'라는 문자는 컴퓨터의 마우스와 비슷합니다. 즉 이것은 '쥐'를 의미하고 결국 '쥐'가 잔재로서 담당하고 있는 60년대로 회귀하는 것을 말합니다. 60년대적 로맨티시즘을 상징하고 있는 것이 1984년에서 1Q84년으로 이행함에 따라 보여지게 되는 두 개의 달에서 이것도 기교적인 것의 하나로, '달月'을 두 개로 쓰면

'벗 붕朋'이라는 글자가 됩니다. 이렇듯 60년대적 연대의식이 두 개의 달이라는 형태로 나타난 것이 아닌가 생각됩니다.

『1Q84』는 10살 때 헤어진 '아오마메'와 '덴고'라고는 두 인물이, 20년 가까운 시간이 흘러 해후하여 맺어지는 이야기입니다. 마치 옛 NHK 라디오 드라마『그대의 이름은君の名は』과 같이 만날 것 같지만 만나지 못하고 결국 최후에 맺어지는데, 이것은 무라카미의 60년대 로맨티시즘으로의 회기가 비교적 명료하게 읽히는 작품인데 그만큼 제게는 어딘가 부족한 부분이 있었습니다. 이제까지 작품에 나와 있는 듯한 자국의 역사와 아시아로의 의식을 포함하여 사회적 시선이 후퇴하고 있는 인상이 강했기 때문입니다.

그것과 반대로『다자키 쓰쿠루』에서는 그러한 시점을 되돌린 듯했습니다. 간행된 후, 신문과 잡지의 서평을 보면, 동일본대지진과의 관련성을 지적한 논평이 있었는데 그것들은 처음부터 답이 있는 듯한 서평으로, 3·11 이후의 최초의 작품이기 때문에 그렇게 믿어버리고 쓴 것 같은 느낌을 받았습니다. 저는 이 작품에 3·11과의 관계는 그다지 보이지 않는다고 생각합니다. 오히려 아시아와의 관계가 대단히 우의화된 형태로 그려지고 있습니다.

주인공 '다자키 쓰쿠루'는 '시로'라고 하는 여성을 강간했다는 '죄'로 동지들에게 추방당해—실제로는 알 수 없지만—, 16년간을 지내게 됩니다. 여기서 역시 이른바 종군위안부 문제로 수렴되어 가는 일본의 아시아에 대한 폭력이라는 문제가, 모티브로서 다뤄지고 있는 것이 아닌가 생각했습니다. 이 작품이 나온 이후, 실제 정치적으로 한중일 관계가 악화되었고, 그런 의미에서는 얼마간 예언적인 면도 있기 때문에

'다자키 쓰쿠루'가 강간했다고 하는 '시로'라고 하는 여성의 '白(백)'색 (일본어로 '시로'라 읽는다)은 조선을 상징하는 색이고, '시로'의 친구로 핀란드에 사는 '구로'가 관련해 있는 도예는 조선의 전통적 문화입니다. 이렇게 생각하면 이 작품에서는 『중국행 슬로 보트』 등에서 이미 등장한 일본의 아시아에 대한 폭력이라는 모티브를 표현하고 있다고 말할 수 있습니다. 여기서 저는 재미있다고 생각한 것이, 이 작품의 제목에 있는 '순례의 해'라고 하는 말입니다. 이것은 리스트^{Franz Liszt}의 곡인데, 프랑스어로는 '르 말 뒤 페이^{le mal du pays}'이지요. 이것은 멜랑콜리나 향수병과 같은 의미이지만, 글자 그대로 직역하면 '나라의 병'이 됩니다. 일본이라고 하는 나라, 즉, 제국주의적 폭력의 문제가 넌지시 이 제목에 표출되어 있는 것 같습니다.

가토　　흥미 깊은 해석입니다. 그러고 보면, 『1Q84』에도 『다자키 쓰쿠루』의 제목도 '해^年'가 들어가 있네요.

시바타　　그렇습니다. 이 작품이 발표된 것은 2013년 4월인데, 2012년에 쓰이기 시작했다면 다자키 쓰쿠루가 추방된 것은 16년 전인 1996년이 됩니다. 이 해에 종군위안부 문제가 UN에서 크마라스와미 보고[17]가 제출되어 일본은 다시금 국제사회 안에서 추급을 당하게 되었습니다. 1980년대에 이 문제가 현재화되어 90년대가 되어서 UN에

17　UN인권위원회의 결의를 토대로 1996년에 제출된 여성에 대한 폭력과 그 원인 및 결과에 관한 보고서를 통칭. 크마라스와미는 UN인권위원회에 임명된 특별 보고자인 스리랑카 출신의 여성법학자 라디카 크마라스와미(Radhika Coomaraswamy)를 말한다.

서 다뤄지게 되어 이때 일본이 규탄당했던 것을 염두에 두면, 소설의 '해年'가 있는 제목에 담긴 의미가 우연이 아니며 그러한 해석이 가능하다고 생각합니다.

| 역사 은폐와 표현

가토   리얼한 역사와 이웃해 있는 픽션이라는 것이네요.

도코   『다자키 쓰쿠루』에 대해서는 NHK 라디오 강좌 〈영어로 읽는 무라카미 하루키〉에서 요시카와 야스히사芳川泰久 씨와 철저하게 논의한 것 중에 저는 역사를 직시하듯이 보이면서 실은 역사가 어떻게 은폐되었는가, 어떻게 모르는 사이 폭력이 행하여졌는가에 대해 무라카미 하루키는 쓰고 있다고 이야기했습니다. 왜냐하면 이 작품을 읽고 몇 가지 의문이 있었는데, '다자키 쓰쿠루'가 사귀고 있는 여성과의 관계에 대해서 감각적으로 애정이 느껴지지 않고, 그 여성은 다른 남성과도 관계가 있었습니다. 도중에 고등학교 시절 친구의 한 명이 게이라는 것을 밝힐 때에 '다자키 쓰쿠루'는 대단히 냉정한 태도였지만, 그는 수영장에서 '하이다'와 재회했다고 생각했을 때, 실은 다른 사람이었다는 장면에서만 감정적으로 흔들리고 있습니다.
　여기서 원래 '하이다'와 '시로'는 어떤 의미에서 동일 인물로, 그는

'하이다'와 호모섹슈얼한 관계가 있었지만, 자신은 그렇지 않다고 은폐하면서, '다자키 쓰쿠루'는 마음에 병이 든 것이 아닌가 생각됩니다. 지금 사귀고 있는 여성은 정신과의로 상담을 받고 있는 '다자키 쓰쿠루'가 연애관계라고 착각하고 있는 것은 아닌가 하는 점도, 그가 고등학교 시절의 친구들을 만났을 때 모두가 그에게 반론하지 않기 때문입니다. '너는 강간을 범할 만한 인간이 아니라는 것을 알고 있다'라든지 '너의 말대로다' 하면서, 긍정해주지만, 작품 내에서 혹은 일본사회에서, 호모섹슈얼의 욕망은 은폐되어 '하이다'는 상징적으로 죽게 된 것은 아닌가 생각됩니다.

그럼에도 불구하고 독자는 마치 역사를 직시하고, 게다가 '시로'와 관련된 오명도 벗을 것을 기대하도록 유도되고 있다고 생각했습니다. 이점은 절반은 이 작품에 대한 비판이 될지도 모르지만 절반은 긍정적이기도 하다고 생각합니다. 즉, 호모섹슈얼 관계가 부정되어, 그것이 미온적인 정신요법적인 내러티브에 의해 은폐되는 양상을, 그렇게 읽을 수 있는 사람에게는 읽히고, 읽을 수 없는 사람에게는 읽을 수 없도록 쓰는 것, 그것은 호모섹슈얼의 욕망의 경우나 한중일의 역사적인 관계에서도 그렇지만, 보이는 듯하지만 보이지 않고, 알고 있지만 모르는, 서로 없었던 일로 하며 긍정될 수 없는 욕망을 어떻게 배제할 것인가를 쓰는 것이기도 합니다. 이렇게 일본사회의 폭력적 구조를 쓰고 있다고 생각한다면, 긍정적으로 평가할 수도 있다고 생각합니다.

가토　　　그렇다면 이 작품에서 그려지고 있는 세계는, 사실성에 입각한 레퍼런스(참조)가 아니라, 판타지에 가깝다는 이야기가 되지 않을까요. 독자 중에서도 무라카미 작품은 실은 판타지라고 하는 사람이 있습니다. 예를 들면, 미국의 토마스 핀천 등은 판타지로서의 소설이고, 돈 드릴로[18] 또한 사실성을 배제한 작품을 씁니다. 존 F. 케네디 암살범을 주인공으로 한『리브라』에서도 그러한데, 총탄이 세 발인지 네 발인지는 테이프 레코더를 재생해도 모른다는 것을 첫 부분에 제시하는 것에 의해, 사실성을 근거로 한 이야기를 배제하고 거기서부터 판타지를 써나가는 방법입니다.『다자키 쓰쿠루』는 그것과 가까운 작품일까요.

도코　　그렇다고 생각합니다. 무라카미는 이 작품에서 동성애적인 것을 억압하여 이성애적인 판타지로 바꾸어 가는데, '다자키'가 '하이다'를 버리는 것에 의해서 '하이다'는 사라지게 됩니다. 어쩌면 '다자키'는 '하이다'를 자살로 몰고 갔을지도 모르고 이것을 '다자키' 자신이 알고 있기 때문에 마음의 병을 앓고 있었다고 생각되는데, 사회에 복귀하기 위해서는 자신은 옳았다고 생각할 필요가 있었을 것입니다.

가토　　가즈오 이시구로[19]가『우리가 고아였을 때』라는 작품을 썼습니다. 과거에 거슬러 올라가는 여행 이야기인데 '다자키 쓰쿠루'도 '구로'를 쫓아서 북유럽으로 가지요. 북유럽은 유럽의 신화의 기원이기 때문에 기원을 거슬러 올라간다고 해도 좋을 것입니다. 이시구로는 캐릭터가 얼마나 방위기제를 작동시키며, 얼마나 사실을 은폐하고 있는

18　돈 드릴로(Don Delillo, 1936~). 현재 미국 포스트모던 문학을 대표하는 소설가.
19　가즈오 이시구로(Kazuo Ishiguro, 1954~). 영국의 소설가. 나가사키에서 태어나 5살부터 영국에서 자랐다. 현대 영국문학을 대표하는 소설가로 일본을 표현한 작품도 다수 있다.

가를 쓰고 있습니다. 도쿄 교수님이 말씀하셨듯이 '다자키'도 그러한 캐릭터로서 제시되었을지도 모릅니다. 언뜻 수수하게 보이는 이 작품도 굉장히 현대적인 작품이네요.

야나기하라 저는 솔직히 무라카미 하루키의 장편을 순조롭게 읽을 수 있지만, 단편은 의외로 시간이 걸립니다. 그렇지만 『다자키 쓰쿠루』는 상당히 재미있게 읽었습니다. 도쿄 교수님도 지적하셨듯이 주인공 '다자키 쓰쿠루'는 대학 수영장에서 만난 '하이다'라고 하는 청년과의 사이에 호모섹슈얼한 관계가 시사되었지요. 무라카미 하루키의 작품은 『국경의 남쪽, 태양의 서쪽』 등도 그렇습니다만, 섹스라고 하는 것이 하나의 의식인 것처럼 다루어지는 경우가 많습니다. 『스푸트니크의 연인』에서는 레즈비언을 다루고 있습니다. 『다자키 쓰쿠루』에서는 그것과 조금 다른 회로로서 호모섹슈얼한 욕망이 표현되어 있어서 재미있다고 생각했습니다. 호모섹슈얼한 관계를 말하자면, 이타미 주조伊丹十三[20]가 죽은 후에 오에 겐자부로가 쓴 『체인지링』에서 호모섹슈얼한 관계를 암시하는 부분이 있습니다. 이타미를 모델로 한 영화감독 '고로'가 고교 시절 어떤 사건을 경계로 다른 사람이 되어, 오에의 분신인 주인공과의 관계도 변질되는데, 이후, 기피하여 온 그 사건을 자살 직전의 '고로'가 영화라는 수단을 통해 다시 생각하려고 했던 것을 알고, 주인공은 소설이라는 수단에 호소하여 생각하려고 하는 것이 『체인지링』의 내용입니다. 그 사건이라고 하는 것이 '고로'에게 욕망을 노출시

---

20 이타미 주조(1933~). 영화배우, 영화감독. 폭넓은 영역에서 활동했고 영화작품으로는 〈민들레〉, 〈마루사의 여자〉 등이 있다. 오에 겐자부로의 친척이자 친구이기도 하다.

키려 접근하는 진주군 장교와, 그 욕망을 이용하여 무기를 얻으려고 하는 우익단체 리더의 의도로 휘말리게 된 결과로 초래한 행동이었다는 것이 암시됩니다. 억압과 은폐되어온 호모섹슈얼한 욕망과 마주하는 것, 『체인지링』이 그러한 소설이라고 하면, 도코 교수님의 『다자키 쓰쿠루』 독해와 시바타 교수님의 의견을 연결짓기 위해서도 함께 생각해 보면 재미있을 것이라 생각됩니다.

도코 교수님의 이야기를 듣고 『다자키 쓰쿠루』를 폭력의 은폐라고 하는 시점에서 읽으면, 로베르트 볼라뇨와 비교해서 읽으면 재미있을 것 같아서, 대단히 신선한 자극이 되었습니다. 『영어로 읽는 무라카미 하루키』 텍스트에서 스즈무라 카즈나리鈴村和成 씨와 그것에 대해서 이야기했습니다. 그때는 『태엽감는 새』와 볼라뇨의 『2666』이 화제의 중심이었습니다. 현재의 폭력이 과거의 전쟁에 의한 폭력에 이어지는 구도에서 두 작품은 비슷한 이야기입니다. 시바타 교수님이 말씀하셨듯이, 『다자키 쓰쿠루』에서 아시아에 대한 시선이 다시 나타났다고 한다면 『태엽감는 새』의 노선상에서 『2666』과의 공통점을 말할 수 있을지도 모르겠습니다. 그러나 『2666』이 다루고 있는 폭력은 그것만이 아닙니다. 『2666』이라고 하는 소설은 5부 구성으로 각 부가 독립된 내용인 듯하지만, 중심은 제4의 '범죄의 부'의 연속 강간 살인사건을 다루고 있는 부분입니다. 이것은 현재화된 처참한 폭력입니다. 피해자의 이야기가 끝없이 서술되는 이 부분은 읽고 있는 것만으로도 괴롭습니다. 그것이 제5부에서 이야기되는 나치 독일의 병사로서 싸운 경험이 있는 작가와 이어지기 때문에 스즈무라 씨와 같은 해석이 성립되는 것입니다. 그렇지만 4부와 5부는 다른 3개의 부와도 밀접한 관련이 있습니다.

제1부에서 3부의 등장인물들도 이 국경마을에서 중요 사건인 연속 강간 살인을 알고 있었던 것인지 명확하지 않습니다. 그 대신에 작은 폭력이 드러나는데, 런던에서 파키스탄 이민자 택시 운전수에게 뭇매를 때리거나, 살인 현장을 찍은 스냅사진과 강간 장면이 있는 포르노 영화를 우연히 보게 되거나, 살려 달라는 비명을 듣거나 하는 이러한 억압된 것으로의 회기와 같은 에피소드가 엮어진 시사적인 소설입니다. 이런 일들을 연유로 하는 불길함이 『다자키 쓰쿠루』에도 공통적으로 나타나 있습니다.

하시모토　저는 병원에서 『다자키 쓰쿠루』를 읽었습니다. 중이염이 심해져서 일주일간 입원했습니다. 병원의 병실은 색채가 없지요. '색채가 없는' 것이란 정말 이런 것인가 생각하면서 제 병이 심각했기 때문에 이 작품의 숨은 뜻을 읽은 것이 아니라 있는 그대로 읽었습니다. 그러면서 알게 된 것은 이것은 『상실의 시대』의 변주판이라는 것이었습니다. 반드시 주인공과 화자 자신이 아니라 그가 관계되는 상대에게 사건의 발단이 있고 자신은 그것에 대한 소박한 관찰자입니다. 또한 '여기'가 아닌 장소에서 그 출구가 제시되거나 합니다.

　『다자키 쓰쿠루』에는 몇 가지 의문점이 있습니다. 예를 들면, 왜 나고야일까, 그리고 비평가들이 자주 지적하는 무라카미 하루키의 비유의 능력입니다. 직접적으로 표현하는 것이 아닌 사이를 하나로 생략하는 것으로 이미지를 확장시키거나 생략한 것을 연상하여 독자가 작가와 동일화된 독특한 비유가 유머로 나타난 『밤의 거미원숭이』에서도 큰 요소였다고 생각되는데 『다자키 쓰쿠루』에서는 그러한 유머가 그다지 보여지지 않았습니다. 그것은 왜일까 의문을 느꼈습니다.

무라카미에게 아시아라고 하는 관점에서 본다면 이 작품의 스토리는 일본 안에서 전개되고, 마지막에는 북유럽에 갈 뿐인데, 앞으로 만날 수 있을지 미지인 채로 끝나는 그녀로부터 싱가포르 공항 매점에서 산 넥타이를 받는다는 것 외에 아시아에 대한 이야기는 인상에 남지 않았습니다. 그러나 제가 머리를 잘 쓰지 못한 시기에 읽었기 때문에 여러분의 의견을 듣고 그렇게 읽을 수도 있다는 사실에 놀라고 있습니다.

시바타　　이야기의 종반에 '다자키'가 '구로'에게 말하는 장면이 있습니다.

"나는 희생자일뿐만 아니라 그것과 동시에 자신도 모르는 사이에 주변 사람들에게 상처를 주며 살아왔을지도 모른다. 그리고 칼날로 나 스스로에게 상처를 입혀 왔는지도 모른다."

이것은 거의 무의식중에, 재일 중국인들에게 작은 상처를 주었다고 하는 『중국행 슬로 보트』의 '나'의 의식과도 매우 비슷합니다. 그리고 그 의식은 "전쟁에서 상처를 입었지만, 근대의 역사에서 주위 아시아 사람들에게 해를 끼쳐 왔는지도 모른다"라고 도코 교수님이 소개하셨던 인터뷰에서 말하는 무라카미의 의식과도 비슷한데 나고야라고 하는 장소는 도쿠가와家德川家의 토지이기 때문에, 도쿠가와 시대, 즉 전근대를 상징한다고 생각할 수 있습니다. '다자키 쓰쿠루'만이 그러한 곳에서 벗어나서 동경에 나와 엔지니어가 된 것인데, 그러니까 그것은 20세기 초두에 중국, 조선을 두고 일본만이 근대화의 길을 걸었던 암시이고, 또 '시로'는 그것에 대해서 '나'에게 질투를 느꼈을지도 모른다고

말하고 있지요. 이것은 역시 일본 대 한국과 중국이라는 구도를 상기시
킨다고 생각됩니다.

가토   저는 '다자키 쓰쿠루'는 리얼리즘에 가까운 소설이라고 절
대 생각하지 않습니다. 앞서 도코 교수님이 사이드에 대해 이야기해 주
셨던 것과 관련하여, 현재와 역사를 타당한 형태로 사실성과 관련지을
수 있는 경향이 확실히 무라카미 작품에는 존재한다고 느낍니다. 시바
타 교수님이 '다자키 쓰쿠루'에 대해서 지적한 국제관계의 알레고리도
'시로'와 친구들과의 일로 인해 스스로 자기인식의 한계를 이해하기 시
작한 '다자키'라고 하는 캐릭터가 보다 넓은 의미에서 리얼리티를 탐구
하는 과정에서 나타난 것이라고 생각됩니다. 판타지와 리얼한 세계와의
관계를 다시금 생각해보고 싶다고 생각합니다만, 시바타 교수님은 작품
을 사실적으로 읽고, 그것의 알레고리를 찾는 방법으로 읽고 계신지요.

시바타   그렇습니다. 알레고리 이론으로 이야기하면, 제임슨Fredric
Jameson[21]의 논의도 중요하다고 생각합니다. 그는 『정치적 무의식』에
서 사회의 상부구조는 결국, 이야기에 반영되는 형태로 밖에 표현될
수 없다는 알레고리론을 전개하고 있습니다. 물론 제임슨의 저서에서
는 일본의 작품은 예로 들고 있지 않지만, 예를 들면 발자크의 『노처
녀』에서는 여주인공의 남성관계의 귀추에 동시대의 프랑스 국가의 방
향성이 투영되어 있는 것입니다. 그러나 나쓰메 소세키가 이야기 하였

---

21 제임슨(Fredric Jameson, 1934~). 미국의 사상가, 비평가. 마르크스주의 입장에서
    연·비평하고 있다. 『정치적 무의식』은 1981년에 간행된 대표작이다.

듯이 우의라고 하는 것은 문맥의 외부에 있는 인간에게는 알 수 없는 부분이 있습니다. 소세키는 『문학평론』에서 '풍유諷喩'라고 하는 말을 사용하여 알레고리 이론을 전개하고 있습니다. 여기서 언급하는 작가는 스위프트Jonathan Swift입니다. 일본에서는 그다지 알려지지 않은 작품이지만 소세키는 스위프트의 『통 이야기A Tale of a Tub』에 대해서 카톨릭의 구세대와 신세대의 대립이 그려지고 있다고 논했습니다. 그 문맥을 이해하는 사람에게는 이것이 실로 교회 내의 대립을 그리고 있다는 것을 손바닥 보듯이 알 수 있을 겁니다. 그러나 이러한 문맥을 이해하지 못한 사람에게는 알 수 없겠지요. 여기서 소세키는 문학작품은 '풍유'와는 별개로 역시 이야기로서 고유의 재미를 가질 필요가 있다고 이야기합니다.

이것은 무라카미 하루키의 경우에서도 어느 정도 이야기될 수 있다고 생각합니다. 여러 가지 수수께끼를 풀어가는 듯한 해석이 존재하듯이, 무라카미 하루키도 초기 작품부터 우의적인 조미료를 첨가하여 그것이 오히려 중심이 되는 듯한 작품도 가끔 쓰고 있는 것입니다. 그러한 우의는 일본의 역사, 혹은 아시아의 여러 나라와의 관계와 관련한 것이 많습니다. 때문에 중국과 한국의 독자에게는 그러한 알레고리를 어느 정도 이해할 수 있을 것이라 생각합니다만, 아마 유럽과 미국의 독자들은 알 수 없겠지요. 그러나 무라카미 하루키는 우의적인 조미료를 알 수 없어도, 이야기의 고유의 재미로 독자를 끌고 있기에 포용력이 있다고 생각합니다.

| 무라카미 하루키가 가져온 영향에 관하여

가토　　　무라카미 하루키와 타 작가와의 관계에 대해서 생각하고 싶습니다. 동시대의 작가, 혹은 시대와 지역을 넘어서 무라카미와의 관계의 비교를 통해서 보여지는 논점도 있다고 생각됩니다만, 어떻게 생각하십니까.

도코　　　전에 다와다 요코多和田葉子[22]의 이야기를 들을 기회가 있었습니다. 레베카 스터 씨는 무라카미 하루키는 두 언어 사이에서 창작을 하고 있다고 지적하고 있습니다만, 다와다 요코도 그렇습니다. 예를 들면, 무라카미 하루키라면 'don't take it personally'를 '개인적으로 생각하지 말아줘'라고 그대로 씁니다. 'as dead as nail'을 '釘のように死んでいる(못처럼 죽어 있다)'라고 아무렇지 않게 번역합니다. 중학교와 고등학교에서는 교사에게 잔소리를 들을 만한 번역입니다만, 그래도 그것이 이상하게 시적인 느낌을 줍니다. 작품 전체에서 무라카미 하루키는 일본어로 생각하고 영어로 생각하여 그 두 언어 간의 차이를 의식하면서 쓰는 듯합니다. 무라카미 하루키와 다와타 요코는 대단히 대극적으로 보여지는데 실은 두 가지 언어 사이에서 쓰고 있다는 점에서 공통점이 있다고 생각됩니다.

22　다와다 요코(1960~). 독일에서 활동 중인 일본의 소설가.

가토　　　스터 씨는 무라카미 하루키는 일본과 미국을 잇는 역할을 하고 감당하고 있다고 지적하고 있지요. 그녀는 이탈리아인이지만 동경외대에서 연구생으로 공부했었고, 그 후 포스트 닥터 자격으로 하버드 대학의 연구원으로 지낸 듯합니다. 스가모巢鴨(지명) 근처에 있는 전 캠퍼스에서 제 수업에 나왔던 적이 있었습니다. 그러한 배경 때문인지 하버드대학 출판국에서 출판된 저서의 하나 취지는 무라카미를 미일문화의 '중개자mediator'로서 논의하는 일입니다. 중국어권에서는 어떻습니까.

하시모토　　　지금 중국에서 베테랑 작가로 불리는 사람들은, 무라카미 하루키와 거의 동세대입니다. 대학 수업에서도 차핑와[23]와 2012년 노벨문학상을 수상한 모옌[24] 등의 장단편을 골라서 읽어보았습니다만, 무라카미와 동세대인 중국 대륙의 작가에서 무라카미에게 언급된 사람은 매우 적은 듯합니다. 중국 대륙의 신화서점 등에서도 무라카미 하루키의 번역은 눈에 띄게 진열되어 있고 그 세계적인 반향은 중국의 중견작가들도 잘 알고 있을 것입니다. 그러나 그들은 무라카미에 대해서 현재의 중국과 비교해서 아직 자유롭게 표현할 수 있는 창작 환경에서 왜 근대사와 눈앞의 사회사정에 대해서 더 직접적으로 그리지 않는 것일까, 하는 생각을 갖고 있는 듯합니다. 실제로 베이징의 연구자로부터 그러한 의견을 들은 적이 있습니다.

23　차핑와(賈平凹, 1952~). 중국을 대표하는 소설가.
24　모옌(莫言, 1955~). 중국의 소설가. 대표작으로 산동성을 무대로 중일전쟁과 그 전후 시대를 살아온 인물을 그린 『紅高粱』 시리즈가 있다. 2012년 노벨 문학상 수상.

그 한편으로 상하이 등을 중심으로 한 1970년대 초기에 태어난 여성 작가들로 시작하여, 젊은 작가들은 도회의 젊은이들의 생태를 그리고, 작품은 일본에서 번역되었는데, 무라카미의 팬이 많습니다. 예를 들면, 웨이훼이[25] 등의 여성작가들에게는 무라카미의 영향을 볼 수 있고, 다른 연구자들도 지적하듯이 중국의 영화작가에게 미친 영향이 큽니다. 홍콩의 왕가위[26]로부터 비교적 새로운 부분에서는 대륙 출신으로 『천안문, 연인들』를 감독한 로우이에[27]라든지, 세대를 뛰어넘는 영화작가가 『상실의 시대』 등에 있는 요소를 반영시킨 작품을 촬영하였습니다. 인간관계와 정치적 태도 등, 『상실의 시대』의 주인공들에게 자주 보이는 젊은이의 생태는 영화에는 직접적으로 투영되고 있습니다.

시바타　　도쿄 교수님이 이야기한 다와다 요코에 관해 이야기하면, 저는 그녀의 작품을 읽으면 왠지 자아가 강하지 않은 사람일 것 같습니다. 처녀작 『잃어버린 구두 굽』은 서류 결혼과 같은 형태로 독일 어딘가로 떠나지만 결국 그 남편을 만나지 못하는 여성을 그린 작품입니다. 정체를 알 수 없는 남편을 만나러 타국으로 향하는데, 사태를 있는 그대로 받아들이고, 그 지역에서 시간을 보내게 됩니다.

역시 독일을 무대로 한 초기 작품 『페르소나』에서도 주인공 '미치코'는 그 남동생과는 대조적으로 일본으로서의 아이덴티티에 구애되지 않습니다. 동아시아인이라고 한 무리로 취급되어도 상관없다고 생각하

25　웨이훼이(衛慧, 1973~). 중국의 소설가. 데뷔 당시 도시풍속과 젊은이의 생태를 그린 새로운 여성작가로 주목받았다.
26　왕자웨이(王家衛, 1958~). 홍콩의 영화감독.
27　로우이에(婁燁, 1965~). 중국의 영화감독.

고, 베트남인으로 오해를 받아도 충격을 받거나 하지 않지요. 그러나 남동생은 그러한 일에는 매우 신경을 쓰고 있어서 '동아시아인이란 인간은 없어'라는 발언을 하는데, 이 남동생과 대조적인 그녀의 아이덴티티의 희박함이, 좋게 말하면 유연함을 시사하고 있습니다.

일본의 근대화에서 가장 큰 신화란, 역시 근대적 자아라는 신화입니다. 그것을 전제로 할 때, 무라카미 하루키도 자아의 희박함이 지적되어 왔는데, 다와다 요코는 어떤 의미에서는 더욱 철저하게 자아가 희박하고 혹은 유연한 부분에서 이루어지는, 외계와 타자와의 만남이 가져오는 매력이라는 것이 작품의 무게를 이루고 있다고 생각합니다.

『문자이식』이라고 하는 작품에서는 번역을 하는 여성이 편집자로부터 왜 번역을 하는가 질문을 받아, '불쑥 나오는 표현을 기대하고 있다'는 말을 합니다. 다른 나라의 언어를 대하면서 그 언어에서 자아를 찾아감에 따라 그곳으로부터 불쑥 나타나는 것을 받아들이려 하는, 그 만남에서 어떤 매력을 느끼려고 하는 여성인데, 다와다 요코는 그러한 인물을 반복해서 그리고 있습니다. 유연함이라고 하는 것이 어쩌면 타국에서 활동하는 작가로서 긴 수명을 유지시켰을지도 모르겠습니다. 그 부분에서 단순히 국제성이라고 하는 말로는 표현할 수 없는 새로운 시대를 사는 인간의 자아를 볼 수 있다고 생각됩니다.

가토   국제적이라고 하는 것은, 어떤 의미에서 타자와의 관계에서 자아를 생각하는 일이라는 것이겠지요. 그것은 『다자키 쓰쿠루』에서 그려지는 인간관계에서도 적용될 것이라고 생각됩니다. 좀 전에 조금 언급했듯이, 무라카미의 『다자키 쓰쿠루』와 이시구로의 작품이 제시하는 자신에 의한 자기인식의 한계라고 하는 테마는 카프카와 조이스 이후라 해도 좋겠고, 거슬러 올라가서 에드거 앨런 포와 도스토예프스키의 예를 들어도 물론 그렇습니다만, 현대문학의 전형적인 테마가 되었습니다. '다자키'에 의한 순례는 그에게는 단지 과거의 사건에 대한 사실성을 확인하기 위한 여행인 한편, 자기인식의 타당성이 결정적으로 의문시 될 경우, 그것과 다른 사실성의 준거틀이 마련되어야만 합니다. 그 때문에 탐구자의 의도와 탐구의 결과가 당연히 어긋나는데, 도코 교수님과 시바타 교수님의 이야기도 작품에서 어떤 알레고리로 나타난다는 것은, 역시 리얼리즘과는 조금 다른 것이 되는 것이겠지요. 판타지나 꿈이라든지, 모든 것이 꿈이라는 것은 현대소설의 하나의 패턴일 것이라고 생각합니다만, 그렇다고 한다면 거기서 알레고리를 읽는 것도 가능하고, 또는 꿈과 깊게 연결되는 억압이나 원형과 같은 패턴을 읽을 수도 있을 것이라 생각됩니다.

시바타　　　그렇다고 생각합니다. 알레고리적인 수법을 찾는 것은 어떤 의미에서는 현실에 밀착하면서도 떨어져 있는 것입니다. 그것은 앞서 말한 『다자키 쓰쿠루』의 논의에서 나온 이야기와 같이 폭력이라는 것과 마주 대하는 것 같지만 멀리 떨어져 있는 그러한 자세의 양면성과도 연결된다고 생각합니다. 그것이 무라카미 하루키의 장점인지 결점인지는 별개로 그러한 미묘한 현실에 대한 디태치맨트(무관심)과 어태치맨트(애착)의 경계 속에서 무라카미는 창작활동을 계속해 온 것은 아닐까요.

가토 　무라카미 하루키는 이처럼 세계적인 명성을 확립하고 많은 독자에게 받아들여지는 상황에서도 그 작풍을 계속 바꾸고 있다는 것이네요. 끊임없이 실험적인 것도 현대에서는 뛰어난 작가와 예술가의 조건의 하나라고 생각합니다만, 무라카미의 최근의 작풍의 변화는 그렇다면 어떠한 방향성을 갖고 있을까요?

도코 　스터 씨는 무라카미 하루키의 문학에 대해서 호미 바바Homi K. Bhabha를 인용하면서, 모방으로서의 서양문학에 대해 이야기 하고 있습니다. 어떠한 것인지 말하자면, 미국스러운 것과 국제적인 스타일, 혹은 무국적성 등으로 파악되는 글을 쓰면서 실은 현대의 제국을 중심으로 미국 문화와 문학을 도구로서 사용하고 있으며, 그것에 역사인식과 일본적 자아를 숨겨 트로이 목마와 같이 세계로 뻗어나간다는 것입니다. 그것은 유럽과 미국에서는 위화감이 없기 때문에 받아들이기 쉽지만 실은 그 안에는 일본적인 문제의식 같은 것이 들어 있습니다. 한편, 아시아에서는 미국문화를, 그야말로 힙합문화같이 편집하여 고치고, 즉 자신들이 이야기하고 싶은 것을 이야기하기 위한 언어로서 다시 심고, 다시 만들기를 하여 표면적으로는 서구의 사람들이 위화감을 갖지 않는 작품을 만들 수 있다고 하는 이중작전과 같은 것이 있지는 않을까요. 스터 씨는 그러한 지적을 하고 있습니다. "그의 작품은 사람을 두려워하게 만드는 것이 아니기에 누구나 읽을 수 있다. 그러나 일본문화와 일본인이 안고 있는 세계관의 어떤 부분을 확산시키고 있고, 동시에 서양적인 현실 인식의 방법에 반론을 제기하고 있는 것이다"라고 밝히고 있습니다.

모방하면서 비판적으로 쓰는 것은 실로 포스트콜로니얼(탈식민주의) 운동 그 자체입니다. 저도 이전부터 그러한 것은 생각하고 있었습니다. 미국과의 관계에서 지금까지 자신들의 문화의 연장선에서는 잘 이야기를 들어주지 않던 것이 러시아에서도 동유럽에서 여러 지역이라고 생각합니다. 서구를 쫓아가려고 하는 곳의 사람들이 항상 안고 있는 문제, 즉 말하고 싶은 것을 말해도 아무도 들어주지 않는 것에서 빠져나오기 위해 영어와 미국문화를 어떻게 사용해 나갈까. 그러한 편집 방법을 무라카미 하루키는 가르쳐주고 있다고 생각됩니다.

가토　　　동의합니다. 국제화라고 하기보다 제2차 세계대전 후, 아시아에서 보편성을 획득한 미국문화를 매개로한 작품을 만드는 방법의식을 무라카미 하루키는 갖고 있었던 것이네요.

하시모토　　　게다가 작가자신은 일본어를 쓰면서 과거의 일본어답지 않은 사고방식과, 일본어답지 않은 유머나 비유를, 아주 단순하게 제시하고 있습니다. 이 정도라면 받아들여 줄 것이라고 넓은 지평에서 제안하고 있는 것 또한 무라카미 하루키 문학이라고 생각됩니다. 그러한 실험성이 있기 때문에 세계에서 읽히는 것이 아닐까 합니다.

　　　　　　　　　　　　2013년 12월 14일, 동경외국어대학에서

제3부

외국어 안에서의 무라카미 하루키

황야의 시작과 극동의
다이얼로그^{dialogue} 테이블

―――― 하시모토 유이치橋本雄一―
펑 잉화馮英華

　이곳에 극동이라고 불리는 곳에서 바다를 사이에 두고 두 사람의 젊은이가 있습니다. 아니, 정확히 '옛날에는 젊은이였다'라고 말해야 할지도 모르겠습니다. 그러나 아시아를 나누기도 잇기도 하는 바다의 길고 긴 시간을 생각한다면, 지금 살아있는 인간은 모두 젊은이입니다. 1970년대 말을 중심으로 무라카미 하루키의 문학작품과 시간에 관련지어 이야기하겠습니다.

　베아토 군은 고교 3학년 때에 발표된 『상실의 시대』(원제: 노르웨이의 숲)를 신문광고에서 본 후, 해상국 지방도시에 있는 동네 서점으로 달려갔습니다. 구입하자마자 책을 열어보니 자극적인 말에 부딪혀, 한참 수험공부 중이었던 그는 이 책은 아직 읽어서는 안 된다고 생각하여 서랍에 넣어두었습니다. 수험공부가 끝나고 동경에 가게 된다면 읽으리라 하고.

한편, 판사호 군은 '개혁개방'의 눈부신 발전을 이룬 대륙의 북방도시에서 『상실의 시대』 등이 발표된 조금 후에 무라카미 작품과 만났습니다. 처음에는 번역판으로 읽었습니다. 동쪽 섬나라에 이러한 작가가 있고, '센스가 좋은' '동경'의 무언가와 만난 듯한 느낌이었습니다.

베아토 군은 텍스트의 주인공이 순수하지 않지만 왠지 모르게 인기가 있는 지방출신 남자 대학생에게, 대학수험을 거쳐 시작될 자신의 첫 동경 라이프를 투영하였습니다. 이른바 '고향 반항'기의 젊은이에게 자주 있는 환상이 있었을 겁니다. 해상국 인간도 대륙국 인간도 크게 다르지 않았습니다. 당시에 어느 특정 사람에게만 거품(버블)이라고 하는 지옥 같은 덤이 따라왔던 시대이기도 했습니다. 무라카미 하루키의 『상실의 시대』에 한정된 텍스트만은 그러한 덤과는 멀리 떨어져 있다고 베아토 군은 생각했습니다. 때문에 작품 속에서 유발된 동경에 대한 환상은 당시의 시대풍경과는 다른 것이었을지도 모릅니다. 이것은 강조할 만한 것인데, 이 무라카미 하루키 텍스트에서 유발된 언어에 대한 환상은, 다름 아닌 당시 사회에 떠다니는 표면적인 감각과 환상과 일치하고 있었습니다.

한편, 자신의 나라에서 일본어 교육이 가장 인기 있는 북방도시에서 대학을 진학한 것은, 판사호 군입니다. 예전에 제국 일본의 괴뢰국가의 수도이기도 했던 장소에서, 일본문학을 공부하고 처음에는 아쿠타가와 류노스케芥川龍之介를 선택합니다. 점차 일본어 원문으로 일본의 요즘 작품도 읽게 되어 대학 1학년 때 무라카미 소설과 만납니다. 지금도 자신이 태어나고 자란 장소가 간직한 역사적 기억에 대한 관심이 싹트기 전에, 근대와 현대의 일본어와 만나게 된 것입니다. 그러나 그 마을은 예전에 일본인이 심은 포플러가 메인 스트리트 양쪽에 늘어서 있고 매년 봄이 되면 역사가 있는 종자의 솜을 둥둥 마을 전체에 떠오르게 합니다.

베아토 군은 드디어 동경에 나와 눈에 보이는 모든 것이 새롭고『상실의 시대』소설 속을 방랑하는 생활도 하였습니다. 그러나 머지않아 작품 속에 지나치게 아름답게 그려진 것을, 또한 자신의 생활은 그렇게는 되지 않는 현실을 깨닫게 되었습니다. '과연 죽음은 생에 둘러싸여……? 아니지…… 생은 죽음에 둘러싸여 있다!'라고 대학 옆에 있던 묘지공원에서 헤맬 때, 아쿠타가와 류노스케의 묘지 앞에서 그는 중얼거립니다. 이후, '노르웨이'라고 하는 지명에 관해서는 후회와 비슷한 트라우마를 안은 채로 살아가게 됩니다.

한편, 판사호 군은 나름대로 대륙국의 남방도시에 건너가 동포 젊은 이들에게 일본어를 가르치면서 무라카미 하루키를 예로, 일본 문학의 현재를 외부에서 관찰하고 있습니다. 중국어판『상실의 시대』는 아직 큰 반향이 없었고 당시 대표작가는 왕삭王朔이었습니다. 80년대 후반 시장경제로의 기세는 한층 강해져, 사회적 재산과 개인이라고 하는 사회문제가 심각해짐과 동시에 '서구 자본주의 국가'의 가치관도 유입되게 됩니다. 생존과 생활을 위해 실용주의의 공기가 퍼지고, 이상적 정치 슬로건은 비웃게 되었습니다. 이러한 사회기운을 풍자한 왕삭의 유머야 말로 대중의 기대에 가까웠을 것이라고 판사호 군은 당시의 일을 회상합니다. 어떻게 해도 그 시기 무라카미 하루키 문학의 배경과 내용 속의 '고도 자본주의'하의 소비사회 정경은, 대륙국의 서민에게는 아직 멀리 있는 것이었다고 합니다.

판사호 군이 일본어를 배우게 된 대륙의 북방 도시에서 베아토 군은 우연히도 대학원 유학을 하게 됩니다. 일본의 근대전쟁과 그 '문화'의 흔적을 상대의 중국어·중국인 편에서 검증하는 것이 목적이었습니다. 그곳에 막상 가서 보니, 그것이 실은 '흔적'이 아닌 '현재'라는 것을 알았습니다. 자신이 누구인지는 상대방의 사회에 의해 결정되는, 그러한 무거운 울고 웃는 체험을 한 베아토 군은 무라카미 하루키의 진면목은 '개그'와 '그로테스크'에 있다고 생각하게 되었습니다.

역방향에서 같은 바다를 건너서, 이번에는 판사호 군이 동경으로 건너왔습니다. 면학의 의지를 억누를 수 없어 대학원 유학을 온 것입니다. 조국에서 만난 무라카미 하루키의 작품연구에 착수하려고 결심했습니다. 바다를 건너 동아시아를 석권한 이 작가의 일본어와, 과거 일본제국의 전쟁과 중국의 근대사와의 접점을 다루고 싶다고 생각했습니다.

그래서, 이렇게 여기에 '극동'이라는 기묘한 장소에 대해서 대화를 시작하려고 합니다. 바다의 양쪽에서 서로 역방향의 역사를 거슬러 올라간 장소에서 온 두 사람. 또 상대의 언어를 배우기 위해 서로의 배움의 땅을 교환한 두 사람의 젊은이가 상하이의 황야 테이블에서 만나 다음과 같은 황야의 언어를 교환합니다.

베아토   그런데 판사호 군, 『바람의 노래를 들어라』에서 작자는 일본에 사는 화교인 '제이'로 하여금 "여러 사람이 죽었는걸. 그래도 모두 형제야"라고 말하게 하고, 화자 '나'의 "내 삼촌은 중국에서 죽었어"라고 중일전쟁을 연상시키는데. 그 '제이'의 대사를 너는 어떻게 읽었어?

판사호   그건 타자에 대해 무신경한 사람이 '제이'에게 시킨 말이고,

'제이'의 말이라기보다 그것을 어떻게 들었는가 하는 화자 '나'의 문제야. 또 그것을 '제이'에게 말하게 한 인간의 무의식 그 자체라고 생각해. 작품은 그 부분에서 외국인 화교의 말 한마디로 면죄받으려 하고 있어.

베아토   음…… 그래도 동아시아의 대만과 중국의 무라카미 하루키 팬의 젊은이는, 이 부분을 어떻게 읽을까? 또 그것과 무라카미 하루키의 인기의 관계에 대해서도…….

판사호   무라카미 하루키 작품에서 일본인의 이른바 역사의식을 읽고 싶다고 하는 중국어권 젊은이가 있을까? 96년부터 97년에 걸쳐서 5권으로 『무라카미 하루키 작품집』이 나왔지만, 『상실의 시대』를 시작으로 『세계의 끝과 하드보일드 원더랜드』, 『댄스 댄스 댄스』, 『코끼리의 소멸』, 『양을 둘러싼 모험』의 번역판이 들어 있어. 특히 『상실의 시대』는 독자의 인기가 많았지. 여기서부터 무라카미 하루키 붐은 대학생을 시작으로 도시의 독자층에게 침투, 번역자의 팬도 동시에 양성했어. 인기의 시작은 과거 전쟁과 직접 관련 없는 내용의 작품이었고, 이건 지금의 팬들도 그렇지만.

베아토   그렇구나. 좀 전에 나온 이야기인데, 『바람의 노래를 들어라』의 어느 발언에는 옛날 전쟁의 기억이 일단 단절되어 있는 것은 확실하지. 시기가 흘러서 『태엽감는 새』는 그러한 부분과 함께 표현으로서 작자가 내어 놓는 폭력의 형태가, 폭력-전쟁이 무엇인가 하는 문제를 전달하는 것에 성공한 부분도 있고, 그건…….

판사호　　그건 신징新京(지명)에 있는 동물원에서 나온 장면이야?

베아토　　응, 그런데…….

판사호　　거기는 내가 졸업한 대학 옆에 있었어, 지금도 '창춘시 동식물 공원'으로 불리는 곳이야. 학교 다닐 때 자주 가서 산책하곤 했어. 저녁에 시민에게 개방하니까. 무라카미 하루키 텍스트는 그 동물원이 '만주국' 시대에 있었던 두 가지 사건에 대해서 쓰고 있지.

베아토　　응. 한 가지는 일본이 패전하고 일본인 병사들이 동물을 총살했다는 이야기. 또 하나는 동시기에 그 동물원에서 '만주국'군의 사관학교를 탈주한 중국인 학생을 일본인 장교들이 처형한다는 이야기야.

판사호　　잇달아 일어난 두 사건을 제시하면서 동물과 중국인을 평행하게 제시하고 있는, 문제의 장면이네. 그 제시가 당시 일본인 측의 무의식의 폭력 감각을 노골적으로 나타내기 위해서 실현한 것인지, 아니면 작자의 무의식이 노출된 것인지…….

베아토　　글쎄. 당시 어떤 장소를 체험한 일본인 중에 지금도 살아있는 사람은 거의 없지. 나는 창춘長春에서 유학했을 때, 식민지 시대를 체험한 동네 노인과 이야기한 적이 있어. '진짜' 증언자는 '살아있다'고 해도 좋을 거야. 그러나 작자는 다른 차원에서 지금을 살아가고 있고, 직접적으로 명확하게 질문해야만 하는 것들이 있어.

판사호   그것을 읽는 우리들도 살아있지. 어떻게 쓰고 어떻게 읽을까는 작자도 독자도 같은 질문을 받고 있어. 직접적으로 명확하게.

베아토   그것을 어떻게 읽을까는 특히 일본인 독자에게 물어야 하겠지. 즉 아시아 근대전쟁에 있어서 어쩔 수 없이 '일본인' 감각을 갖고, 번역자로서 미국의 전쟁에 고민하는 미국인에게 책임을 넘기는 작가보다도 먼저.

판사호   잘 모르겠어. "'작자'는 죽었다", "'작자'란 존재하지 않는다"라는 말, 나는 믿지 않아. 역시 작품에서 다루고 있는 장면과 문제가 포함하는 사고와 시점에서, 작가는 책임을 가져야만 해. 표현-시간-전쟁, 혹은 자신이 의존해서 살고 있는 큰 시간과 장소라고 하는 우주에서는 표현자에게는 어떤 면죄부도 없을 것이라 생각해.

베아토   아니, 정말 그런 표현-시간-장소를 내포한 텍스트에 대해서 무의식적인 독자의 책임. 그것이 문제라고 생각해. 면죄부가 되는 것이 있다 해도, 대체 누가 누구에 대한 어떤 행위에 대한 면죄일까?

판사호   그런데 그 탈주한 중국인 학생을 일본인 장교가 죽이는 장면은 나는 평정심을 갖고 읽기 어려워. 그렇지만 그것은 어떤 광경을 실현시킨 무라카미 하루키라고 하는 작가의 표현행위를 공격하는 의미로서의 감정적인 동요는 아니야. 그것은 '역사'라고 하는 것의 어떤 파편의 '진실'을 무라카미 하루키가 픽션으로 실증하고 있는 것이라고 말할 수 있지 않을까. 픽션이 아니라면 역사의 파편을 전부 모은 '진실'은 전달될 수 없어.

베아토　『인간의 조건』첫머리에 고미카와 준페五味川純平가 말했었지.

판사호　그래도 세상의 모든 픽션이 역사의 파편이라도 좋으니까 '진실'을 전하고 있는지, 그 문제만이 아니야. 오히려 '진실'에 무관심 하던지 최악의 경우 '진실'을 왜곡하는 픽션도 있으니까.

베아토　타자와 관련하는 동시에 보여지는 자신이 속한 곳의 '진 실'. 그 지평과는 다른 방에 무라카미 하루키는 항상 존재해. 그래도 다른 방의 벽 안에 있기 때문에 펜 끝으로 벽 저편에 완전히 신호를 보내 지 않는가 하면 그렇지 않아 그는. 저편의 대상을 빈번하게 콜라주하 지. 역사가 되는 것이 그렇게 보여지지만, 간단하게 콜라주하는 거야. 그건 그가 쓰는 가이드북과 같이 동경에도 그러한 곳이 있어. 대체 어 디에 그런 동경이 있다는 거야?
　아, 미안.『상실의 시대』의 원망이 또 나와 버렸네. 그리고 역사를 콜 라주하듯이 외부 사람에게 일본의 원자력발전소 문제를 말해. 일본인 혹은 후쿠시마와 같은 가장 가까운 '타자'와는 별개의 방에 있는 거야, 여기서도.

판사호　나한테 사과하지 말고 작가에게 사과해 줘. (웃음) 아니 무 엇보다 여러 표현자가 있는 것은 좋은 거야. 그래도 정말 그럴까? 동경이라면 외부에서 온 인간에게 가이드북의 동경이지만, 그것 이상도 이하도 아닌 것처럼 그것을 깨달을 그런 여유도 없을 것 같은데. 그런 의미에서는 너의 트라우마적 상경체험도 선구적 실증연구의 성과로서 헛수고는 아니었네. 그래도 지금은 동경전력 후쿠시마 제1원자력 발전소 사고 때문에, 환상은 현실적으로 완전히 무너졌고 바다 저편의 젊은이도 옛날과 비교해서 오고 싶어 하지 않지만.

베아토　무라카미 하루키는 일본의 외부에서는 '전쟁'과 최근이라면 '원전'에 대해서 언급하고 있는 듯해.

판사호　응. 예를 들면 스페인에서의 카탈루냐상 수상 때, 스피치에서 그는 원전사고와 전후 일본의 원자력정책을 언급하고 있어. 번역자 림소화林少華는 "광대한 전장에 들어가, 고독한 '프티 브루주아'와 도시 은둔자에서 고고한 투사가 되었다"라고 『태엽감는 새』를 쓴 작가를 평가하고 있어. 그러한 평가의 방향과 무라카미 하루키 자신이 최근 이야기하는 사회와 역사의 연대를 마주 대하는 것도 있지만. 너는 이 수상 스피치를 어떻게 들었어?

베아토　우선 내가 생각한 것은, 작품으로서는 『세계의 끝과 하드보일드 원더랜드』가 갖고 있는 역방향의 연대와 같은 것을 느꼈어. 즉 '역사'에 대해서 오픈된 표현보다도 과거에 닫혀 있었던 속 안의 단단함이 오히려 외부로 연결되어 있었다는 것과 같은. 뭐 이것은 좋은 독자가 아닌 '팬'으로서의 마음일지도 모르겠지만. 스페인에서의 발언은 직접적인 의미 내용보다도 그 이전까지 그가 준비해 온 양식이 오히려 눈이 뜬다고 느꼈어. 그의 문학이 갖고 있는 엥겔지수와 관련해서 생각해 보고 싶은 발언이라고 생각했지. 게다가 원전이라는 격심한 문제에 대해서 전후 정책과 버블을 만들어 온 일본의 긴 시간과 양식에 대해서, 시기를 놓쳐서 그것도 외부 세계에서만 비판하고. 그렇다면 일본 내부의 권력과 사회 안에 있어도 그것과 같은 언어, 아니 이시카와 준石川淳이 말하는 태양 에너지와 같은 더 강한 언어를 선보였으면 좋겠어.

판사호　　그건 원전에 대한 생존의 위기감을 가진 사람들의 기본적인 감상일지도 몰라. 그래도 그 전에 나는 이렇게 생각해. 이 발언에 얽힌 환경에 없는 듯한 또 무라카미 하루키가 말한 그런 감각이 없는 일본인이, 3·11 이후에 어디 있을까? 현장과 관련 없는 일본인이 어디에 있어? 그것이 문제야. 이것은 원전을 가동 중인 중국을 시작으로 아시아 사람들과 독자에게도 말할 수 있는 것이지만.

베아토　　3·11 이후의 '세계'에서 말이지.

인간이 인간을 또 인간이 지구를 위협하는 일이 극에 달해가는 이 황야에서, 그 황야의 시작이기도 한『세계의 끝』이 계속되는 이 장소에서 그것과 관련하여 생각나는 것은 토머스 드 퀸시Thomas De Quincey와 구추백瞿秋白입니다.

'일찍이 취하지 않았던 자는 이제 잠길 것이고, 언제나 취해 있는 자는 점

점 더 그러할 것이다.'

'동방의 아기, 시베리아 끝에서 크게 서다.'

자, 그럼 여기서 문제입니다. '취해 있는 자'는 누구일까요? '아기'란 과연 누구일까요?

무라카미 하루키 / Haruki Murakami 를 둘러싼 번역 · 비평 연대기

다카하시 루미|高橋留美

　미국에서 처음 영어역으로 발표된 무라카미 하루키 소설은『양을 둘러싼 모험』, 1989년의 일이다. 많은 독자를 획득한 무라카미 작품의 인기는 현재도 여전하다.『색채가 없는 다자키 쓰쿠루와 그가 순례를 떠난 해』는 2014년에 번역이 나와서,『뉴욕 타임즈』지에 베스트셀러로 1위를 기록하고, 약 한 달에 걸쳐 10위권에 머물렀다. 미국에서 출판된 랜덤하우스사는 무라카미 하루키 전용 웹페이지를 공개하여, 작품에 관련된 다양한 정보를 게재하였다. 열광적인 반응은 일본의 상황과 다름없지만, 과연 영어 독자와 일본어 독자가 보고 있는 것은 같은 작가, 같은 작품일까. 일본문학 연구자를 제외하고 대부분의 독자는 무라카미 하루키 작품을 영어 번역으로 밖에 알지 못한다. 더욱 '번역' 작업에는 '편집'이 필연적으로 동반되어 번역자의 판단에 의해 삭제되는 경우가 있다. 일본어에서 영어로 번역될 때, 편집이라는 과정을 거쳐 독자에게 도달하는 '무라카미 하루키'와 'Haruki Murakami'의 차이는

어떻게 구축되고 이해되고 있을까.[1]

무라카미 작품의 영어판은 3명의 번역자가 있다. 알프레드 번바움 Alfred Birnbaum이 '쥐'를 소재로 한 네 작품과 『세계의 끝과 하드보일드 원더랜드』를 번역한 후, 필립 가브리엘 J. Philip Gabriel과 제이 루빈 Jay Rubin이 그 뒤를 잇고 있다.

번바움의 번역은 일본어의 재현보다 영어의 리듬과 정합성을 우선하는 경향이 강하다. 『양을 둘러싼 모험』의 영어판 타이틀 *A Wild Sheep Chase*가 영어의 관용표현 '"a wild-goose chase"=뜬 구름을 잡는 듯한, 불가능한 일'을 환기하고 있듯이, 작품의 테마와 인상을 우선시하는 번역은 때로 일본어판에는 없는 실험적인 표기가 되어 나타난다. 가장 적절한 예가 '양 남자'의 대사이다. 일본어판에서는 큰 특징은 안 보이는데, 영어역에서는 스페이스 없이 표기하는 수법을 선택하고 있다.

"안에 들어가도 될까?" 양 남자는 옆을 향한 채로 빠른 어조로 내게 물었다. 무언가 화를 내는 듯한 말투였다.[2]

"CanIcomein?" the sheep Man said rapid-fire, facing sideways the whole while. His tone was angry.[3]

'양 남자'의 '빠른 어조'로 '화를 내는 듯한' 대화문은 본래 있어야

---

1 본고에서는 미국에 한정지어 이야기했지만, 제이 루빈과 필립 가브리엘은 영국에서 그들의 '미국 영어'가 '영국 영어'로 치환된 것에 대하여 언급하고 있다.
2 무라카미 하루키, 『양을 둘러싼 모험』 하권, 講談社文庫, 1985, 147쪽.
3 Murakami, Haruki, Alfred Birnbaum trans., *A wild Sheep Chase*, New York : Kodansha International, 1989, p.249.

할 간격을 좁혀서 표현하고 있다. 한편, '양 남자'의 대사 도중에 행을 바꿀 때에는 보통 쓰이는 하이픈의 삽입이 없다. 단어 내의 부자연스러운 연속성은 동시에 행을 바꾸는 자의적 단절로 이어지며 '양 남자'라고 하는 캐릭터가 갖는 인공적인 분위기가 한층 강조되게 된다.

번바움의 번역은, 작품이 갖는 유머와 비합리성을 강조하여 전달하기 쉬운 의미로 독자를 매료시키고 있다는 장점이 있지만, 충실한 번역이라고 하기는 어렵다. 그러나 보다 일본어에 '충실'하다고 이야기할 수 있는 필립 가브리엘의 번역도 영어의 문체를 우선해야만 하는 상황은 당연하기에, 오히려 원문 그대로를 번역하는 것이 불가능하다는 것이 강조된 결과라고 할 수 있다. 큰 장애물 중 하나는, 일본어가 갖는 반복성에 있다. 일본어에서는 수식어를 반복하는 인상을 강하게 하거나, 같은 내용을 곧 다시 말하거나 하는 표현이 가능하다 그러나 영어에서는 단어가 반복되는 것은 문장의 미숙함을 의미할 수밖에 없다. 『국경의 남쪽, 태양의 서쪽』을 예로 들어보겠다.

앞으로 시마모토 씨와 만나는 일은 다시 없을 것이라 나는 생각했다. 그녀는 이미 나의 기억 속에서만 존재한다. 그녀는 나의 앞에서 자취를 감추고 말았다. 그녀는 그곳에 있었지만 지금은 없다. 그곳에는 동지라고 하는 존재는 없다. 동지적인 존재가 없는 곳에는 동지 또한 존재하지 않는다. 국경의 남쪽에는 아마 존재할지 모르겠다. 그러나 태양의 서쪽에는 아마 존재하지 않을 것이다.[4]

---

4   무라카미 하루키, 『국경의 남쪽, 태양의 서쪽』, 講談社文庫, 1995, pp.273~274.

I would never see her again, except in memory. She was here, and she's gone. There is no middle ground. Probably is a word you may find south of the border. But never, ever west of the sun.[5]

'동지'과 '동지적인 존재'는 소설 내에서 이미 두 번 등장한 표현인데, 처음에는 "middle ground"와 "middle-ground objects/things"로 나뉘어 번역되었다.[6] 그러나 두 번째에서는 이미 '동지적인 존재가 없는 곳에는 동지 또한 존재하지 않는다'라는 논리는 삭제되었다.[7] 더욱 인용문에서는 '자취를 감추다', '존재하지 않는다'와 같은 절망적인 반복표현을 간략하게 정리했다. 일본어 표현에 의한 장황한 사고방식과 스스로 되뇌며 그것을 부정하는 듯한 심리가 영어번역으로 전달될 수 있을 것인가. 또 만약 전부 번역한다고 했을 때 원어가 주는 인상은 어디까지 재현될 수 있다고 말할 수 있을까. 번역자는 캐릭터의 표상을 결정하는 선택의 기로에 놓여 있는 것이다.

이러한 번역의 표현에 관하여, 비평이 하는 역할에 대해서 중요한 지적을 한 사람이 제이 루빈이다. 미국에서의 무라카미 하루키 비평은 90년대부터 잡지논문과 일본문학비평 선집에 게재되기 시작했는데, 2002년에 루빈의 『하루키 문학은 언어의 음악이다』가 단행본으로 출판되었다. 부록에서 그는 원어 그대로 번역하는 것은 '환상에 불과하다'[8]라는 입장에서, 자신은 '명료한 리듬'을 재현하는 것을 목적으로

---

5   Murakami, Haruki, Philip Gabriel trans., *South of the border, west of the sun*, New York : Alfred A. Knopf, 1999, p.196.

6   Ibid., p.168.

7   Ibid., p.178.

하며, 번바움의 번역이 공헌한 바를 인정하는 것으로 최종적인 판단은 번역자가 해야 한다고 논하고 있다.[9] 이러한 자세를 뒷받침하는『하루키 문학은 언어의 음악이다』에서는 작품을 읽기에 필요한 일본어 해설이 곳곳에 보인다. 예를 들면『국경의 남쪽, 태양의 서쪽』에서는 이름의 접미어에 주목하여 '시마모토 씨', '하지메 군'과 같은 호칭이 유소년기의 이상을 시사함과 함께 시마모토 우위의 힘 관계를 나타내고 있다고 지적하고 있다.[10] 기존의 영어번역에서는 주인공이 직접 말을 걸 때의 "Shimamoto-san" 이외에 접미어가 모두 생략되어 있기 때문에 영어판 독자는 루빈의 저작을 읽고 처음 두 사람의 관계가 갖는 독자의 뉘앙스를 알게 되는 것이다.

이러한 언어상의 해설만이 아니라, 무라카미의 성장 내력과 일본의 역사적 배경을 함께 논하면서, 루빈은 영어판 독자에게 더 많은 정보를 제공해간다.『태엽감는 새』에서는 '와타야 노보루'가 체현하는 '악'이 '일본정부의 권위주의적 전통'과 관련되어 일본의 '폭력성', 특히 중국과의 관계가 무라카미에게 있어서 큰 문제였다는 것을 지적하고 있다.[11] 텍스트와 역사와의 관계성을 중시하는 논의는, 단순한 '작품해설'을 넘어서 텍스트 그 자체의 표상과 의미를 생산적으로 편입·확장시키고 있다. 루빈의 책은 2012년의 개정판에서『1Q84』와 영어판에 대한 섹션을 추가하여, 앞으로의 무라카미 작품의 이해에 있어서도 좋

---

8   Rubin, Jay, *Haruki Murakami and the Music of Words*, Rev. ed., London : Vintage Books, 2012, p.402.
9   Ibid., p.404.
10   Ibid., p.197.
11   Ibid., p.211.

은 참고서가 될 것이다.

루빈은 번역자에 의한 차이를 보완하는 방법의 하나로 비평의 역할을 논하고 있는데, 비평 또한 무라카미 하루키 작품의 '초월'이라는 문제점을 안고 있다. 서구문화의 언급으로 넘쳐나 과거 일본문단에서 '비일본적', '비정치적'이라 평가된 무라카미 작품은 바다를 건너 그 '국적'이 문제시 하여, 미국 내의 비평은 거의 예외 없이 일본 국내의 비평을 출발점으로 하여 그 반론을 전개하고 있다. 매튜 스트랙커의 『댄스 위드 쉽』에서도 무라카미 작품을 일본 정치·문화적 문맥에서 파악하려는 시도이다. 잭 라캉과 루이 알튀세르 등의 언급을 통해서 아이덴티티와 관련한 문제축이 오다 미노루와 무라카미 류와의 비교와 함께 일본의 고도자본주의 사회의 역사적 기술에 나타난 '정치성'으로 지적되고 있다. 스트랙커는 '순문학/대중문학'이라는 경계의 착란, 권위적 틀에서 벗어난 정체성 구축을 테마로 하여 무라카미를 'the reluctant postmodernist'(마음 내키지 않는 포스트모던 작가)로 표현하고 있다.[12] 그러나 테드 구센Ted Goossen이 지적하듯이 무라카미의 '가장 포스트모던 같지 않은' 측면을 간과할 수 없다.[13] 레베카 스터는 『모더니티의 일본화-무라카미 하루키와 일미문화』에서 무라카미 작품을 '포스트'모더니즘이 아닌 '파라parallel'(병행의 뜻) 모더니즘임을 지적하고, 지리적인 거리로부터 서구 모더니즘에서 언급하고 있다는 것이라고 파악하고 있다.[14] 무라카미 작품을 '일본의 서구화'로 보기 쉬운 비평에 반론하는

---

12 Strecher, Metthew Carl, *Dances with sheep : The Quest for Identity in the Fiction of Murakami Haruki*, Ann Arbor : Center for Japanese Studies, U of Michigan, 2002, p.206.
13 Goossen, Ted, "Dances with Sheep : The Quest for Identity in the Fiction of Murakami Haruki by Matthew Carl Strecher", *Pacific Affairs* 76.2, 2003, p.311.

형태로 스터는, 텍스트 내의 서구적인 것의 언급은, 일미 양쪽의 독자에게 정체성의 타자성, 다층성을 의식하게 한다고 지적한다. 이렇게 무라카미 작품과 그 번역은, '모더니즘/포스트모더니즘'이라고 하는 안이한 분류를 거부할 뿐 아니라, 전제가 되는 서구적 이론의 틀과 '일본/서구'라고 하는 분류도 다시 묻게 하고 있다.

---

14   Suter, Rebecca, *The Japanization of Modernity : Murakami Haruki between Japan and the United States*, Cambridge : Harvard University Asia Center, Harvard UP, 2008, p.86.

복잡한 단순함

———————————— 콜린느 아틀란Corinne Atlan

무라카미 하루키 문학을 읽는 것, 번역하는 것 모두 기본적으로 즐거운 일이라 생각한다. 번역작업이 어렵지는 않다. 작품마다 문체가 변하는 많은 일본인 작가와 다르게, 문체가 항상 일정하고 무라카미 하루키의 '어조'는 쉽게 구분할 수 있어서, 대체로 문법과 어휘 모두 단순명료하기 때문에 금방 프랑스어 문장이 떠올라, 초고 단계에서 결정적인 번역문을 만드는 경우가 많다. 다른 일본인 작가의 경우, 현대작가라고 해도 정확한 프랑스어로 번역하기 위해서는 문장을 재구성하고 크게 조정해야 할 필요가 있다. 그것에 대조적으로 (내가 무라카미에게 친근감을 느끼는 원인이기도 하지만) 무라카미 하루키 작품은 문장의 마지막부터 번역해 가면 몸에 잘 맞는 옷처럼 자연스러운 프랑스어가 완성되는 느낌이다.

월터 벤야민Walter Benjamin은 『번역자의 사명』에서 번역문을 '넉넉한 주름이 많은 망토'에 비유하여 번역자가 원작에게 입히는 '왕'의 망토라고 하고, 이 내용과 언어의 "관계는 원작에 있어서는 과실과 표피와의 관계와 같은 일체성을 갖는다고 한다면, 번역에 있어서는 왕의 넉넉한 망토와 같이 그 내용을 포함하고 있다"라고 말하고 있다.[1] 이 망토는 원작의 '몸'에 딱 맞게 재단하지 않아서 너무 크지만, 호화스럽게 만들어진 것이다. 왜냐하면 번역가는 항상 원작에 대해 경의를 갖고 있는 왕의 종과 같기 때문이다. 무라카미 하루키에 대해서 이야기하면 문장 전체가 이미 번역을 위해서 재단되어 있다고 할 수 있다. 그래서 사물을 파악하는 방법이 다르기 때문에 필요한 한자권의 일본어에서 프랑스어로 전환하는 과정이 필요하지 않다. 데뷔작 『바람의 노래를 들어라』는 무라카미가 영어로 쓰기 시작해, 그 후에 스스로 일본어로 번역했다고 들었을 때, 나는 '아 과연'이라고 납득이 갔다. 무라카미 하루키의 문체는 본질적으로 번역과 비슷한 성격을 갖고 있다. 역설적이지만 그래서 그의 번역의 어려움은 그것에 기인한다.

* * *

그는 일본인 작가로서 국민문화의 틀을 넘어서 일본어에 있는 어떤 국제성을 부여한 제1인자이다. 작품의 변천에 따라서 최근에는 일본문학 등의 참조가 늘어나고 있지만 기본적으로는 일본문화의 배경을 알지 못해도 이해할 수 있다. 동시에 일본어로 쓰여진 이상 그 문장에 특유한 음악성은 틀림없이 일본어 고유의 것이다.

---

1   월터 벤야민(Walter Benjamin), 「번역자의 과제」, 『폭력비판론』, 岩波文庫, 1994, 80쪽.

번역에 있어서 어려움의 포인트는 보편성을 살리며 일본어의 특질을 지우려고 하는 문체로 쓰여진 원문의 '일본성'을 어떻게 프랑스인 독자에게 전달할 수 있는가 하는 것이다.

확실히 무라카미 작품을 일본어로 읽을 때, 필자에게는 위화감이 없다. 그러나 번역가의 주된 일이, 타국의 에크리튀르écriture(쓰여진 것)와 사상 고유의 '위화감'을 완전하게 생략할 수 없지만 어느 정도 완화하는 것에 있다면, 무라카미 작품의 번역에는 그것에 해결 불가능한 문제가 된다. 번역이 본래 목표로 하는 것이 외국문학의 '이질성'을 어느 정도 번역문에 두면서, 한편 완전히 다른 언어와 문화에서 발생하는 작품의 독해를 가능하게 하는 것에 있다고 한다면 원문이 이미 번역언어과 같은 무라카미 문학의 경우는 번역 프로세스 자체가 재검토되어야하기 때문이다.

아마도, 번역가이기도 한 무라카미 하루키는 모국어의 제한된 틀을 넘을 수 있는 언어를 찾아, 그것을 매개로 하여 전 세계의 독자에게 전달하려는 시도를 하고 있다. 그것은 월터 벤야민이 말하는 '순수언어'와 비슷하다고 생각된다.

> 모든 언어와 그 구축물에는 여전히 전달 가능한 것 외에, 전달 불가능한 것을 내재하고 있다.[2]

무라카미 하루키가 전하려고 하는 것은, 그 전달 불가능한 부분인 것

---

2   위의 책, 87쪽.

이다. 그러한 의미에서 그의 언어와 표현은 그렇게 간단하지 않다. 본래 '유니크'한 언어인 일본어를 사용하면서 보편성을 나타내는 이 에크리튀르는 적어도 그의 데뷔 당시는 도전이고 문학적 시도의 결과이기도 했다. 때문에 역설적인 말이지도 모르지만 명백한 보편성과 함께 일본문학을 배경으로 한 문학적 시도를 꾀한 무라카미 하루키의 이중성 때문에 그 문체를 번역문에 반영시키는 것은 어려운 일이다. 필자는 무라카미 하루키가 모국어와 거리를 두는 것으로 만들어 내는 '번역 언어'와 같은 일본어를, 번역문으로 충분히 표현할 수 없는 어려움을 느낀다. 그의 '아메리칸 스타일'또는 유럽 독자에게 있어서도 '일본인 작가'라고 하는 측면보다, 서구가치관과 통하는 '보편적 가치관의 작가'라고 하는 확신이 '일본적'인 부분을 완전히 제거하여 무라카미를 '무국적 작가'로 만들어 버리는 것은 절대로 바람직하지 않다.

예를 들면, 무라카미 작품에서는 보통 일본어에서는 삭제되어도 좋을 주어가 지루할 정도로 반복된다. 일부러 미국 스타일을 모방한 현재의 일본의 젊은이들에게도 공통되는 그 '나'를 강조하는 것은, 근대일본문학의 나쓰메 소세키 작품과 사소설과도 관련이 있다고 생각된다. 일본어와는 반대로 주어의 생략이 불가능한 프랑스어에서는 무라카미의 '나', '그', '그녀'라고 하는 의도적인 주어의 반복의 뉘앙스를 반영시키는 것은 불가능에 가깝다. 또한 무라카미 하루키는 주인공이 갖는 다면성을 일본어의 다양한 1인칭 주어를 사용하여 나누어 표현하고 있는 것에 반해 프랑스어에서는 한 가지밖에 없다는 점을 들 수 있다. 때문에 프랑스어로 이것을 구분하여 전하기 이전에 '나僕'와 'Je'를 바꾸는 시점에서 이미 원문에 어긋나는 듯한 느낌이 있다. 물론 메이지明治

시대 이래, 일본문학사 안에서 '개인'에 대한 논쟁이 얼마나 중요했는지 또한 무라카미 하루키도 그것에 얼마나 깊게 관여하고 있는지는, 일반 프랑스 독자의 상상의 범위를 초월하고 있다. 그러나 무라카미 하루키가 쓰는 '나' 안에는 그것들 전부가 포함되어져 있다. 실제로 그것은 무라카미 하루키의 번역에 한정된 이야기가 아닌 일본어를 프랑스어로 번역할 때 발생하는 근본적인 문제이며, 나아가서는 하나의 문화적 요소를 다른 문화로 옮길 때에 반드시 생기는 문제이기도 하다.

한편, 무라카미는 일본어가 갖는 애매함을 피하는 명쾌한 문장으로 쓴다. 그럼에도 불구하고 막연하고 섬세한 감정, 비과학적 현상과 환상 등을 자주 표현하는 작가이다, 즉 정확히 파악할 수 없는 현상을 애매하게 사용하는 언어라고 일컬어지는 일본어를 명확하게 사용하여 그려낸다. 무라카미는 '것'이라는 말을 자주 사용하는데 이 말에는 프랑스어의 'chose'와 같이 여러 의미가 있지만, 양쪽의 나타내는 범위는 일치하지 않는다. 프랑스어의 문법에서는 불명확한 단어를 좋아하지 않아서 '생물'의 반대말로서 '무생물'을 의미한다. 반대로 일본어의 경우에는 그 의미가 깊어서 생물을 지칭할 수 있다. 때로 'chose'를 기울여 써서 '정체를 알 수 없는' 또는 '원령'이라는 의미에 가까운 뉘앙스를 나타내기 때문에 『해변의 카프카』의 끝에 '호시노'가 악전고투하는 '것'의 번역으로 기울여 씀으로 *chose*'와 'ectoplasme(유령)'을 쓴 적도 있다. 또 때로는 작가를 흉내 내서 단어를 만드는 경우도 있다.

그러나 이것들은 번역의 어려움이라고 하기보다, 대응하는 말을 찾아내는 즐거움에 가깝다. 무라카미 하루키의 번역에서 어려움이 있다고 한다면, 그것은 조금 총괄적인 부분에서 그러하다. 프랑스어는 합리적인 언어로 정확함이 요구된다고 생각되기 쉽지만 반드시 그렇지도 않다. 어휘 면에서는 확실히 단어의 중복이 기피되며 정확하고 다양한 표현이 요구되지만, 한편 통어론적인 면에서 놀랄 정도로 불확실한 부분도 많은 언어이다. 조금 과장해서 이야기하면, 프랑스어의 구조와 같은 단어를 반복하면서도 정확한 문법으로 애매한 현상을 그리는 무라카미의 스타일과는 정반대에 있다고 생각된다. 기술적으로 이야기하면, 무라카미의 프랑스어역에서는 원문의 간결하고 산뜻한 톤을 망치는 일 없이 다양한 어휘를 사용하는 한편, 그대로 번역하면 무거운 프랑스어가 되기 때문에 가볍게 문장을 만들어야만 한다. 번역에서는 원문의 분위기를 남기기 위해 상당한 변환을 어쩔 수 없이 하게 되는데 그것은 소설가가 본 그대로의 현실에서 얻은 '느낌'을 보다 정확하게 전하기 위해 현실을 변형하는 것도 같은 이치다. 즉, 현실에 보다 가까워지기 위해 허구를 인정하는 것이다. 장 콕도Jean Cocteau는 자신과 그 작품에 대해서 '진실을 말하는 거짓말이다'라고 하고 있지만 그것은 전부 작가에게 물론 무라카미에게도 해당하는 것으로 번역자에게도 그러하다.

* * *

2012년 봄에, 필자는 프랑스 잡지[3]에 「렉싱턴의 유령」의 번역을 게재하였다. 무라카미의 이 단편은 그 무대가 일본이 아닌 미국이었기 때

---

3   *Revue Feuilleton*, no3, printemps, 2012.

문에 그때 번역문에는 어떠한 '일본성'이 남을 것인가 하는 의문이 있었다. 내용에서 보자면 부재·상실·기억·잠·죽음·유령 등 각성의 식과는 다른 상태를 그리고 있다. 무라카미적인 매력을 갖고 있는 단편이었는데 형식적으로는 무대가 보스턴이기 때문에 영어가 원문인 듯한 착각이 들었고, 무라카미 하루키의 이름이 없다면 누구도 원작이 일본어라고 생각하지 않을 것이다. 그러나 그것이 번역작품이 갖고 있는 운명일지도 모른다. 번역되는 작품 모두는, 적어도 번역되는 걸작의 모두는 최종적으로 원어의 틀에서 벗어나 이문화의 상상력과 창조력을 자극하고, 한 나라를 넘어서 세계문학 유산이 될 것이기 때문이다.

'소련 붕괴'에서 본 현대 러시아의
무라카미 하루키 붐

──────────────── 사사야마 히로시|篠山啓

　　러시아의 무라카미 하루키 작품의 수용은 1996년에 『양을 둘러싼 모험』이 니이가타新潟(지명)에서 일하는 한 명의 일본어통역에 의해 번역되어 인터넷을 매개로 확장된 것으로 시작되었다. '사미즈 다트самизд aт'라고 불리는 지하출판이 소련 시대에 독자의 문화를 형성하여 온 러시아의 소비에트이지만, 당시 경제위기 아래에서 완전히 이름도 모르는 일본 작가의 소설을 출판하려고 하는 기특한 출판사는 전무했다고 번역자 드미트리 코바레닌은 회고하였다. 그 후, 웹상에서 『양을 둘러싼 모험』과 만나 열광적 팬이 된 부호가 출판에 드는 비용을 원조하게 되면서 1998년, 드디어 무라카미 하루키는 러시아 독자와 정식으로 만나게 된다. 그리고 시간이 흘러 모스크바 중심부의 대형서점에서 화제작 장편 『1Q84』은 물론 단편집 『밤의 거미원숭이』와 같은 비교적 마이너한 작품까지 국내외의 유명작가와 함께 가장 눈에 띄는 장소에 진열되는 양상을 보게 된 지금, '하루키 무라카미'의 이름은 러시아 독자

의 의식에 확실히 각인되었다. 2013년의 신작『색채가 없는 다자키 쓰쿠루와 그가 순례를 떠난 해』가 일본에서 엄청난 인기로 소동이 벌어지자, 이러한 보도에 놀란 러시아에서도 2013년 중에 출판을 목표로 러시아 번역작업을 시작하였다고 전해진다.

『양을 둘러싼 모험』은 출판부터 수년 동안 10만 부 이상이 팔려, 러시아 각 도시의 서점의 인기작품 랭킹을 좌지우지했다고 한다. 미시마 유키오가 판매금지 처분을 받은 소련 시대의 폐쇄적 문화 정책도 있기 때문에 일본문학이라고 해도 지식인이 소개하는 소수의 작가만이 수용되어 온 정도였다. 그러나 이러한 나라에서 무라카미 하루키에 대한 인터넷을 매개로 '아래에서부터' 인기에 불이 붙었다고 하는 현상을 특필할 만한 것이었다. 그가 대중적 인기 면에서 다른 일본작가를 앞지를 이유 중 하나는 역설적이지만 러시아인에게 있는 전형적인 '일본'의 이미지와 그의 작품이 반드시 일치하지 않았기 때문일 것이다. 2004년『리아 노보스티』지가 무라카미 하루키의 인터뷰에 앞서 모스크바 대학생들에게 무라카미를 읽는 이유를 묻는 설문조사를 했는데, 그 결과는 다음과 같았다.

① 결말이 불확실해서 스스로 생각할 여지가 있다.
② 등장하는 일본인들이 자신들과 비슷해서 재미있다.
③ 읽기 쉬운 문체이기 때문에 생각하지 않고 읽을 수 있다.
④ 모두 읽으니까 읽는다.

여기서 흥미로운 점은, 러시아에서 무라카미 하루키의 젊은 독자가 일본문화를 추구하지 않는다는 점이다. 그들은 무라카미 하루키를 가와바타 또는 미시마와 같이 읽지 않는다. 러시아 청년은 무라카미 하루키가 그리는 일본에 있는 무언가 다른 이국정서가 아닌 자국과의 동질성을 보고 있는 것이다.

이러한 현상의 배경에는 우선, 현대 러시아의 문화적 현상의 변화가 있다고 생각된다. 소련 붕괴 직후, 러시아에서는 미국을 중심으로 해외의 오락문화가 한 번에 유입되어 문학에서도 번역된 추리소설과 SF등의 영향력이 자국작품을 압도했다. 이러한 시대에 태어난 러시아 젊은 층에서는 일본도 또한 이전만큼 먼 나라가 아니었다. 지금은 『나루토』, 『데스 노트』, 『원피스』 등 유명 만화와 애니메이션 작품은 일상적으로 소비되고, '망가', '아니메'라는 일본어를 그대로 러시아어로 유입하였다. 일본을 소니와 혼다로 대표되는 공업제품의 생산지로서가 아닌 미국을 잇는 소비문화의 공급원으로 이해하는 세대가, 유소년기에는 일본의 만화영화를 보고 자라, 성장한 후에는 무라카미 작품을 팝 컬처로 즐기는 양상을 상상하는 것은 어려운 일이 아니다. 러시아 포스트모더니즘 문학의 대표격인 빅토르 페레빈은 2001년에 동경에서 개최된 심포지엄에서 무라카미 작품에서 받는 인상에 대해, 서구문학 작품이 영화적인 영상을 환기하는 것과는 달리 번역에 의해 일본어에서 벗어난 무라카미 작품의 문장은 무대 위에서 인형이 연기를 하고 있는 듯한 '아니메', '망가'와 같이 나타나고 있다고 말하고 있는데, 이것은 갑작스러운 질문에 대한 대답으로 무라카미 작품의 특질을 밝혔다기보다 러시아의 새로운 일본 이미지가 반영된 발언이라고 볼 수 있다.

단지 이러한 사례가 의미하는 것은 어디까지나 현대 러시아에서 일본문화가 일반인에게 보다 친숙해졌다는 것을 나타낼 뿐이고 무라카미 하루키가 선택된 이유를 설명하기에 충분하지 않다. 여기서 문학연구적 측면에서 무라카미 작품의 내재적 특질이 어떻게 러시아 독자에게 호소하고 있는지 앞에서 언급한 '동질성'을 핵심으로 생각해보겠다.

『양을 둘러싼 모험』이 번역 출판된 90년대로 거슬러 올라가면, 러시아는 소련 붕괴 쇼크에서 제자리를 찾지 못한 시기였고, 천연자원에 의존적인 경제는 미증유의 위기에 봉착하여 자본주의라고 하는 새로운 제도하에서 빈부의 격차가 확대되며 높은 자살률이 사회적 문제가 되었다. 이러한 상황에서 러시아인에게 찾아온 절망의 감각은 문학작품에서도 반영되었다. 당시 무라카미 하루키와 함께 큰 인기를 얻으며 국민적 작가의 길을 걷게 된 인물이 바로 빅토르 페레빈인데, 그의 1999년 장편으로 2011년에는 영화화된 대표작 『제네레이션 P』는, 90년대 러시아인이 막연히 안고 있던 불안을 문학으로 표현한 좋은 예이다. 영원할 것이라 믿었던 소련이 결국 붕괴된 것에 대해 '영원'이라는 관념에 의문을 품게 된 주인공 청년은, 친구의 권유로 카피라이터라는 직업을 얻는다. 청년은 유럽과 미국에서 유입되는 수많은 소비재의 광고를 계속 만들면서 타고난 문학적 재능을 발휘하여 광고업계의 슈퍼루키로 급부상하지만 한편으로는 마약과 신비적 의식에 취해, 체 게바라와 고대 바빌로니아의 환각에서, 자본주의라고 하는 구조가 결국 착취 시스템이라는 가르침을 받는다. 향락적인 소비문화에 순응하여 사회적 성공을 얻은 주인공은 마지막에 자신이 광고의 일부가 되는 것에 의해 자기를 상실하고 만다.

소련 붕괴라고 하는 20세기 최대의 정치적 사건을 그 한가운데에서 경험한 러시아인은 극히 자연스러운 과정으로 그 후 찾아온 사회 변화를 허무한 시대의 도래로서 인식했다. 소련 시대는 억압되어 있던 종교에 의한 구원을 원하는 사람들이 증가했고, 힌두교와 티베트 불교 등의 아시아 종교와 그러한 종교사상과 신흥종교도 영향력을 갖기 시작한 것이다. 이렇게 사회가 자본의 논리에 휘말려 제한 없이 다양화하는 개개인의 욕망이 그때까지 확고한 가치기준을 파괴하고 말았던 '포스트모던=니힐리즘'의 시대에 러시아 사람들의 손에 전해진 것이 바로 무라카미 하루키였다. 그들은 고도 경제성장기를 거쳐 충분히 발달한 일본의 소비문화 안에서 무라카미 작품의 주인공이 경험하는 사회에서 유리되는 감각을, 마치 자신의 일인 것처럼 받아들였다. 무라카미 작품의 등장인물은 표면적으로는 이상적인 자본주의 사회의 생활자이다. 그들은 재즈를 애호하고 적당히 세련된 바에 다니며, 고가의 수입차를 타고 다는 것으로 선진화된 도시생활을 즐긴다. 그러나 한편으로 그들은 항상 고독하며 이별의 예감에서 벗어날 수 없으며, 한 번은 경험했을 사랑하는 사람과의 완전한 조화의 감각은 결국 상실하고 마는 운명에 놓여 있다. 조화의 감각은 자취를 감추고, 남겨진 것은 약하기만 한 자기 자신밖에 없다고 하는 실존적 슬픔은, 당시 러시아인에게 대단히 절박한 문제였던 것이다.

저명한 도스토예프스키 연구자인 타치야나 카사토키나는 논문 『일본문학을 읽는 러시아 독자』(2001)에서 세쇼나곤淸少納言과 마츠오바쇼松尾芭蕉 등 근대 이전의 작가부터 가와바타 야스나리, 미시마 유키오, 아베 코보를 거쳐 무라카미 하루키에 이르기까지 일본문학에 공통하는 특징으로 '커뮤니티 밖으로의 추방', '소외감' 등의 개념에 대해서 논하고 있다. 카사토키나는 일본문학의 미의식에는 자기 존재가 아닌 '부재'가 크게 관여하고 있다고 보고 있다. 인간 존재가 배경에서 후퇴할 때에 세계는 더욱 균형이 잡힌 상태가 되고, 그것이 예를 들어 일본문학에서 자연묘사의 아름다움으로 나타난다. 그렇지만 한 번 인간이 자기존재를 자각하고 세계와 상대하면 세계와 인간의 행복한 합일은 파탄에 이르러 조화가 주는 아름다움은 사라지고 만다. 세계와 인간존재 사이에 매우기 힘든 거리를 통하여, 인간존재의 불완전함을 자각하며 고뇌하는 근대적 일본인의 양상을 그린 작품으로서 『금각사』와 『벽』, 그리고 『양을 둘러싼 모험』 등 20세기 작품을 소개하고 있다.

확실히 러시아 독자는 무라카미 하루키에게 이국정서가 있는 일본 이미지를 원하는 것이 아니다. 다만, 미국문화로 상징되는 물질주의의 범람에 피폐해진 러시아인의 눈에는, 무라카미 하루키가 그리는 자본주의 사회를 가볍게 살아 나가면서도 속세에서 한발 벗어날 때 발생하는 고독감과 갈등하는 인간들이, 서구 사상과는 다른 문맥의 정신문화 체험자로 비춰지는 것도 사실이다. 코바레닌은 무라카미 하루키의 아버지가 불교 승려였던 것을 강조한 바 있다. 또한 카사토키나는 일본문학에서 인간은 그 부재에 의해 세계와 동일화 할 수 있다고 언급하며, '커뮤니티 밖으로의 추방'이라는 개념에서 스즈키 다이세츠鈴木大拙의 사상을 참조하고 있다. 격동하는 사회에서 마음의 안정을 얻지 못하며 절망하는 러시아인들이, 일본에서는 '일본적'이라고 보지 않았던 무라카미 작품에서 발견한 일본적 특징은, 서구적 자본주의 시스템에 대한 이른바 해독제로서 러시아인들의 마음에 작용한 것이었다.

러시아문학에서는 '무용자'라고 하는, 옛날이라면 19세기 초반의 푸시킨과 레르몬토프의 작품으로까지 거슬러 올라가는 모티브의 계보가 존재한다. 귀족계급에서 태어나 어떤 부족함도 없이 생활하면서도 사회로부터의 격리를 민감하게 느끼며 고뇌하는 '무용자'들의 모습은, 어딘지 모르게 무라카미 작품의 주인공들에게도 통하는 부분이 있다. 일시적인 일본문화의 유행이 지나가도 러시아인들의 마음의 뿌리 깊은 감성을 자극하는 무라카미 하루키의 인기는 의외로 계속 지속될지도 모르겠다.

멕시코 신진 작가의 전략과
무라카미 하루키

———————————————————————— 구노 료이치久野量一

라틴아메리카에서 무라카미 하루키가 화제가 된 것은 『상실의 시대』가 『동경 블루스*Tokio Blues*』라는 타이틀로 번역된 것이 계기가 된 듯한 기억이 있다. 알아보니, 2007년에 스페인어 번역이 나와 있다. 그후에 곧 『태엽감는 새』가 유명해졌고, 놀란 것은 2001년에 이미 스페인어로 출간되었다는 사실이었다. 이것은 『동경 블루스＝상실의 시대』를 읽고 흥미를 느낀 독자가 『태엽감는 새』를 찾았다는 말이 될지도 모르겠다.

이처럼 번역된 순서는 원서가 발간된 순서와는 다르다. 『댄스 댄스 댄스』가 스페인어가 된 것은 2012년의 일이다. 필자는 그 새로운 번역서가 아르헨티나의 서점에 진열되어가는 것을 볼 기회가 있었는데, 서점은 대대적인 광고를 하고 선전하고 있었고, 마치 신작이 발표된 것과 같은 분위기였다. 또한 『지옥 그 후에*Después del terremoto*』라는 단편집이 광고되었는데, 제목과 출판 시기로 보아, 처음에는 동일본대지진을 소

재로 쓰인 것인가 했지만, 후에 이 작품은『신의 아이들은 모두 춤을 춘
다』였다는 것을 알았다. 그러나 현지에서는 아마도 거의 모든 사람이
3 · 11을 염두에 두고 읽지 않았을까 생각된다.

　스페인어권에서는 발표 순서에 얽매이지 않고 읽으며 자유로운 읽
기가 가능해진다. 이른바 '탈 컨텍스트'가 실현된 읽기가 가능하기 때
문에 일본에서는 불가능한 새로운 해석이 발견될 수 있는 것이다.

　어디까지나 필자의 체험이지만, 하루키의 독자층은 젊은이가 중심이
되는 인상이 강하다. 다시 말하면 읽고 있다는 것을 적극적으로 고백하
는 세대가 젊은이라는 것이다. 예를 들면, 멕시코 출신의 젊은 작가 두 사
람이 그러한데, '무라카미 하루키'에 열중하고 있다. 한 명은 토리노 말
도나도Tryno Maldonado이고 또 한 명은 구아달페 넷텔Guadalupe Nettel이다.

　말도나도의 단편은『무라카미와 조설근曹雪芹에 의한 주제의 변주곡
Variacion sobre temas de Murakami y Tsao Hsuehkin』[1]이라는 제목인데, 그의 인터
뷰를 보면 여기서의 '무라카미'는 무라카미 류일 가능성은 없다. 제목
을 그 자체로 이해하면, 이 작품은 무라카미와 조설근『홍루몽』의 모티
브의 '변용'을 뜻하는 것이 된다. 그런데 그 실제는 중국의 황제에게 태
어난 딸에게 예언의 힘이 내재되어 있었다고 하는 옛날이야기와 같은
스토리를 처음과 끝이 이어지는 듯한 원환구조로 만들고 있다. 선행작
가에 대한 지식이 요구되어지는 것도 아니고 호르헤 보르헤스와 같은
유희성이 가득한 작품이다. 독자로서 흥미를 갖게 된 것은, 제목의 '무
라카미'를 넣었기 때문이고, 이것은 곧 작가의 전략을 나타내고 있을지

1　Tryno Maldonado, "Variacion sobre temas de Murakami y Tsao Hsueh-kin", *El futuro
　no es nuestro : Nueva narrativa latinoamericana*, Buenos Aires : Eterna Cadencia, 2009.

도 모른다는 점 때문이었다.

한편 넷텔의 경우에는 『분재Bonsai』[2]라고 하는 타이틀이다. 30세 전후의 일본인 부부의 일상을 남편인 '나'의 시점으로 쓰고 있다. 남편 '오카다'는 매주 일요일 정원에서 산책하는 것이 취미이다. 그러던 어느 날, 묘한 일로 아내 '미도리'가 그와 동행하게 되는데, 학생시절 그녀가 정원에 왔었던 것, 정원에는 정원사가 상주하고 있었는데 친구들은 그 것을 기분 나쁘게 생각했지만 '미도리'만이 그와 자주 이야기했다는 사실을 듣게 된다. 그녀의 몰랐던 과거를 듣고 놀라면서 자기만의 '정원'을 그녀가 침범한 듯한 기분이 든 남편은 그 정원사를 만나려고 홀로 외출하며, 그녀에게는 비밀로 하고 점차 그와의 깊게 교류하게 된다. 정원사가 일하는 모습을 담배를 피며 묵묵히 지켜보거나 그에게서 식물에 대해서 설명을 듣는 중에, 문득 자신은 선인장과, 아내는 덩굴식물과 비슷한 것을 깨닫고, 이제까지는 왠지 모르게 느껴 왔던 아내와의 거리를 의식하게 된다. 로시니의 〈도둑까치〉를 들으면서 저녁식사를 하던 밤, 결국 둘은 큰 싸움을 하게 되고 결혼 8년 만에 이혼한다. 그리고 1년 후, '오카다'는 다시 정원을 찾아가 이혼의 한 이유가 된 정원사를 찾아가는데, 그 바람은 이루어지지 않았다. 그것은 그 '무라카미'라고 하는 이름의 정원사는 병원에서 죽음의 문턱에 있었기 때문이다.

처음 이 작품을 읽었을 때, 일본어의 하루키 문체를 스페인어로 읽는 듯한 기분이 들었다. 예를 들면 다음과 같은 두 사람의 대화가 그렇다. 작자의 그녀가 하루키풍으로 회화를 만들어가는 것이 전해질까.

---

2   Guadalupe Nettel, "Bonsai", *Bogota 39 : Antologia de cuento latinoamericano*, Edicion B, Bogota, 2007.

"괜찮아?" 나는 자상하게, 그러나 그녀에게 손이 닿지 않도록 하며 물었다.

"괜찮아, 걱정하지 마. 어제 꿈 때문이야"

"어떤 꿈?" 목소리가 커서, 나는 스스로 동요하는 것을 느꼈다.

미도리는 대답하기 전에, 큰 숨을 쉬었다.

- ¿Te sientes bien?- le pregunté cariñosamente, pero evitando tocarla.

-Sí, no te preocupes. Es por el sueño de anoche.

- ¿Cuál sueño?- exclamé, notando ansiedad en mi voz.

Antes de reponder, Midori tomó una profunda inspiración. (스페인어 원문)

일본의 인명에 익숙한 독자라면 '오카다'와 '미도리'라는 이름에서 눈치 챘겠지만, 스페인어권의 독자는 어쩌면 마지막의 〈도둑까치〉와 '무라카미'가 등장할 때까지 그 의미를 모를 수 있을 것이다. 넷텔은 어느 인터뷰에서 이 작품이 무라카미 하루키에 대한 오마주라고 밝히고 있지만 하루키를 내세우는 전략은, 말도나도와 다른 의미에서 무라카미 작품을 변용시키고 있다.

말도나도는 77년생, 넷텔은 73년생으로 두 사람의 커리어를 비추어 보면, 이 두 단편은 거의 데뷔작이라고 해도 좋은 시기에 쓰였다. 게다가 두 편은 각각 대략 70년대생 이후의 라틴아메리카 작가를 소개하는 것을 목적으로 엮어진 다른 선집에 실렸다. 여기에서 다니엘 아랄콘 Daniel Alarcón, 주노 디아즈Junot Diaz, 아레한드로 삼브라Alejandro Zambra라고 하는 최근 일본에서도 번역되고 있는 작가들의 이름이 보인다.

다른 작가의 글도 수록되어 있는 책에서, 일부러 '무라카미'의 마크를 붙인 자작을 발표한 것은 젊은 두 명이 작가로서 출발함에 있어서 일종의 신앙 고백적 의미로도 받아들일 수 있다. 이 후, 두 권의 선집은 판을 거듭하여 두 단편에는 각각 영어번역도 존재한다. 두 명의 '전략'은 독자를 획득했다는 점에서도 성공을 거두었던 것이다.

이제 읽히기 시작한 무라카미 하루키

브라질에서의 무라카미 문학

―――――――――― 쿠냐 파르스티 유리|Yuri Cunha Faulstich

다케다 치카武田千香

1. 브라질의 무라카미 문학과 출판사정

　세계적 성공을 거둔『1Q84』는 브라질에서 2012년에 1권이, 다음해 2013년 3월에는 2권이, 12월에는 3권이 번역 출판되었다. 그리고 2014년에는 일찍『색채가 없는 다자키 쓰쿠루와 그가 순례를 떠난 해』가 발표된 시기부터 읽히기 시작한 것 같다.

　이제까지 무라카미 문학은『양을 둘러싼 모험』,『댄스 댄스 댄스』,『상실의 시대』,『스푸트니크의 연인』,『해변의 카프카』,『애프터 다크』등이 번역되어 현시점에서 총 11권이 간행되었다.

　책의 간행이 2008년 이후에 집중되어 있는 것은, 역시 무라카미 하루키의 국제적 평가가 높아짐에 따라 브라질 국내에서도 주목을 끌었기 때문이었다. 특히 2008년에는 두 권이 출판되었는데, 그것은 브라질 일본이민 100주년 기념을 의식했기 때문일지도 모른다. 11권 중 9권이 일본어에서 직접 번역된 것으로『스푸트니크의 연인』,『달리기를 말할 때 내가 하고 싶은 이야기』는 영어로부터의 이중 번역이다.

이렇듯 무라카미 하루키가 브라질에서 읽히게 된 것은 극히 최근의 일이다. 노벨 문학상 수상작가인 가와바타 야스나리와 오에 겐자부로, 일본의 독자 세계를 그리는 미시마 유키오와 다니자키 준이치로의 문학은 비교적 이른 시기인 1980년대 즈음에 번역되었는데, 그 숫자는 매우 적고, 일본의 국민적 작가인 나쓰메 소세키조차, 2008년에 출판된『마음』이 처음 번역된 것이었다. 그 후『나는 고양이로소이다』,『그후』가 간행되었다. 현대문학의 경우는 그 수가 더 적고 요시모토 바나나와 무라카미 류의 한두 작품이 있을 뿐이다. 문학작품이 그 상황이라면 일본문학에 관한 연구서는 거의 전무하고, 무라카미 하루키에 대해서도 작가론과 작품론은 거의 없다.

그러나 문학을 둘러싼 이러한 상황은, 일본문학만에서 보여지는 특별한 현상이 아니라는 사실을 확인해 두고 싶다. 브라질은, 원래 독서 습관을 갖고 있는 국가라고 말하기 어렵기 때문이다. 독서 인구가 적은 것은 역사적인 사정에서 기인한다. 1888년까지 노예제가 널리 퍼져 있던 것과 1500년의 이른바 '브라질 발견' 이래, 브라질에서는 300년에 걸쳐 현지에서 인쇄와 출판이 금지되었다. 브라질에서 인쇄소가 설치되어 국내의 신문과 잡지 등 서적의 출판이 가능하게 된 것은, 브라질의 정치적 독립에 앞선 포르투갈 왕실이 나폴레옹 전쟁에서 도망쳐 리우데자네이루로 이전해 온 1808년의 일이다. 식민지 시대에는 교육사정이 좋지 않아, 문맹률이 높은 것이 19세기 이래 큰 문제였다.

그 영향은 지금까지 남아 있어서 현재는 BRICS(Brazil, Russia, India, China, South Africa) 일각에서 급속한 경제성장을 계속하여 국제사회에도 존재감이 커지고 있지만, 독서 상황은 그에 따라가지 못하고 있다. 더욱 최근의 인터넷 보급 사정에 따라 원래 적었던 연간 독서량이 더욱 감소했는데, 2007년에는 4.7권이었던 것이 2011년에는 4권으로 줄었다. 브라질에서는 책의 가격 또한 비싸서, 예를 들면『1Q84』의 1권과 2권은 49.90레알(한화 약 2만 원)로 평균 연수입 1,650레알의 서민에게는 그림의 떡과 마찬가지다.

2.『1Q84』이전 브라질에서의 무라카미 하루키

이제까지 무라카미 하루키 소설에 관한 서평은, 몇 차례인가 대형 신문사『포랴 데 상파울로』,『에스타도 데 상파울로』그리고『베자』와 같은 주간지에 게재되었다. 게재 시기는 크게 편중되어 있어서 2001년『양을 둘러싼 모험』과 2005년『상실의 시대』의 출판 시기에,『베자』의 서평이 게재된 후『1Q84』가 간행되기까지 침묵이 이어졌다. 즉, 브라질에서의 무라카미 하루키 문학의 수용은『1Q84』이전과 이후로 나뉠 수 있다.

초기 2000년대 전반은 브라질에서 무라카미 하루키의 이름은 거의 알려지지 않았다. 첫 번역서인『양을 둘러싼 모험』의 서평에서는 마지막에 '거의 알려지지 않은 이 문예전통을 갖고 있는 중요한 작가의 출판을 결단하였다'라고 출판사를 향한 찬사를 보내고 있다.

이 서평과 2005년의 『상실의 시대』와 『댄스 댄스 댄스』의 서평이 공통적으로 무라카미 하루키의 소설을, 이제까지 일본문학의 전통과는 단절되어 있다는 점을 지적한 것이 주목할 만하다. 그때까지 브라질에서는 일본의 현대문학은 미시마 유키오로 대표되었기 때문에 분위기가 다른 무라카미의 문학은 과거의 일본문학의 이미지를 뒤엎는 것으로 보였던 것이다. 2005년 서평에서 어느 저널리스트는 다음과 같이 말하고 있다.

무라카미는 미시마 유키오와 다니자키 준이치로라는 작가에 의해 만들어진 세계와의 결별을 상징하고 있다. 그의 작품의 등장인물은 대중음악을 듣고 녹차 대신 커피를 마시며, 노(能, 일본의 전통적인 가면극)에는 관심도 없다. 그들은 신칸센(新幹線, 일본의 고속철도)을 타고 여행하는 현대적인 일본에 살고 있다.

이렇듯 2001년 서평에서는 무라카미를 서구지향적인 문학의 대표격으로 다루고 있고, 2005년의 서평에서는 무라카미 문학을 '케첩을 바른 스시'에 비유하고 있었다.

더욱 무라카미가 바꾼 것은 전통적인 일본의 이미지만이 아니었다. 앞의 서평에서는 덧붙여 '모범적인 노동자와 하이테크라고 하는 일본의 고정된 이미지와 결별했다'고 지적하고 있었다. 무라카미 하루키가 일본 문학보다 미국문학을 친숙하게 받아들이며 자랐고, 서양음악을 즐겨 들으며, 대학 졸업 후 동경에서 재즈카페를 경영했다는 것도 소개하고 있다. 무라카미 문학에서 그려지는 것들은 브라질 사람들이 알지 못했던 일본이었던 것이다.

3. 『1Q84』 이후

『1Q84』는 국경을 넘어 폭발적인 판매부수를 기록하며 매년 노벨문학상 발표 시기에는 반드시 수상후보자로 이름을 올리며 그의 대표작으로 자리매김하였다. 그즈음에 그의 이름은 문학란에 자주 오르게 되었다.

그렇지만 이러한 과정에서도, 브라질은 아직 무라카미 하루키 문학을 알아 가는 상태에 있지 않은가 생각된다. 이제까지의 서평에는 『1Q84』 2권이 중심이 되었기 때문에 무라카미의 소설은 'SF 와 하드보일드와 역매점에서 팔리는 달짝지근한 단편을 섞인 것'이라는 다소 부정적인 평도 없지 않았지만, 많은 기사에서는 우선 무라카미 하루키가 국제적 밀리언셀러 작가인 것을 전하며, 또한 세계적으로 팔리는 거물급 작가가 어떤 사람이고 그 문학작품은 어떤 것인지, 특히 『1Q84』가 어떤 작품인지 전하려고 하는 것이 내용의 중심이 되었다. 작품 그 자체의 비평과 분석에 대해서는 영국의 『가디언』의 기사를 인용하거나, 미국인 작가의 평을 번역하여 게재하는 수준으로 아직 브라질인의 손으로 비평을 하는 단계에는 이르지 못했다.

어느 서평에서는 무라카미 하루키가 세계에서 인기를 얻는 요인으로서, 다음 세 가지에 주목하고 있었다. 하나는 독서보다 인터넷을 이용하는 젊은이들에게 수용되었다는 점, 두 번째는 읽기 쉬운 문체, 그리고 마지막은 문학과 음악 등 서양문화에 대한 언급이 많다는 점이었다. 이 마지막 요인은 중요한 점으로서 무라카미 하루키 문학을 도스토예프스키와 톨스토이, 루이스 캐롤과 비교하고 있다.

마지막으로 최근 브라질의 무라카미 하루키에 대해서 조사한 후 알게 된 흥미 깊은 사실을 소개하고자 한다. 브라질에서 포르투갈어로 번역된 무라카미 문학은 포르투갈에서도 공유되고 있는지 알아보니, 의외로 그렇지 않았다. 포르투갈에서는 독자의 포르투갈어로 작품의 번역을 추진하여 현재까지 이미 브라질의 두 배에 가까운 작품을 출판하였다.(단, 이중 번역이 많다) 브라질의 포르투갈어와 포르투갈의 언어는 발음은 상당히 다르지만, 문자와 문법은 거의 똑같이 읽을 수 있다. 그렇지만 그것에는 문학의 언어라는 문제가 있다. 마음에 감동을 주는 살아 있는 말을 찾으려고 하는 때에는, 역시 '자신의 말'로 번역하기를 원하기 마련인 것이다.

'하루키론'의 흐름과 확장

—— 시바타 쇼지柴田勝二

1. 포스트모던의 양면

　　무라카미 하루키 작품에 대한 평론은 하루키가 『바람의 노래를 들어라』로 1979년 군조신인상 수상 이래, 다방면으로 왕성하게 다루어져왔다. 그 해석은 작품 자체의 변질을 동반하여 물론 상당한 변화를 보여 왔지만, 긍정과 부정이 교차되면서 현재에 이르기까지 끊임없이 독자의 관심을 모으며 다양한 관점을 보여 왔다는 것은 놀라운 일이다. 당초 무라카미를 논하는 사람은 오로지 문예평론가였지만, 점차 대학의 연구자들도 참가하게 되었고, 외국의 번역가와 연구자들도 다양한 평론을 발표하기에 이르렀다.

　　무라카미 하루키의 데뷔 당시에 독자에게 소개하는 평론을 써왔던 문예평론가 중 무라카미에게 동반자적 역할을 하며 등장했던 80년대의 표현자로서 가와모토 사부로川本三郎와 미우라 마사시三浦雅士가 있었다. 특히 초기작품에 많은 비평문을 쓴 가와모토는 '도시'를 키워드로 하여 무라카미 류, 시마다 마사히코, 노다 히데키 등 동시대의 표현자를 비교하며 '도시의 감수성'을 표출하는 대표적 작가로서 무라카미 하루키를 이해하고 있다.(『도시의 감수성』, 筑摩書房, 1984) 가와모토 사부로가 제시하는 도시의 이미지는 엄청난 상품과 정보의 유통 속에서 허와 실이 반영되어 있고, 인간의 정념과 감정도 탈색되어 가는 공간인데, 무라카미 하루키는 그러한 '인간'보다 '사물'과의 관계가 큰 비중을 차지하는 도시공간을 살아가는 인간의 감수성을 기교 있게 표현하는 작가로 평가하였다.

무라카미 작품의 주인공들은 '진실과 리얼리티보다 농담과 허구'를 좋아하고, '고백과 뜨거운 자기주장보다 인용을 즐기는' 인물들이고, 그러한 자세가 '좋은 기분'을 중시하며 살아가는 '작은 개인'인 것을 긍정하고 있다고 보고 있다.

한편, 미우라 마사시는 「무라카미 하루키와 시대의 윤리」(『주체의 변용』, 中央公論社, 1982)에서 무라카미 작품의 주인공들의 개인주의적 생활 스타일의 근저에 있는 윤리적인 공백감을 지적했다. 그들이 타자와 농밀한 관계를 갖지 못하고 개인의 세계에 갇혀서 살아가는 것은, 세계로부터의 소외감과 타자의 마음을 얻지 못하는 것에 대한 체념 때문이었다. 그러한 의미에서 그들은 '현실을 이른바 현실이라고 느낄 수 없는 병' 혹은 '타자의 마음에 다가갈 수 없는 병'을 앓고 있는 것이다. 이른바 가와모토가 '기분 좋음'을 추구하는 포스트모던적 현대성을 보려고 하는 무라카미적 인간의 개인주의를, 미우라는 모던적인 시점에서 부정적으로 판단하고 있다. 그러나 이 포스트모던과 모던의 양면성은 무라카미 하루키가 본래 갖고 있던 것으로, 그 이후 작품에서도 그러한 성격을 형성해 나가고 있다. 다시 말하면, 무라카미는 모던적 측면이 강한 작가이고 가와모토도 무라카미 작품의 회고적인 성격을 지적하고 있다.

무라카미 초기작품이 주는 공백감의 기점에서 상정되는 세계와 타자의 거리를 모던적 가치의 결락이 아닌 세계인식으로 적극적으로 평가하려고 하는 것이 다케다 세이지竹田青嗣의 『세계의 윤곽』(国文社, 1987)이다. 여기서 다케다는 정치권력 대 개인이라는 도식이 상실되었기 때문에 소외와 억압이라는 관념을 축으로 자기와 세계의 관계성, 나아가 자기의 윤곽을 파악하는 것이 곤란한 것이 현대의 특질이라고 분석하고 있다. 사회구조로부터의 억압을 실감할 수 없는 일이 반대로 자기의 윤곽을 애매하게 하여, 오히려 억압으로 작용한다는 아이러니가 무라카미의 『양을 둘러싼 모험』과 『세계의 끝과 하드보일드 원더랜드』에 나타나고 있다. 미우라와 다케다의 관점은 흡사하지만 무라카미 작품에서의 '공백'의 전제가 미우라는 60년대적 농밀한 인간관계에 있고, 다케다의 경우 마르크스주의적 억압-피억압 도식이다. 이것들 모두 무라카미 하루키는 포스트모던 작가라고 하는 의미가 된다.

무라카미가 아이러니를 나타내는 작가라는 것에는 의문의 여지가 없지만, 그것이 역사의 종말과 공허감을 지향하는 지점에서 작동한다고는 할 수 없다. 『태엽감는 새』와 『해변의 카프카』로 대표되는 그 후 전개양상을 보면 무라카미는 본래 역사의식이 강한 사람이라는 것을 부정할 수 없기 때문이다. 기본적으로 60년대 정념이 나타나 있고, 그것이 반영된 것으로 출발시에 무라카미의 삶을 향한 자세가 엿보인다.

시대적으로 조금 떨어져 있는 1999년에 나온 이노우에 요시오井上義夫의 『무라카미와 일본의 기억』(新潮社)에서도 본래 있었던 것의 상실 후의 세계를 그리는 작가로서 설명되고 있다. 이노우에가 상정하는 무라카미의 상실은 60년대 말의 정념적 시대가 아닌 제목에 제시된 과거의 일본의 '자연과 풍경'이며, 50년대 이후의 개발사업에 의해 『이세 모노가타리伊勢物語』의 무대가 된 아시야芦谷(지명) 해안선이 상실되는 것을 목격했다는 것이었다. 『양을 둘러싼 모험』에서도 그려지고 있는 이러한 경관의 변모만이 아닌 '일본' 그 자체가 경제성장의 시대를 상실해 가고 있고, 단편 「무익해진 제국」이란 현대 일본을 나타내고 있다. 그리고 나오코로 대표되는 상실된 소녀들의 영혼의 소생을 바라는 감각이 '무익해진 일본의 소생'을 바라는 것과 같은 의미를 갖고 있다고 말한다. 이러한 도식은 본래 '일본'이 물질적인 발전과 바꾸며 상실했다는 미시마 유키오적인 인식이 무라카미에게 있다고 하는 소박한 감상에 지나지 않는다.

오히려 영미문학 연구자인 이노우에가 언급한 피츠제럴드와 무라카미의 문체를 비교하는 방법이 보다 설득력이 있는데 무라카미가 특히 미국문학에서 수용한 것들이 시사되고 있다. 미국의 문화와 문학의 영향은 『바람의 노래를 들어라』에서 마루야마 사이이치가 지적한 이래, 특히 초기작품에서 한 가지 관점에서 파악되고 있다. 센고쿠 히데요千石英世는 『상실의 시대』의 주인공인 다림질을 좋아하는 청년은 70년대의 '미합중국의 사회풍속'을 나타내고 있고 그 자기 완결적 자세가 '자위'적인 의미를 갖고 있다는 견해를 피력하고 있다. 또한 레이먼 카버와의 비교를 통해 일상이 갖는 '맹목적 힘'이라는 표현이 공통적으로 나타나고 있다고 평가하고 있다. 단, 그것이 무라카미 작품세계에서 어떻게 나타나고 있는지에 대한 점을 제시하고 있지는 않다.

2. 논자와 관점의 확장

앞에서 지적했듯이, 무라카미 하루키에 대한 평가에는 문예평론가만이 아닌 연구자 또한 활발하게 참여하고 있고, 1980년대 후반에서 많은 저서가 발표되었다. 구로코 카즈오黒古一夫의『무라카미 하루키 더 로스트 월드』(六興出版, 1989)와 이마이 키요토今井清人의『무라카미 하루키-OFF의 감각』(国研選書, 1990) 등 일본근대문학 연구자에 의한 것 외에, 프랑스 문학자인 스즈무라 카즈나리鈴村和成의『아직/이미 무라카미 하루키와 '하드보일드 원더랜드'』(洋泉社, 1985) 등이 처음 등장한 논고이다. 비평가와 연구자의 논고를 특별히 구별할 필요는 없지만, 일반적으로 말하면 전자가 작품을 하나의 시대사조를 살아가는 작가의 영위로 위치 지으려고 한 것에 반해, 후자는 표현의 구체성에 입각하여 작품에 내재한 주제를 찾으려고 하는 경향이 강하다.

출판 시기에 따라 보면, 프랑스 문학과 사상에 대한 언급과 함께『세계의 끝과 하드보일드 원더랜드』를 주된 분석의 대상으로 한 스즈무라의 저서에서는 이 작품을 이루는 두 개의 이야기의 주인공은, 모두 살아 있는 인간이 아닌 '상像'적인 존재감만을 갖는다는 것을 중심으로 지적하고 있다. 그것은 그들이 '과거에 없던 강한 이미지화 작용을 받고 있는' 현대사회를 살아가는 것의 증거인데, 본래 문학작품의 인물은 언어를 매개로 한 '상'으로서의 성격을 갖고 있다. 무라카미는 그것을 의식하며 표현하고 있고, 과거 소설가의 노력과는 반대로 무라카미는 '소설의 등장인물을 소설의 등장인물답게 하기 위해 그 현실감을 배제시키고 있다'고 지적하고 있다. 스즈무라의 논고는 시대성에 대한 강한 인식을 기저에 두고 있고 "'상'이라고 하는 우리의 일상성의 단계와는 다른 것이 우리 일상성 그 자체 안에 침입하고 있는 사태"가 무라카미의 모티브를 이룬다고 하는 지적은, 무라카미 작품과 정보사회와의 관련에서 타당하다. 그러나 문학작품에는 농밀한 '상' 안에 등장하는 인물도 있기 때문에, '존재감'의 경중은 또한 차별화 할 수 있는 문제로서 남을 것이다.

시대성 안에서 작품을 논하려고 하는 자세는 구로코 카즈오의 저서에서는 한층 명료하다. '혁명과 사랑'에 의해 채색되는 60년대 정념이 종말을 고한 시대를 살아가는 작가로서 무라카미를 이해하는 시점은 기본적 방향성으로 타당하지만 "이 '시대'나 '세계'와 거의 관계없는 작품세계를 구축"한 것에 무라카미의 특징이라는 것은 조금 표상적인 파악일 것이다. 단 『상실의 시대』의 '미도리'가 70년대 전후를 사는 여성이라기보다, 80년대 여성으로서의 윤곽을 갖추었다는 지적은 흥미 깊다. 이러한 작품 속 시간의 교차는 『바람의 노래를 들어라』 이래 무라카미가 반복해 온 수법이기에 더욱 분석이 이루어져야 할 문제점일 것이다. 시대성이라는 관점은 앞에서 언급하지 않았지만, 시미즈 요시

노리清水良典도 시대성을 중시하면서 개별 작품을 논하는 문예평론가이고, 『무라카미 하루키 습관이 되다』(朝日新書, 2006), 『MURAKAMI-류와 하루키의 시대』(幻冬舍新書, 2008)에서 망라적으로 논하고 있다. 특히 후자에서는 무라카미 류 작품과 대조하면서 1970년대부터 2000년대에 걸친 일본의 시대적 현상과 그 작품을 비교하고 있다.

간행 당시, 아직 대학원에서 재적 중이었던 이마이 키요토의 저서는 대학원생의 업적답게 선행연구를 자세하게 조사하고 서술하면서 주장을 전개해 나가는 방법 안에서 『바람이 노래를 들어라』부터 『상실의 시대』에 이르는 주요작품을 상세하게 논하고 있다. 그 기점에, 가치관이 다양화되고 확산되는 70년대 말 이후의 시대를 표현하기 위해서는 "정합적인 인과관계의 '이야기'" 안에서는 불충분하기 때문에 조각을 모은 듯한 초기작품 스타일을 취했다고 하는 인식이 있다. 작품론으로 이루어진 각 장은, 반드시 무라카미에 있어서 이야기의 비인과성이 탐구되어진 것은 아니고, 오히려 부제에 나타나 있는 생의 흐름을 뜻하지 않게 단절 당한 'OFF의 감각'에 무게가 실려 있지만, 그것이 모든 작품에 해당하는 것은 아닌 듯하다.

작가론적인 관점이 축이 되는 문예평론가의 논고와, 작품론에 무게를 둔 연구자의 논고 양쪽을 갖추고 있으면서, 긴 기간에 걸쳐 무라카미를 대상으로 한 많은 저서, 논고를 써 온 사람이 바로 가토 노리히로 加藤典洋이다. 가토의 평론 활동은 1980년대 중반부터 시작했기 때문에 초기작품의 시평적으로 논한 것은 아니지만, 『세계의 끝과 하드보일드 원더랜드』(이하, 『세계의 끝』)을 논한 「'세계의 끝'에서」 이후, 거의 모든 작품을 상세하게 논하여 왔고, 그것들을 정리한 『무라카미 하루키 옐

로우 페이지』(荒地出版社, 1996), 『무라카미 하루키 옐로우 페이지』2(荒地出版社, 2004) 두 권의 해설서를 학생들과의 협동작업으로 발표했다. 「'세계의 끝'에서」는 『세계의 끝』의 '세계의 끝' 이야기에 초점화하면서, '마음'을 갖지 않은 인간으로서 살고 있는 '나'의 삶의 모양에 "'내면'과 '현실' 사이의 거리 차이가 확대"되는 상황을 사는 현대인의 모습이 투영되어 있다고 하고 있다. 『무라카미 하루키 옐로우 페이지』에서의 작품론에서도 가토는 거의 '세계의 끝'만을 대상으로 하여 그 폐쇄적 세계가 나타내는 폐색의 '옅음'을 현대적 억압으로 파악하고 있지만 '하드보일드 원더랜드'와의 유기적 연관에 대해서는 더욱 생각해 볼 여지가 있을 것이다.

『세계의 끝』론에서 제시되었듯이 가토의 논고도 기본적으로는 상황론으로서의 성격이 강하지만, 표현의 세부를 주목하는 것에 의해서 해독의 새로운 가능성을 시사하는 논고도 보여진다. 특히 처녀작 『바람의 노래를 들어라』가 '19일간의 이야기'라는 틀을 갖지만, 시간적 정보를 집적하여 살펴보면 그 틀을 벗어나는 것이라고 지적한 것은 흥미 깊다. 여기서 가토는 '나'의 친구 '쥐'가 '유령'으로 존재한다는 것을 지적하고 있지만, '유령'이라는 표현이 아니라도 '쥐'가 이 작품에서 모습을 나타내면서 실제로는 이미 잃어진 존재로서 그려지고 있다는 점은 중요한 측면이며, 이 작품에서 시작되는 3부작의 기조에 이어지는 무라카미의 표현방법을 살펴볼 수 있는 장치이다.

가토 노리히로의 이러한 논고에서도 그렇듯이, 무라카미 하루키 작품이 다양한 수수께끼와 장치를 갖고 있어서, 그것을 독해하려고 하는 심리가 독자에게 작용한다는 면은 부정할 수 없다. 문예평론가로서 시평적 논평을 쓰는 가와무라 미나토도 무라카미 작품을 읽는 것이 '추리소설을 읽어 가는 듯한 수수께끼의 유쾌함'을 주는 인상을 설명하고 있지만, 이 문장에 담긴 「귀의 수사학」(『비평이라고 하는 이야기』, 国文社, 1985)에서는 작품에서 빈출되는 '귀'라는 신체 부위에 착목하여 그것이 "신체에서 독립하여 반대로 신체를 빼앗으려고 하는 '자아'와 같은 것"이라 하고 있다. 그것은 무라카미 작품의 등장인물이 '청자'적인 수동성을 내포하고 타자의 마음에 '귀'를 기울이려 하는 인간인 것을 시사하고 있다고 한다.

이것은 가와무라 자신도 말하듯이, 어떤 의미에서는 당연한 해석이지만 '수수께끼'에 '오타쿠'적인 특화된 논고도 보인다. 그 전형적인 것이 히사이 쓰바키久居つばき의 『태엽감는 새 찾는 법−무라카미 하루키의 비법 공개』(太田出版, 1994)가 있고, 이것에는 『태엽감는 새』를 주된 대상으로 하여 소설 속의 다양한 상징성과 기호들을 해석하고 있다. 이 작품에 나오는 '우물井戸'이 프로이트의 '이드'를 연상시키는 것은 누구나 알 수 있지만, 히사이는 '위도緯度'와 연관지어 말하고 있다.(역자 주−위에 언급된 일본어의 井戸・イド・緯度는 동음이의어에 속함) 작중인물과 같은 이름인 '미야와키宮脇', '가사하라笠原'라는 나고야권 지명과 같은 위도에 지중해의 '크레타섬', '몰타섬'이 있고, 또한 무대가 되고 있는 '노몬한'과 거의 같은 위도에 '마미야해협'(역자 주−타타르해협 : 유라시아 대륙과 홋카이도를 가르는 해협)이 있는데 이것도 중요한 등장인물의 이름과 중첩되고 있는 것을 지적하고 있다. 이러한 지적은 흥미 있지만, 이러한 게임과 같은 해독에 의해서 작품의 무엇이 분명해지는가에 대해서는 의문으로 남는다.

무라카미가 미시마 유키오의 작품과 문체를 좋아하지 않는 것은 인터뷰와 에세이를 통해서 알 수 있지만 히사이도 지적하고 있듯이, 이것은 미시마가 다자이 오사무太宰治를 싫어했던 것과 같은 근친증오적인 감각이며, 오히려 양자 사이에는 강한 유연관계가 보여진다. 미시마와의 관계에 대해서는 사토 미키오佐藤幹夫의『무라카미 하루키 옆에는 항상 미시마 유키오가 있다』(PHP新書, 2006)에서 상세한 고찰이 이뤄지고 있다. 이야기의 전개와 인물의 배치의 유사성부터 『양을 둘러싼 모험』과 『나츠코의 모험』, 『상실의 시대』와 『봄의 눈』 등의 비교를 통해 수수께끼를 푸는 수법으로 검증함과 함께 다자이 오사무와 시가 나오야의 문맥도 포함하여 미국문학의 영향이 자주 언급되어 온 무라카미에게 일본 근대문학의 영향이 실제로 큰 것을 주장하고 있다.

무라카미 작품에 대한 수수께끼 풀기식 해설로는 그 외에『바람의 노래를 들어라』의 네 손가락을 가진 소녀의 연인이 '쥐'였다고 하는 히라노 요시노부平野芳信의『무라카미 하루키와 「첫 남편이 죽는 이야기」』(翰林書房, 2001)와 사이토 미나코斎藤美奈子의『임신소설』(筑摩書房, 1994), 혹은 그것들을 언급한 이시하라 치아키石原千秋의『수수께끼 풀기, 무라카미 하루키』(光文社新書, 2007) 등이 있다. 이시하라의 저서는『상실의 시대』까지의 주요작품을 총체적으로 다루고 있는데, 표제와는 조금 다르게 내용은 말과 시간, 성애에 대한 의식 등을 중심으로 등장인물들의 자아와 사회성을 논한 것이다. 특별히 '수수께끼 풀이'가 전개되고 있지는 않다.

덧붙여『바람의 노래를 들어라』는 다양한 수수께기 풀기와 같은 궁금증을 주는 작품인데 첫 부분에 나오는 가공의 작가 데릭 하트필드에

대해서도 무라카미 자신의 미국문학에 대한 취향과 작품에 기록된 하트필드의 경력과의 유사성에서 해석한 다양한 논고가 존재한다. 하타나카 요시키畑中佳樹의 『누구도 히로인의 이름을 모른다』(筑摩書房, 1987)와 히사이 쓰바키久居つばき 의 『코끼리가 평원에 표류한 날』(新潮社, 1991) 등에서 언급되었는데, 상호 등장인물의 유사성이라는 관점에서 가와타우이로川田宇一郎의 「쇼지 카오루庄司薫와 무라카미 하루키」에서는 쇼지 카오루가 모델로 다루어지고 있다. 무라카미가 등장한 70년대 말, 쇼지 카오루는 인기작가의 위치에 있었는데, 양자가 그리는 인물에는 유사성이 존재하는 것을 알 수 있다. 앞에서 언급한 가토 노리히로는 이 작품에서의 '쥐'가 설정돼 시간의 틀을 벗어나는 부분에서 '유령'으로 상정하고 있지만, 작품의 시간 전체가 1970년으로 한정할 수 없고 '나'와 '쥐'가 만난 1967년부터 3년간의 시간이 그려지고 있는 것을 필자는 지적했다.(『무라카미 하루키와 나쓰메 소세키』, 祥伝社新書, 2011) 예를 들면, 5장에 나오는 '〈루트 66〉의 재방송'이 있었던 것은 1970년이 아닌 1967년인 것이다.

3. '일본'을 그리는 작가로서

무라카미 하루키의 데뷔 당초에 많았던 것은 포스트 60년대적인 상황론 안에서 무라카미를 이해하려고 하는 평가에서, 이러한 작품이 내재하는 '수수께끼'를 다루는 논점까지 다양한 시점을 파생시켜 왔다. 물론 무라카미 하루키의 작품 자체에 대해서 부정적으로 평가하는 사람들도 있다. 하스미 시게히코蓮實重彦, 스가 히데미絓秀実, 요모타 이누히코四方田犬彦 등 평론가들은 현재에 이르기까지 무라카미 작품에 대해서 부정적인 평가를 계속 지속하고 있다. 공통된 내용은, 무라카미가 직업적인 기교로 이야기를 만들어 나가면서 그것들이 결국 유형화되어 소설을 구축하는 언어의 힘을 갖추고 있다고 말하기 어렵다고 하는 관점이다. 한편 그러한 힘을 갖춘 작품세계를 구축한 작가로서 나카가미 켄지中上健次가 높이 평가되기도 했다. 그 예로 하스미 시게히코의 『소설에서 멀리 떨어져서』(日本文芸社, 1989)에서 『양을 둘러싼 모험』이 '보물찾기'라고 하는 '설화적 구조'로서의 작품으로 파악하고 있다. 오쓰카 에이지는 『양을 둘러싼 모험』에 내재된 주인공의 '초월'이라고 하는 요소가 갖고 있는 이야기의 보편성이 무라카미 작품을 '글로벌화'하고 있는 논점을 같은 세계적 애니메이션 작가인 미야자키 하야오와 비교하고 있다. 오즈카는 가라타니 코진의 말을 빌리면서 현대 일본에는 '구조밖에 없다'라고 하였지만, 그 구조가 어떻게 '일본적'인가가 제시되어 있지 않다.

무라카미의 소설과 미야자키의 애니메이션이 종종 표층적으로는 '비 일본적'인 색채를 띠면서도 '일본적'인 세계를 그려내고 있는 것은 많은 독자가 받는 인상일 것이다. 특히 무라카미 작품은 양을 근대 일본의 상징으로 나타내는 『양을 둘러싼 모험』 이후, 노몬한 사건을 다룬 『태엽감는 새』와 제2차 세계대전 시의 기억이 열쇠가 되는 『해변의 카프카』 등 점차 일본의 근대사에 대한 언급이 눈에 띄게 되었다.

물론 초기작품의 단계에서 무라카미는 '전공투 세대'로서 60년대의 집착을 보이고 있고, 시대의 상실을 주제화시킨 평론도 적지 않다. 그러나 '60년대 후'의 시대표출만이 아닌 메이지 시대 이후 근대 일본에 대한 무라카미의 관심이 주제화되는 평론은 1990년대 후반부터 보이기 시작한다. 이노우에 요시오의 『무라카미 하루키와 일본의 '기억'』도 그중 하나이지만, 전쟁과 침략을 축으로 하는 동아시아 세계와의 관계를 논한 것으로 중국문자인 후지이 쇼조藤井省三의 『무라카미 하루키 안의 중국』이 있다. 『바람의 노래를 들어라』의 첫 부분에서 '완벽한 글은 존재하지 않는다. 완벽한 절망이 존재하지 않는 것처럼'이라는 문장은, 중국의 문학자 로진魯迅의 '절망의 허무한 것은 희망과 흡사하다'라는 글이 밀접한 관계에 있다는 점 등을 지적하며, 『중국행 슬로 보트』에서는 '중국인에 대한 죄'가 모티브가 되고 있다고 밝히고 있다.

　이러한 해석은 조금 독단적인 부분은 있지만, 작가 무라카미 하루키의 시작점에서 경시되고 있다고 평가되었던 관심을 오히려 중심에 두려고 하는 점에서, 무라카미론의 새로운 축을 시사하고 있다. 한편 고모리 요이치小森陽一는 『무라카미 하루키론-『해변의 카프카』를 정독하다』(平凡社新書, 2006)로 『해변의 카프카』를 여성혐오로 연결되는 이야기로 보고 있다. '나카타 씨'가 태평양전쟁 말기에 '속이 빈' 인간이 되어버린 이유를 담임 여자교사의 폭력으로 귀결시키려는 것으로, 쇼와昭和일왕의 전쟁 책임을 면책한다고 하는 '역사의 부인, 역사의 부정, 그리고 기억의 절단이라고 하는 특별한 악의'를 나타내고 있다고 하는 부정적인 논을 제시하고 있다. 그러나 이 작품은 카프카 소년의 '아버지 죽이기'와 기점에 놓인 오이디푸스 신화에 의탁한 형태로 반대로 '천황의 부정'을 암시하고 있다고도 볼 수 있다. 또 무라카미 하루키의 외국 잡지에 실린 인터뷰를 모은 도코 코지都甲幸治의 「무라카미 하루키의 알려지지 않은 얼굴」(『문학계』, 2007.7)에서도 무라카미 하루키는 반복해서 전쟁에 대한 관심과 일본이 아시아의 여러 나라에 행한 행위에 대한 죄책감을 언급하고 있고, 그가 결코 근대 일본의 소행에 대해서 눈을 감고 있는 자가 아니라는 것을 명확히 나타내고 있다.

무라카미가 지속해 온 중국에 대한 관심은, 식민지 시대에 나쓰메 소세키가 한국에 갖고 있었던 시점과 흡사한 것이기도 한데, 필자는 이것을 『무라카미 하루키와 나쓰메 소세키』에서 양자를 비교하며 분석하였다. 무라카미와 소세키의 비교는, 한다 아쓰코半田淳子의 『무라카미 하루키, 나쓰메 소세키와 만나다-일본 모던·포스트모던』(若草書房, 2007)에서도 주제가 되고 있고, 여기서는 시간·여성·가족 등의 문제를 축으로 하여 양자가 각각 담당하고 있는 모던과 포스트모던의 표상에 대해 문화론적인 시좌에서 논하고 있다.

무라카미 하루키의 포스트모던성은 데뷔 당시부터 빈번히 다루어져 온 문제이고, 그 관점 또한 다양하다. 그것은 '탈 60년대'나 '탈 마르크스주의', '정보사회' 그리고 '패러디 문학'이라는 관점인데, 대체로 등장인물들의 개인주의적 삶의 태도에 그 내실이 이해되고 있다. 가와이 토시오河合俊雄의 『무라카미 하루키의 '이야기'-꿈 텍스트를 해독하다』(新潮社, 2011)에서도 무라카미 작품의 포스트모던성이 주제화되고 있지만, 여기서 포스트모던은 '전근대'와의 대비에서 '근대의식 이후 의식의 상태'로 정리되고 있다. 가와이에 따르면, 무라카미의 세계에서 나타나는 '포스트모던 의식'은 '이미 무언가로부터 해방될 필요가 없고 이미 공동체에서 이탈하여 분해되어버린 존재와 시점'이고 그것을 반전시킨 지점에 있는 것이 모던이라기보다 전근대적인 세계이지만 그 상실이 표류하고 있다는 것에 오히려 무라카미의 관점의 본질이 있다고 하는 것이다. 단, 이러한 형태로 포스트모던을 규정하면 모던과의 구별이 모호해짐에 따라, 포스트모던이라고 칭할 필요성이 불분명해진다.

가와이의 시점이 초월적 존재와의 연계를 포함한 전근대적 세계로 향하기 쉽지만, 아버지인 가와이 하야오河合隼雄를 잇는 융 심리학자로서의 입장을 반영하고 있을 것으로 생각된다. 무라카미의 작품 세계를 프로이트, 융, 라캉 등과 같은 심리학·정신분석학의 관점에서 다루면서 해석하는 방법이 이른 시기부터 보였고, 1998년에 나온 고바야시 마사아키小林正明의 『무라카미 하루키 탑과 바다 저편에』(森話社)에서는 무라카미 작품의 인물들이 어른이 되지 못하고 유예기간 속에서 흔들리며 살아가는 것은 그들이 '초자아와 이드와의 중간지대를 왕래하는' 존재이기 때문이라고 하고 있다. 또, 요시카와 야스히사芳川泰久의 『무라카미 하루키와 하루키 무라카미−정신분석하는 작가』(미네르바서방, 2010)에서는 프로이트의 '꺼림칙한 것'과 라캉의 '대상a'의 관념에 입각하면서 무라카미의 주요작품에 빈번히 나타나는 '반복'과 '절단'의 이미지가 이야기 구축의 계기로서 논하여지고 있다.

가와이 토시오와 같은 문학연구 이외의 연구자가 적지 않은 것도 무라카미 하루키 논평의 특징이다. 사회학자 스즈키 토모유키鈴木智之는 『무라카미 하루키와 이야기의 조건』(青弓社, 2009)로 벤야민과 아감벤의 이론을 다루면서 『상실의 시대』와 『태엽감는 새』를 대상으로 하여 무라카미 세계의 기억·언어를 매체로 하는 신체의 사회성과, 그것으로부터의 일탈로서의 폭력을 논하고 있다. 또 사상가 우치다 타츠루內田樹는 스즈키와는 달리 평이한 문체로 죽은 자를 소환하는 무겐노能夢幻能(역자 주–초현실적 존재가 등장하는 노能·가무극의 한 형식) 구도를 갖고 있고, 또한 그 구조가 한국 드라마 〈겨울연가〉와 공통점을 보이고 있다고 지적하고 있다.

무라카미 하루기 작품이 다양한 사상과 심리학적 관점에서 해석되는 것은, 무라카미가 현대의 인기작가이기 때문만이 아니라 역시 인간 존재의 심층에 존재하는 것을 이해하려고 하는 태도를 갖고 있고, 그것이 자국의 사회와 역사의 근저에 잠재되어 있는 것과 깊은 관계를 맺고 있다는 점에서, 그 창작의 방향성을 나타내고 있다고 생각된다.

무라카미 하루키 문학 번역상황 일람

*주요 장편소설 13작품을 선별하여 번역상황(발행년도, 번역언어)을 정리하였다.

바람의 노래를 들어라(講談社, 1979)

1987년_ 영어

1991년_ 한국어

1992년_ 중국어

2002년_ 타이어

2006년_ 러시아어

2008년_ 인도네시아어

2014년_ 폴란드어

1973년의 핀볼(講談社, 1980)

1985년_ 영어

1992년_ 중국어

1997년_ 한국어

2003년_ 타이어

2006년_ 러시아어

2014년_ 폴란드어

양을 둘러싼 모험(講談社, 1982)

1989년_ 영어

1990년_ 프랑스어

1991년_ 네덜란드어 · 독일어

1992년_ 이탈리아어 · 스페인어 · 중국어

1993년_ 그리스어 · 노르웨이어 · 핀란드어

1995년_ 한국어 · 폴란드어

1996년_ 덴마크어

1998년_ 러시아어

2001년_ 포르투칼어

2003년_ 타이어 · 리투아니아어

2004년_ 슬로바키아어 · 슬로베니아어 · 히브리어 · 라트비아어

2005년_ 루마니아어

2005년_ 크로아티아어

2007년_ 우크라이나어

2008년_ 터키어 · 불가리아어

2011년_ 헝가리어 · 베트남어 · 보스니아어

세계의 끝과 하드보일드 원더랜드(新潮社, 1985)

1991년_ 영어

1992년_ 프랑스어

1993년_ 네덜란드어

1994년_ 중국어

1995년_ 독일어

1996년_ 그리스어

1997년_ 한국어

2002년_ 이탈리아어

2003년_ 러시아어

2004년_ 타이어 · 폴란드어

2005년_ 크로아티아어 · 노르웨이어 · 루마니아어

2006년_ 리투아니아어

2007년_ 라트비아어

2008년_ 헝가리어 · 히브리어 · 보스니아어

2009년_ 카타로니아 · 스페인어 · 세르비아어

2010년_ 체코어 · 베트남어

2011년_ 터키어

2013년_ 포르투칼어

노르웨이의 숲(新潮社, 1987) *한국에서는 『상실의 시대』라는 제목으로 큰 인기를 얻었다.

1989년_ 영어 한국어 중국어

1990년_ 아라비아어

1993년_ 이탈리아어

1994년_ 프랑스어

1998년_ 노르웨이어

2000년_ 히브리어

2001년_ 독일어

2002년_ 체코어 · 루마니아어

2003년_ 스웨덴어 · 타이어 · 라투비아어 · 러시아어

2004년_ 크로아티아어 · 터키어 · 포루투칼어

2005년_ 인도네시아어 · 카타로니아어 · 스페인어 · 슬로베니아어 · 덴마크어 · 불가리아어 · 리
투아니어

2006년_ 폴란드어 · 마케도니아어

2007년_ 네덜란드어 · 그리스어 · 세르비아어 · 베트남어

2008년_ 헝가리어

2009년_ 보스니아어

2011년_ 알바니아어

2012년_ 핀란드어

댄스 댄스 댄스(講談社, 1988)

1992년_ 중국어

1994년_ 영어 노르웨이어

1995년_ 한국어 프랑스어

1998년_ 이탈리아어

2001년_ 러시아어

2002년_ 독일어

2004년_ 타이어 · 덴마크어 · 루마니아어

2005년_ 우크라이나어 · 세르비아어 · 폴란드어 · 포르투칼어

2006년_ 슬로바키아어 · 리투아니아어

2007년_ 크로아티아어 · 마케도니아어

2008년_ 네덜란드어

2009년_ 불가리아어

2010년_ 헝가리어 · 히브리어

2011년_ 아라비아어 · 베트남어

2012년_ 카타로니아어 · 스페인어

국경의 남쪽, 태양의 서쪽(講談社, 1992)

1993년_ 한국어 · 중국어

1999년_ 영어 · 히브리어

2000년_ 이탈리아어 · 노르웨이어 · 독일어

2001년_ 아이슬란드어

2002년_ 프랑스어

2003년_ 에스파냐어 · 카타로니아어 · 크로아티아어 · 스페인어 · 타이어 · 덴마크어 · 폴란드어

2004년_ 네덜란드어 · 체코어 · 라투비아어 · 루마니아어

2005년_ 슬로바니아어

2006년_ 세르비아어

2007년_ 아라비아어 · 헝가리어 · 베트남어 · 터키어 · 리투아니아어

2008년_ 페로어 · 불가리아어

2009년_ 포르투칼어

2010년_ 그리스어 · 러시아어

2011년_ 마케도니아어

2012년_ 싱할러어

태엽감는 새(新潮社, 1994~1995)

1994년_ 한국어

1995년_ 중국어

1997년_ 영어

1998년_ 독일어

1999년_ 이탈리아어 · 노르웨이어

2001년_ 스페인어 · 덴마크어 · 프랑스어

2003년_ 네덜란드어

2004년_ 루마니아어

2005년_ 그리스어 · 터키어 · 히브리어 · 폴란드어

2006년_ 타이어

2007년_ 베트남어

2008년_ 스웨덴어 · 리투아니아어 · 러시아어

2009년_ 알바니아어 · 우크라이나어 · 헝가리어

2010년_ 포르투칼어 · 슬로바키아어

2011년_ 카타로니아어 · 크로아티아어

스푸트니크의 연인(講談社, 1999)

1999년_ 한국어

2000년_ 중국어

2001년_ 영어 · 포르투칼어

2002년_ 카타로니아어 · 크로아티아어 · 스페인어 · 독일어

2003년_ 아이슬란드어 · 이탈리아어 · 핀란드어 · 프랑스어 · 폴란드어

2004년_ 세르비아어 · 타이어 · 덴마크어 마케도니아어 · 루마니아어

2005년_ 슬로베니아어 · 히브리어 · 불가리아어 · 러시아어

2006년_ 네덜란드어 · 헝가리어

2007년_ 아리비아어

2008년_ 알바니아어 · 스웨덴어 · 베트남어 · 리투아니아어

2009년_ 체코어
2010년_ 노르웨이어

신의 아이들은 모두 춤춘다(新潮社, 2000)
2000년_ 한국어 · 중국어
2002년_ 영어 · 노르웨이어 · 프랑스어
2003년_ 크로아티아어 · 타이어 · 독일어
2005년_ 아이슬란드어 · 이탈리아어
2006년_ 베트남어 · 폴란드어 · 루마니아어
2008년_ 네덜란드어 · 덴마크어 · 히브리어
2010년_ 체코어
2011년_ 러시아어
2012년_ 페르시아어 · 말라위어
2013년_ 카타로니아어 · 스페인어 · 리투아니아어

해변의 카프카(新潮社, 2004)
2003년_ 한국어 · 중국어
2004년_ 독일어
2005년_ 인도네시아어 · 영어 · 노르웨이어
2006년_ 네덜란드어 · 스페인어 · 타이어 · 체코어 · 헝가리어 · 프랑스어 · 불가리아어 · 포르투
       칼어 · 루마니아어
2007년_ 아라비아어 · 이탈리아어 · 카타로니아어 · 스웨덴어 · 슬로베니아어 · 베트남어 · 히브
       리어 · 페르시아어 · 폴란드어 · 리투아니아어
2008년_ 인도네시아어 · 덴마크어
2009년_ 크로아티아어 · 핀란드어
2010년_ 터키어 · 러시아어
2011년_ 보스니아어
2012년_ 리트비아어
2014년_ 그루지아어

애프터 다크(講談社, 2004)
2005년_ 한국어 · 중국어 · 독일어
2006년_ 네덜란드어 · 프랑스어 · 러시아어
2007년_ 영어 · 체코어 · 노르웨이어 · 베트남어 · 폴란드어 · 루마니아어
2008년_ 이탈리아어 · 카타로니아어 · 갈리시아어 · 스페인어 · 세르비아어 · 덴마크어 · 포르투
       칼어

2009년_ 크로아티아어 · 타이어 · 바스크어 · 히브리어 · 마케도니아어
2010년_ 알메니아어
2012년_ 스웨덴어 · 불가리아어
2014년_ 그리스어

1Q84(新潮社, 2009~2010)
2009년_ 우크라이나어 · 한국어 · 중국어
2010년_ 네덜란드어 · 갈리시아어 · 세르비아어 · 독일어 · 폴란드어
2011년_ 이탈리아어 · 영어 · 카타로니아어 · 스웨덴어 · 스페인어 · 타이어 · 덴마크어 · 노르웨
       이어 · 헝가리어 · 프랑스어 · 히브리어 · 포르투칼어 · 리투아니아어 · 루마니아어 · 러시
       아어
2012년_ 그리스어 · 슬로베니아어 · 체코어 · 터키어 · 불가리아어 · 베트남어 · 마케도니아어 ·
       라투비아어
2013년_ 인도네시아어

*세계번역서 목록(UNESCO)/일본문학 번역서지 검색(국제교류기금)/WorldCat(OCLC) 데이터를 토대로 작성.

무라카미 하루키 관련 연보

생활연보	연도	저작연보	번역서연보
0세 1월 12일, 장남으로 교토시京都市에서 태어나 효고현兵庫県으로 이사함.	1949		
6세 니시노미야시西宮市에서 초등학교 입학.	1955		
12세 아시야시芦屋市에서 중학교 입학.	1961		
15세 효고현 고등학교에 입학.	1964		
19세 1년간 재수생활을 거쳐 와세다대학 제1문학부 연극과에 입학.	1968		
20세 미타카시三鷹市 아파트로 이사.	1969		
22세 대학생 시절 다카하시 요코와 결혼. 한때 부인의 처가집에서 생활.	1971		
25세 고쿠분지国分寺에서 재즈카페 '피터 캣'을 개점.	1974		
26세 와세다대학 제1문학부 연극과를 졸업. 졸업논문의 테마는『미국 영화에 있어서의 여행 사상』.	1975		
28세 카페를 센다가야千駄ヶ谷로 이전함.	1977		
30세 6월,『바람의 노래를 들어라』로 군조신인 문학상 수상.	1979	7월,『바람의 노래를 들어라』	
31세	1980	6월,『1973년의 핀볼』	
32세 가게를 접고 작가일에 전념함.	1981	7월,『워크 돈 런』 (무라카미 류와 공저, 講談社) 11월,『꿈에서 만나요』 (이토이 시게사토와 공저, 冬樹社)	5월, Fitzgerald,『My Lost City』 (피츠제럴드 작품집)

생활연보	연도	저작연보	번역서연보
33세 『양을 둘러싼 모험』으로 노마문예상 장려상 수상.	1982	10월,『양을 둘러싼 모험』(講談社)	
34세 첫 해외여행. 그리스의 아테네 마라톤 코스를 완주. 미국 호놀룰루 마라톤에 참가.	1983	5월,『중국행 슬로 보트』(中央公論社) 9월,『캥거루 맑은 날』(平凡社) 12월,『코끼리 공장의 해피엔드』(CBS 소니출판)	7월, R. Carver,『Call If You Need Me』
35세 10월, 가나가와현 후지사와시藤沢市로 이사.	1984	3월,『파도그림, 파도이야기』(사진집, 文藝春秋) 7월,『반딧불이 등 단편』(新潮社) 7월,『무라카미 아시히도』(若林出版)	
36세 1월, 시부야구 센다가야로 이사. 10월,『세계의 끝과 하드보일드 원더랜드』로 다니자키준이치로상 수상.	1985	6월,『세계의 끝과 하드보일드 원더랜드』(新潮社) 10월,『회전목마의 데드히트』(講談社) 11월,『양 남자의 크리스마스』(講談社) 12월,『영화를 둘러싼 모험』(가와모토사부로와 공저, 講談社)	9월, Chris Van Allsburg,『The Wreck of the Zepbyr』 10월, R. Carver,『Put Yourself in My Shoes』
37세 2월, 가나카와현 오이소시人磯市로 이사. 10월, 로마, 그리스에 건너가 생활하기 시작.	1986	4월,『빵가게 재습격』(文藝春秋) 6월,『무라카미 아시히도의 역습』(朝日新聞社) 11월,『랑겔한스섬의 오후』(光文社)	5월, John Irving,『Setting Free the Bears』
38세 6월에 일시 귀국. 10월, 국제 아테네 평화 마라톤에 참가하여 89년까지 계속함.	1987	4월,『해 뜨는 나라의 공장』(平凡社) 9월,『노르웨이의 숲』 (한국 : 상실의 시대, 講談社)	7월, Marcel Theroux,『A Stranger in the Earth』 11월, C. D. B. Bryan,『The Great Dethriffe』 12월, Chris Van Allsburg,『The Polar Express』
39세	1988	10월,『댄스 댄스 댄스』(講談社)	3월, Truman Capote,『A Christmas Memory』
40세	1989	5월,『무라카미 아사히도 하이호』(文化出版局)	4월, R. Carver,『A Small, Good Thing』 8월, Chris Van Allsburg,『The Strenger』 10월, Tim O'Brien,『The Nuclear Age』
41세 2월부터 4월에 걸쳐 오메 마라톤과 오다와라 마라톤 등에 참가. 5월부터 91년 7월까지『무라카미 하루키 전작품 1979~1989』(전 8권)을 간행.	1990	1월,『TV피플』 6월,『먼 북소리』 7월,『PAPARAZZI』(作品社) 8월,『우천염천』(新潮社)	5월, R. Carver,『Cathedral』 8월, R. Carver,『What We Talk About When We Talk About Love』 11월, Chris Van Allsburg,『The chronicles of Harris Burdick』

생활연보	연도	저작연보	번역서연보
42세 1월, 미국으로 건너가 프린스턴 대학 객원연구원이 되다. 4월, 보스턴 마라톤에 참가.	1991		2월, R. Carver, 『Will You Please Be Quiet, Please?』 12월, Mark Helprin, 『SWAN LAKE』
43세 1월, 프린스턴대학 객원교수가 되다. (93년 8월까지) 4월, 보스턴 마라톤에 참가.	1992	10월, 『국경의 남쪽, 태양의 서쪽』(講談社)	9월, R. Carver, 『Fires』
44세 7월, 터프츠대학으로 이적.(95년 5월까지 재적)	1993		3월, Ursula K. Le Guin, 『Catwings』 6월, Chris Van Allsburg, 『The Widow' Broom』 11월, Ursula K. Le Guin, 『Catwings Return』
45세 4월, 보스턴 마라톤에 참가. 6월, 중국, 몽골로 취재여행.	1994	3월, 『슬픈 외국어』(講談社) 4월, 『태엽감는 새』 제1·2부(新潮社)	3월, R. Carver, 『Elephant and Other Stories』 9월, Chris Van Allsburg, 『The Sweetes Fig』
46세 3월, 일시 귀국하여 지하철 살인사건 뉴스를 듣다. 4월, 보스턴 마라톤에 참가. 9월, 고베에서 자작낭독회를 열다.	1995	5월, 『밤의 거미원숭이』(平凡社) 8월, 『태엽감는 새』 제3부(新潮社)	
47세 2월, 『태엽감는 새』 3부작으로 요미우리문학상 수상.	1996	5월, 『하루키 일상의 여백』(新潮社) 8월, 『렉싱턴의 유령』(新潮社) 12월, 『무라카미 하루키, 가와이하야오를 만나러 가다』(岩波書店)	1월, Bill Crow, 『From Birdland to Broadway』 4월, Chris Van Allsburg, 『Ben's Dream』
48세 11월, 뉴욕시티 마라톤에 참가.	1997	3월, 『언더그라운드』(講談社) 10월, 『젊은 독자를 위한 단편소설 안내』(文藝春秋) 12월, 『포트레이트 인 재즈』(新潮社)	6월, Ursula K. Le Guin, 『Wonderful Alexander and the Catwings』 9월, R. Carver, 『where water comes together with other water』
49세 4월, 호놀룰루 15킬로 레이스, 보스턴마라톤에 참가. 9월, 무라카미 국제트라이애슬론대회에 참가.	1998	4월, 『변경·근경』(新潮社) 6월, 『후와후와』(講談社) 11월, 『약속된 장소에서-언더그라운드 2』(文藝春秋)	10월, Mark Strand, 『Mr. and Mrs. Baby』
50세 5월 『언더그라운드 2』로 쿠와바라 타케오 학술상 수상	1999	4월, 『스푸트니크의 연인』(講談社) 12월, 『만약 우리의 말이 위스키였다면』(平凡社)	5월, Grace Paley, 『Enomous Changes a the Last Minute』

생활연보	연도	저작연보	번역서연보
1세 이소 지역 내에서 이사.	2000	2월, 『신의 아이들은 모두 춤춘다』(新潮社) 10월, 『번역야화』(시바타모토유키와 공저, 文藝春秋)	5월, 무라카미 하루키 편역, 『월요일은 모두 최악이라 하지만』 7월, Bill Crow, 『Jazz Anecdotes』 9월, R. Carver, 『Call If You Need Me : The Uncollected Fiction and Other Prose』
2세	2001	1월, 『시드니』(文藝春秋) 4월, 『포트레이트 인 재즈』(와다마코도와 공저, 新潮社) 6월, 『무라카미 라디오』(매거진하우스)	9월, Ursula K. Le Guin, 『Jane on Her Own』
3세	2002	9월, 『해변의 카프카』(新潮社)	5월, Truman Capote, 『Children on Their Birthdays』
4세	2003	6월, 『소년 카프카』(新潮社) 7월, 『번역야화 2』(시바타모토유키와 공저, 文藝春秋)	4월, Jerome David Salinger, 『The Catcher in the Rye』 11월, Chris Van Allsburg, 『The Wretched Stone』
5세	2004	9월, 『애프터 다크』(講談社)	3월, Tim O'Brien, 『July, July』 7월, Chris Van Allsburg, 『TWO BAD ANTS'』
6세	2005	1월, 『이상한 도서관』(講談社) 3월, 『코끼리의 소멸』(新潮社) 9월, 『동경기담집』(新潮社) 11월, 『의미가 없다면 스윙은 없다』(文藝春秋)	6월, Grace Paley, 『The little disturbances of man』
7세 월, 프란츠 카프카상 수상. 월, 프랑크 오코너 국제단편상 수상.	2006		11월, Scott Fitzgerald, 『The Great Gatsby』 12월, Chris Van Allsburg, 『PROBUDITI!』
8세 월, 아사히상 수상. 월, 와세다대학 츠보우치쇼요 대상 수상. 에주 대학(벨기에) 명예박사 학위 취득.	2007	10월, 『달리기를 말할 때 내가 하고 싶은 이야기』(文藝春秋) 12월, 『무라카미 송즈』(와다마코토와 공저, 中央公論中央公論社新社)	3월, Raymond Chandler, 『The Long Goodbye』
9세	2008	6월, 『장문기─이야기의 무대를 걷다』(山川出版社)	2월, Jim Fusilli, 『Pet Sounds』 2월, Truman Capote, 『Breakfast At Tiffany's』
0세	2009	5월, 『1Q84』 1·2권(新潮社)	4월, R. Chandler, 『Farewell, My Lovely』 11월, Scott Fitzgerald, 『Winter Dreams』
1세	2010	4월, 『1Q84』 3권(新潮社) 11월, 『잠』(新潮社)	3월, Raymond Carver, 『Beginners』 9월, Shel Silverstein, 『The giving tree』 12월, R. Chandler, 『The Little Sister』

생활연보	연도	저작연보	번역서연보
62세 6월, 카탈루냐 국제상을 수상.	2011	1월, 『무라카미 하루키 잡문집』(新潮社) 7월, 『채소의 기분 바다표범의 키스』 (매거진하우스) 11월, 『오자와 세이지와, 음악에 대해 이야기하다』(新潮社)	9월, Geoff Dyer, 『But Beautiful』 6월, Sam Halpert 외, 『우리가 레이먼드 카버에 대해서 말하는 것』
63세	2012	7월, 『무라카미 라디오3』(매거진하우스)	4월, Marcel Theroux, 『FAR NORTH』 12월, R. Chandler, 『The Big Sleep』
64세 5월, 하와이대학에서 명예박사 학위 취득.	2013	2월, 『빵가게 재습격』(新潮社) 4월, 『색채가 없는 다자키 쓰쿠루』 (文藝春秋)	9월, 『TENSELECTED LOVE STORIES』
65세	2014	4월, 『여자 없는 남자들』(文藝春秋)	3월, Jerome David Salinger, 『Franny and Zooey』
66세 1월, '무라카미 씨가 있는 곳' 사이트를 개설. 독자와의 질의응답 건수 약3,500건.	2015	7월, 『무라카미씨가 있는 곳』(新潮社) 9月『직업으로서의 소설가』(スイッチパブリッシング) 11月『라오스에 대체 뭐가 있는데요?』(文藝春秋)	4월, Dag Solstad, 『Novel 11, Book 18』
67세 10월, 한스 크리스찬 안데르센 문학상 수상.	2016	7월, 『무라카미하루키 문고 2016년 세트』(講談社文庫)	
68세	2017	2월『기사단장 죽이기』(新潮社)	3월, 『무라카미하루키 번역 전집』(中央公論新社)

*저작연보 중 제목표기의 대부분은 한국의 번역서를 참조하였다.
*번역서에 대해서는 일본어번역 표기가 아닌, 원제를 표기하였다.

집필자 소개

시바타 쇼지柴田勝二
동경외국어대학 대학원 총합국제학 연구과 교수. 박사(문학). 야마구치대학 부교수를 거쳐 현직. 저서로는『미시마 유키오 – 작품에 숨겨진 자결의 길』(2012),『무라카미 하루키와 나쓰메 소세키』(2011),『나카가미 켄지와 무라카미 하루키』(2009),『소세키의 '제국'』(2006) 등 다수.

가토 유지加藤雄二
동경외국어대학 대학원 총합국제학 연구과 부교수. 석사(문학). 뉴욕주립대학에서 박사과정수료. 전문분야는 미국문화, 비평이론, 비교문화론. 소설, 시, 음악 등 폭넓게 연구하고 있다. 공저로는『아메리카 르네상스』(2013),『다시 읽는 미국문학』(1996) 등이 있다.

매튜 스트랙커 Matthew Strecher
미네소타주 위노나주립대학 교수. 1991년 텍사스대학 대학원 아시아 아프리카 언어, 문화연구과 석사과정 수료. 1995년 위싱턴대학 대학원에서 박사과정수료. 저서로는 *Dances with sheep: The Quest for Identity in the Fiction of Murakami Haruki*(2002), *The Forbidden Worlds of Haruki Murakami*(2014) 등이 있다.

콜린느 아틀란 Corinne Atlan
1974년 프랑스 국립 동양언어문화대학 일본어학부 졸업. 1978~1980 일본, 1981~1990년 네팔에서 프랑스어 교사로 활동. 1990년 프랑스로 돌아와 일본문학 번역가, 소설가로서도 활약하고 있다. 50권 이상의 번역물을 발표. 번역으로는 츠지히토나리의『백불』로 프랑스문학상인 페미나상을 수상.

샤오 싱쥔蕭幸君
대만 동해대학 일본어 언어문화학 부교수. 동경외국어대학대학원 박사학위 취득. 나쓰메 소세키, 타니자키 준이치로, 미시마 유키오 등 일본근대문학과 대만의 현대문학 비교연구를 활발하게 진행하고 있다.

야나기하라 타카아츠柳原孝敦
동경대학대학원 인문사회계연구과 부교수. 박사(문학). 1995년 동경외국어대학대학원 박사과정 단위 취득후 퇴직. 호세대학, 동경외국어대학을 거쳐 현직. 저서로는『영화로 배우는 스페인어』(2010),『라틴아메리카주의 레토릭』(2007) 등 다수.

도코 코지都甲幸治
와세다대학 문학학술원 교수. 전공은 미국현대문학과 번역론이다. 19세기부터 21세기 미국문학과 일본 현대문학에 대해서 번역을 중심으로 연구를 진행 중이다. 저서로는『살아가기 위한 세계문학』(2014),『21세기 세계문학 30권을 읽다』(2012) 등이 있다.

하시모토 유이치橋本雄一
동경외국어대학 대학원 총합국제학 연구과 부교수. 치바대학 부교수를 거쳐 현직. 전공은 중국 근현대문학, 식민지문화사정. 주로 중국 동북지방과 일본과의 관계를 중심으로 중국어 문학과 문화표상에 대해 연구하고 있다. 공저로는『만주국의 문화』(2005),『전쟁의 시대와 사회』(2005) 등이 있다.

펑 잉화馬英華
치바대학 대학원 인문사회과학연구과 박사후기과정. 전공은 일본근현대문학으로 특히 아쿠타가와 류노스케, 무라카미 하루키와 중일근대사와의 관계성에 대해 연구하고 있다.

다카하시 루미高橋留美
뉴욕주립대학 영미문학박사과정. 전공분야는 미국문학으로 19세기 산문을 중심으로 인쇄문화와 정치, 경제상황과의 상관관계를 연구하고 있다.

사사야마 히로시篠山啓
동경외국어대학대학원 총합국제학연구과 박사과정. 일본학술진흥회 특별연구원(DC2). 전공분야는 러시아 현대문학으로 1950년대 후반 소련의 신비주의적 지하문화에 대해서 연구하고 있다.

구노 료이치久野量一
동경외국어대학 총합국제학연구원 부교수. 전공은 라틴 아메리카 문학으로 다양한 번역서를 출간하였다. 저서로는『스페인어 입문 II』, 논문으로는『쿠바 아방가르드와 빌히리오 피녜라Virgilio Piñera』등이 있다.

다케다 치카武田千香
동경외국어대학대학원 총합국제학연구원 교수. 문학을 중심으로 한 브라질 문화를 연구하고 있다. 시코 부아르키의『부다페스트』(2006) 등 번역서를 다수 출간하였다. 주요저서로는『갈지자 걸음의 변증법: 마샤드 문학에 나타난 브라질 세계』(2012)『브라질인의 처세술』(2014) 등이 있다.

쿠냐 파르스티 유리 Yuri Cunha Faulstich
브라질리아대학 일본어문학부 졸업. 2012년부터 동경외국어대학대학원 총합국제학연구과 재학중. 일본문학의 포르투갈어 번역에 관련된 연구를 진행중에 있다.